Ensaio é jogo e dissonância. Instância radical de liberdade de pensamento, é exercício intelectual e disciplina de guerra. E por isso mesmo necessário num mundo em que, pela fabricação de consensos, tenta-se naturalizar todo tipo de dominação. ❦ Valeria Luiselli nasceu no México e vive na mesma Nova York de Teju Cole, que nasceu nos Estados Unidos e criou-se na Nigéria. Consagrados na ficção, recorrem ao ensaio para refletir sobre xenofobia e racismo a partir de vivências pessoais que, longe de se esgotarem em seus umbigos, se abrem para a experiência coletiva. Ela, como intérprete voluntária de crianças mexicanas tentando cruzar sozinhas a fronteira americana. Ele, ao refazer a mítica viagem de James Baldwin a uma cidadezinha nos Alpes suíços. ❦ Autor de alguns dos mais belos e duros ensaios sobre o racismo, Baldwin faz das temporadas passadas em Leukerbad um sinistro inventário das conjugações do verbo discriminar. Publicado nos anos 1950, "O estranho no vilarejo" chega ao Brasil intacto e atual, tanto pela perenidade da estupidez humana quanto pelo fino bisturi com que disseca as formas de segregação. ❦ Na paisagem disforme da pós-verdade, o ensaísta é, em qualquer latitude, aquele que se ocupa das arestas. O EDITOR

IMIGRAÇÃO

4 Valeria Luiselli

"Por que você veio?"

SOCIEDADE

24 Jean-François Bert / Jacqueline Verdeaux

O bloco dos sem-razão

VIAGEM

52 Patrick Deville / Ilya Kabakov

Expresso Transcaucasiano

ENSAIO VISUAL

80 Alejandro Magallanes

História da arte em 100 desenhos

RACISMO

114 James Baldwin / Romare Bearden

O estranho no vilarejo

132 Teju Cole

Um corpo negro

HISTÓRIA

142 Mary Beard

O riso, antigo e moderno

POESIA

174 Leonardo Fróes / Nigel Peake

Um detalhe na paisagem

LITERATURA

194 Fredric Jameson / Ed Ruscha

Jogo enganoso

"Por que você veio?"

Valeria Luiselli

A Trumplândia brilha em alta resolução no questionário dirigido às crianças que atravessam sozinhas e sem documentos a fronteira do México para os Estados Unidos

Retábulo de Alfredo Vilchis

"Por que você veio para os Estados Unidos?" Essa é a primeira pergunta do questionário de entrada para crianças que cruzam a fronteira sozinhas e sem documentos. O questionário é utilizado na Corte Federal de Imigração, em Nova York, onde eu trabalho como intérprete há algum tempo. Minha tarefa lá é traduzir, do espanhol para o inglês, testemunhos de crianças ameaçadas de deportação. Eu repasso as perguntas do questionário, uma por uma, e o menino ou menina responde a elas. Depois transcrevo suas respostas em inglês, faço algumas observações na margem e, mais tarde, me reúno com advogados para entregar o relatório e explicar minhas anotações. Então os advogados avaliam, baseados nas respostas ao questionário, se o caso desse menor é sólido o suficiente para escapar de uma ordem categórica de deportação e obter um status migratório legal. Se os advogados considerarem que há possibilidades reais de ganhar a causa no tribunal, o passo seguinte é conseguir um representante legal para o menor.

Porém, um procedimento em teoria simples não é necessariamente, na prática, um processo fácil. As palavras que ouço na corte saem de bocas de crianças, bocas desdentadas, lábios partidos, palavras alinhavadas em narrativas confusas e complexas. As crianças que eu entrevisto articulam palavras reticentes, palavras cheias de desconfiança, palavras nascidas do medo soterrado e da humilhação constante. Tenho que traduzir essas palavras para outro idioma, organizá-las em frases sucintas, transformá-las num relato coerente e reescrever tudo procurando usar termos legais claros. O problema é que as histórias das crianças sempre chegam confusas até mim, com muitas interferências, quase gaguejadas. São histórias de vidas tão devastadas e destruídas que às vezes é impossível dar a elas uma ordem narrativa.

"Por que você veio para os Estados Unidos?" As respostas das crianças variam, mas quase sempre mencionam o reencontro com um pai, uma mãe ou um parente que emigrou antes delas para o país. Outras vezes, as respostas das crianças têm a ver não com a situação em que chegam, mas com aquela da qual estão tentando escapar: violência extrema, perseguição e opressão por parte de gangues de rua e quadrilhas criminosas, abuso mental e físico, trabalho forçado. A motivação dessas crianças não é tanto o sonho americano em abstrato, e sim a mais modesta, porém urgente, aspiração a acordar do pesadelo em que muitas delas nasceram.

—

O tráfego avança, pesado e lento, enquanto atravessamos a ponte George Washington, de Manhattan para Nova Jersey. Eu me viro para olhar nossa filha, que está dormindo no banco de trás do carro. Ela respira e ronca de boca aberta para o sol. Ocupa o espaço inteiro do assento, esparramada, com as bochechas vermelhas e pérolas de suor na testa. Dorme sem saber que está dormindo. Vez por outra eu me viro no banco da frente para olhá-la, e depois volto a estudar o mapa – um mapa grande demais para ser desdobrado por inteiro. Atrás do volante, meu marido ajeita os óculos e enxuga o suor com o dorso da mão.

É julho de 2014. Vamos dirigir, embora ainda não o saibamos, de Manhattan até Cochise, no sudeste do Arizona, muito perto da fronteira do México com os Estados Unidos. Estamos esperando há alguns meses que aprovem ou neguem nosso pedido de residência permanente, ou *green card*, e enquanto esperamos não podemos sair do país.

Segundo a terminologia da lei de imigração americana, ligeiramente ofensiva, durante os três anos que passamos em Nova York nós éramos *non-resident aliens* (em tradução literal, "alienígenas sem residência", e em tradução mais exata, "estrangeiros sem residência permanente"). *Aliens* é como denominam todas as pessoas não americanas, residentes no país ou não. Existem, por exemplo, *illegal aliens, non-resident aliens* e *resident aliens*. Agora éramos *pending aliens*, já que o nosso status migratório estava indefinido, ainda pendente. Na época brincávamos, um pouco frivolamente, com as possíveis traduções ao espanhol da nossa situação migratória intermediária. Por exemplo, "alienígenas em busca de residência", "escritores procurando permanência", "permanentes alienígenas", "mexicanos pendentes". Quando decidimos pedir o *green card*, nós sabíamos no que estávamos nos metendo: os advogados, o custo econômico, os longos meses de incerteza e espera e, acima de tudo, o impedimento legal de sair do país enquanto esperávamos a resposta a nossos pedidos.

Quando afinal os enviamos, passamos uns dias estranhos, circunspectos, como se de repente tivéssemos percebido, ao colocar esse envelope na caixa de correio, que tínhamos vindo morar num país novo, embora na realidade já morássemos nele há anos. Deve ter sido a primeira vez que fizemos a nós mesmos, cada qual à sua maneira, a primeira pergunta do questionário: "Por que você veio para os Estados Unidos?". Não tínhamos uma resposta clara, mas decidimos que, se íamos viver nos Estados Unidos, devíamos pelo menos conhecer melhor o território. Então, quando chegou o verão, compramos mapas, alugamos um carro, fizemos *playlists* e saímos de Nova York.

—

O questionário para solicitar o *green card* não se parece nem um pouco com o questionário de entrada no país para crianças sem documentos. Quando você solicita um *green card*, tem que responder a perguntas como: "Tem intenção de praticar poligamia?" ou "é membro do Partido Comunista?" ou até "alguma vez cometeu, conscientemente, algum crime de baixeza moral?". Embora não se deva ou possa negligenciar nada quando se pede permissão para residir num país que não é o seu, pois você está sempre numa posição vulnerável, ainda mais tratando-se dos Estados Unidos, não se pode ignorar o tom quase enternecedor das preocupações do questionário do *green card* e sua visão das grandes ameaças do futuro: libertinagem, comunismo, fraqueza moral. O questionário tem a inocência do retrô, a obsolescência de ideologias passadas, e lembra a qualidade granulosa dos filmes sobre a Guerra Fria que víamos em formato Beta. O questionário de entrada para as crianças sem documentos, ao contrário, é frio e pragmático. Está escrito como que em alta resolução, e é impossível lê-lo sem sentir a certeza cada vez maior de que o mundo se tornou um lugar muito mais hostil.

—

Antes de fazer a primeira pergunta formal do questionário para crianças sem documentos, o intérprete que as entrevista tem que preencher um formulário com os dados biográficos essenciais do menor: nome, idade, país de nascimento, nome do responsável nos Estados Unidos e nomes das pessoas com quem o menor vive no momento, se for alguém diferente do responsável.

Algumas linhas abaixo, duas perguntas flutuam na página como um silêncio incômodo, seguidas por espaços vazios:

Onde está a mãe do(a) menino(a)?_____ o pai?_____

—

À medida que avançamos pelo país, seguindo o enorme mapa que às vezes tiro do porta-luvas, o calor do verão vai ficando mais seco, a luz mais fina e branca, as estradas mais remotas e solitárias. Durante os nossos longos trajetos rumo ao oeste, passamos vários dias acompanhando uma história pelos noticiários do rádio. É uma história triste, que nos atinge profundamente, mas que ao mesmo tempo acaba sendo distante, por inimaginável: dezenas de milhares de crianças que emigraram sozinhas do México e da América Central foram detidas na fronteira. Não se sabe se serão deportadas. Não se sabe o que vai acontecer a elas. Viajaram sem os pais, sem as mães, sem malas nem passaportes. Por que vieram para os Estados Unidos?

—

Depois vem a segunda pergunta do questionário de entrada: "Quando você entrou nos Estados Unidos?". A maioria das crianças não sabe a data exata. Algumas sorriem e outras ficam sérias. Dizem: "No ano passado" ou "há pouco tempo" ou simplesmente "não sei". Todas fugiram dos seus vilarejos ou cidades, caminharam quilômetros, nadaram, correram, dormiram escondidas, subiram em trens e caminhões de carga. A maioria se entregou à Border Patrol depois de atravessar a fronteira. Todas chegaram procurando algo ou alguém. Procurando o quê? Procurando quem? O questionário não faz essas outras perguntas. Mas pede detalhes precisos: "Quando você entrou nos Estados Unidos?".

Retábulo de Daniel Vilchis

—

Enquanto nos aproximamos do sudoeste do país, passamos a colecionar jornais locais. Estão acumulados no piso do carro, nos bancos traseiros e em frente ao banco do carona. Procuramos estações de rádio que cubram a notícia. Em algumas noites, em hotéis de estrada, fazemos breves buscas na internet. Há perguntas, especulações, opiniões, teorias: uma avalanche abrupta – e efêmera – em todos os meios de comunicação. Quem são essas crianças? Onde estão seus pais? O que vai acontecer a elas? Não há nada claro, nenhuma certeza na cobertura inicial do caso, mas, para descrevê-lo rapidamente, cunha-se o nome "Crise Migratória Norte-Americana 2014". É o que dizem: isto é uma crise migratória. Outros começarão a argumentar contra a expressão "crise migratória" e defender a mais apropriada expressão "crise de refugiados".

Naturalmente, as posições políticas das diversas publicações variam: algumas imediatamente denunciam os maus-tratos da Border Patrol contra as crianças migrantes; outras elaboram explicações complexas e até lúcidas sobre as origens e causas do súbito aumento do número de menores fazendo a viagem sozinhos. Parte da mídia apoia os protestos contra as crianças.

A palavra "ilegais" impera sobre a expressão mais precisa, "sem documentos". A legenda de uma foto em uma página da internet explica assim um retrato inquietante de um grupo de pessoas com bandeiras e rifles em punho: "Os manifestantes, exercendo seu direito de portar armas e demonstrando seu desagrado, concentram-se em frente ao Wolverine Center, em Vassar, no Michigan, que poderia ser usado para abrigar jovens ilegais". Outra imagem da Reuters mostra um casal de velhos sentados em cadeiras de praia com cartazes que dizem, em inglês: "Ilegal é crime". A legenda da foto explica: "Thelma e Don Christie, de Tucson, se manifestam contra a chegada de migrantes sem documentos ao povoado de Oracle, no Arizona". Eu me pergunto o que deve ter passado pelas cabeças de Thelma e Don quando puseram na mala do carro suas cadeiras de praia naquela manhã em Tucson. Eu me pergunto o que conversaram enquanto percorriam os 80 quilômetros rumo ao norte, até Oracle, e escolheram um cantinho de sombra para poder sentar-se confortavelmente e exibir seus cartazes: "Ilegal é crime". Será que anotaram no seu calendário a frase "Manifestação contra ilegais" ao lado de "Missa" e pouco antes de "Bingo"?

—

Alguns jornais anunciam a chegada das crianças sem documentos como se anunciaria uma praga bíblica: Cuidado! Os gafanhotos! Vão cobrir a face da terra até não restar um milímetro livre – esses ameaçadores meninos e meninas de pele bronzeada, de olhos rasgados e cabeleira de obsidiana. Cairão do céu, sobre nossos carros, sobre nossos tetos, em nossos jardins recém-aparados. Cairão sobre nossas cabeças. Invadirão nossas escolas, nossas igrejas, nossos domingos. Trarão consigo seu caos, suas doenças contagiosas, sua sujeira sob as unhas, sua escuridão. Eclipsarão as paisagens e os horizontes, encherão o futuro de maus presságios e entulharão nosso idioma de barbarismos. E, se nós deixarmos que fiquem aqui, afinal se reproduzirão.

Lemos jornais, olhamos páginas da internet, ouvimos rádio e tentamos responder às perguntas da nossa filha. Indagamos se a reação do público seria diferente se, por exemplo, essas crianças fossem de uma cor mais clara, se tivessem nacionalidades "melhores" e genealogias mais "puras". Seriam tratadas mais como pessoas? Mais como crianças?

—

Um dia, em um restaurante de beira de estrada em Roswell, no Novo México, escutamos o boato de que centenas de crianças, algumas viajando sozinhas e outras com suas mães, seriam deportadas de volta para Honduras em aviões particulares, pagos por um milionário. Aviões cheios de *aliens*. Confirmamos parte do boato em um jornal local: de fato, dois aviões vão partir de um aeroporto próximo ao famoso museu de óvnis de Roswell, que nossa filha tinha se empenhado em visitar. O termo *alien*, que poucas semanas antes, aplicado a nós mesmos, nos fazia rir e especular sobre a nossa situação migratória, de repente se apresenta sob uma luz diferente. É estranho ver como certos conceitos podem se erodir tão repentinamente, virar poeira. Palavras que foram usadas sem reflexão e com certa irresponsabilidade podem se transformar, de repente, em algo venenoso e tóxico: *aliens*.

No dia seguinte, saindo de Roswell, procuramos alguma notícia sobre o que tinha acontecido a esses primeiros deportados do verão. Só encontramos umas poucas linhas em uma matéria da Reuters sobre a chegada das crianças a San Pedro Sula, linhas que parecem o começo de um relato absurdo no estilo de Mikhail Bulgákov ou Daniil Kharms: "Parecendo felizes, as crianças deportadas saíram do aeroporto sob um céu nublado e uma tarde abrasadora. Subiram num ônibus, uma por uma, brincando com balões que receberam de presente." Observamos por um momento esse adjetivo "felizes" e a esmerada descrição que o jornalista faz do clima de San Pedro Sula: "céu nublado",

Retábulo de Flor Palomares

"tarde abrasadora". Mas a imagem que não conseguimos tirar da cabeça, que se reproduz incessantemente em algum fundo escuro da nossa imaginação, é a das crianças segurando esses balões funestos.

—

Nos longos percursos pela estrada, quando nossa filha está acordada no banco de trás, ela exige atenção, pede biscoitos. E, sobretudo, pergunta:
– Quanto tempo falta?
– Uma hora – dizemos, apesar de faltarem sete.
Para passar as horas, para distraí-la, contamos histórias sobre o Velho Oeste, quando algumas partes dessa região dos Estados Unidos ainda pertenciam ao México. Eu conto o caso do Batalhão de São Patrício, um grupo de soldados irlandeses, católicos, que havia migrado para os Estados Unidos para servir de bucha de canhão no exército, mas acabou mudando de lado e foi lutar junto aos mexicanos durante a intervenção americana de 1846. O pai lhe conta histórias de Gerônimo, Cochise, Mangas Vermelhas e os outros apaches chiricahuas: os últimos habitantes do continente a se renderem aos caras-pálidas. Quando esses últimos chiricahuas se renderam, em 1886, depois de anos e anos de batalhas tanto contra os soldados Bluecoats, do lado americano, como contra o exército mexicano, terminou finalmente o longo processo de implementação da *Indian Removal Act*, aprovada pelo Congresso americano em 1830, que consistia em exilar os índios americanos nas reservas. É curioso – ou melhor, sinistro – que hoje em dia ainda se utilize a palavra *removal* para designar as deportações de imigrantes "ilegais" – uns bárbaros cor de bronze que ameaçam a paz branca da grande civilização do norte e os valores superiores da *Land of the Free*.
Outras vezes, quando já não temos mais histórias para contar, ficamos calados olhando a linha sempre reta da estrada. Quando passamos por povoados e conseguimos captar sinal de rádio, procuramos alguma estação para ouvir notícias da crise. Nada tem uma explicação racional, mas pouco a pouco vamos juntando fragmentos da situação que transcorre do lado de fora da membrana porosa em que se transformou nosso carro alugado. Conversamos entre nós e com nossa filha sobre o assunto. Respondemos da melhor forma possível às suas perguntas. A terceira e a quarta perguntas do questionário de entrada no país se parecem com uma das interrogações que nossa filha repete: "Com quem você viajou?" e "Viajou com algum conhecido?".
Às vezes, quando ela volta a adormecer, eu me viro para olhá-la ou escuto a sua respiração. E me pergunto se ela sobreviveria nas mãos dos coiotes e o que aconteceria se fosse largada, simplesmente, na tão desumana fronteira deste país. O que aconteceria se ela tivesse que atravessar este deserto, sozinha ou nas mãos de agentes de migração? Não sei se, sozinha, cruzando países e fronteiras, ela sobreviveria.

—

As perguntas cinco e seis do questionário são: "Que países você atravessou?" e "Como chegou até aqui?". À primeira, a maioria responde "México", e outros também incluem "Guatemala", "El Salvador" e "Honduras", dependendo de onde tenham começado a viagem. À segunda pergunta, com uma mistura de orgulho e horror, a maioria responde: "La Bestia".

Mais de meio milhão de migrantes mexicanos e centro-americanos embarcam anualmente nos diversos trens que, em seu conjunto, são conhecidos como La Bestia. Naturalmente, não há instalações para passageiros nesses trens, de maneira que as pessoas vão em cima dos desconjuntados vagões de carga retangulares de teto plano – as gôndolas – ou nos descansos entre um vagão e outro.

Sabe-se que os acidentes – menores, graves ou letais – a bordo de La Bestia são coisa cotidiana, seja pelos constantes descarrilamentos dos trens, por quedas de madrugada ou pelo mais ínfimo descuido. E quando não é o próprio trem que representa um perigo, a ameaça vem dos traficantes, bandidos, policiais ou militares, que com muita frequência intimidam, extorquem ou assaltam os que estão a bordo. "Você entra vivo, sai múmia", dizem todos a respeito de La Bestia. Alguns a comparam a um demônio, outros, a uma espécie de aspirador que, lá de baixo, quando menos esperamos, nos suga para o fundo das vísceras metálicas do trem. Mas as pessoas decidem, apesar dos pesares, correr o risco. Também não têm muitas alternativas.

A rota dos trens mudou nos últimos anos e agora começa em Arriaga (no estado de Chiapas) ou em Tenosique (no estado de Tabasco). O trem lavra seu caminho lento rumo à fronteira México-Estados Unidos, tanto pela rota oriental do Golfo em direção a Reynosa, situada na fronteira sudoeste do Texas, como pela rota do centro-oeste, rumo a Ciudad Juárez ou Nogales, situadas na fronteira com o Texas e o Arizona, respectivamente.

—

Enquanto nos deslocamos do sudoeste do Novo México para o sudeste do Arizona, vai ficando cada vez mais difícil ignorar a ironia incômoda de nossa viagem: estamos rodando na direção oposta ao trajeto das crianças cujas histórias acompanhamos agora tão de perto.

À medida que vamos nos aproximando da fronteira com o México e começamos a optar por vias secundárias em vez de estradas e autoestradas, não vemos um único migrante – criança ou adulto. Mas, em compensação, vemos outras coisas que indicam sua presença fantasmagórica, futura ou presente. Numa estrada de terra batida que vai de um povoado chamado Shakespeare, no Novo México, a um vilarejo chamado Ánimas, e daí a Apache, no Arizona, vemos vestígios discretos das bandeirinhas que grupos de voluntários colocam para indicar aos migrantes onde há galões de água potável. Mas chegando a Ánimas também começamos a ver as manadas de caminhonetes da Border Patrol, como funestos garanhões brancos despontando no horizonte. De vez em quando também somos ultrapassados por picapes, e é impossível não pensar que atrás do volante há homens enormes, homens de barbas longas ou cabeças raspadas e muitas tatuagens, homens que portam – por direito constitucional – pistolas e rifles.

Na cidade dantesca de Douglas, situada na fronteira entre o Arizona e Sonora, afinal nos perdemos numa série de ruas desenhadas em círculos concêntricos e batizadas com nomes que lembram o Velho Testamento, ou talvez um culto pseudossatânico: *Limbo dos Patriarcas, Trilha do Sangue*. Por via das dúvidas, decidimos não dizer a ninguém nas paradas e nos postos de gasolina que somos mexicanos. Mas a *migra*[1] nos para mais de uma vez, em seus controles móveis, e temos que mostrar nossos passaportes, abrir sorrisos amplos e explicar que estamos de férias. Temos que confirmar que, sim, somos escritores – só isso –, apesar de mexicanos – também –, e que realmente só estamos de férias. O que fazemos lá e o que estamos escrevendo? – sempre querem saber. Mentimos um pouco: estamos escrevendo um faroeste. Estamos escrevendo um faroeste, estamos no Arizona por causa do céu aberto, do seu silêncio e dos seus vazios – essa segunda parte da explicação é um pouco mais verídica do que a primeira. Ao devolver nossos passaportes, um oficial, transbordando sarcasmo, diz:

– Então vieram de Nova York até aqui para se inspirar.

E como não vamos contradizer uma pessoa que tem um distintivo, uma pistola e um repertório de deboches desdenhosos, dizemos apenas:

– *Yes, sir.*

Porque como explicar a ele que nunca é a inspiração que impulsiona alguém a contar uma história e sim, antes, uma combinação de raiva e clareza? Como dizer: não, nós não encontramos nenhuma inspiração aqui; o que encontramos foi um país tão bonito quanto esfacelado, e como agora moramos nele também estamos um pouco esfacelados e envergonhados, e talvez em busca de algum tipo de explicação, ou de justificativa, para estar aqui.

---

1. *Migra* é uma designação genérica, coloquial, dos agentes de imigração americanos. [N. do T.]

Fechamos os vidros e continuamos dirigindo. Para nos distrair um pouco depois dos dissabores com a *migra*, procuro alguma *playlist* e aperto *shuffle*. Uma canção que se repete bastante, ao acaso, é "Straight to Hell", do Clash. De algum modo essa canção se converteu no *leitmotiv* da nossa viagem. O final da última estrofe me aperta o estômago:

In no-man's-land
There ain't no asylum here
King Solomon he never lived round here.

—

A pergunta número sete do questionário para os menores diz: "Aconteceu alguma coisa durante a sua viagem aos Estados Unidos que o tenha assustado ou machucado?". Na primeira entrevista com o intérprete, as crianças raramente entram em detalhes específicos sobre experiências desse tipo. Além do mais, o que houve com elas no trajeto, uma vez fora de seus países de origem e antes de chegar aos Estados Unidos, nem sempre pode fortalecer seu caso diante de um juiz de imigração, de modo que essa pergunta não é uma parte substancial da entrevista. No entanto, como mexicana, é a pergunta que mais me envergonha fazer às crianças. E me envergonha, e me dói, e me enche de raiva, porque o que acontece com as crianças durante a viagem, no México, é quase sempre pior que qualquer outra coisa.

As estatísticas do que ocorre na parte mexicana do trajeto dos imigrantes contam por si verdadeiras histórias de terror.

Estupros: 80% das mulheres e meninas que atravessam o território mexicano em direção à fronteira com os Estados Unidos são estupradas no caminho. Os estupros são tão comuns que já são considerados fato consumado, e a maioria das adolescentes e mulheres adultas toma precauções anticoncepcionais antes de começar a viagem rumo ao norte.

Sequestros: em 2011, a Comissão Nacional dos Direitos Humanos do México publicou um relatório especial sobre casos de sequestros de migrantes que registra a arrepiante cifra de 11.333 vítimas de sequestros entre abril e setembro de 2010 – um período de apenas seis meses.

Mortes ou desaparecimentos: embora seja impossível conhecer o número real, algumas fontes estimam que desde 2006 desapareceram mais de 120 mil migrantes em sua passagem pelo México.

Para além das estatísticas aterradoras, porém abstratas, há histórias concretas. Em 2010 ocorreu um dos fatos que mais marcaram nossas consciências, e que, sem dúvida, foi um divisor de águas em termos de como se percebia, tanto no México como no restante do mundo, a situação real das centenas de

Retábulo de Daniel Vilchis

milhares de migrantes que cruzavam o território mexicano para chegar aos Estados Unidos. Em 24 de agosto de 2010 foram encontrados os cadáveres de 72 migrantes centro-americanos e sul-americanos amontoados uns sobre os outros numa fossa cavada num rancho em San Fernando, em Tamaulipas. Alguns dos cadáveres apresentavam marcas de tortura. Todos tinham o crânio perfurado por balas, disparadas pelas costas das vítimas. Três pessoas fingiram estar mortas e, embora gravemente feridas, sobreviveram. Puderam contar as partes da história que muitos já imaginavam: foram os Zetas[2] que cometeram a matança, quando os migrantes se recusaram a trabalhar para eles e disseram que tampouco tinham meios para pagar um resgate. Eu me lembro dos dias sombrios em que essa notícia circulou no México – milhares ou talvez milhões de pessoas se perguntavam diante dos jornais, rádios ou televisões: como? Por quê? O que fizemos como sociedade para que algo assim possa acontecer? Ainda não sabemos. Mas o que sabemos perfeitamente é que depois disso foram encontradas centenas de outras valas comuns, e outras tantas mais continuam sendo encontradas.

Há também histórias particulares redentoras. Por exemplo, Las Patronas, em Veracruz, que há vários anos começaram a jogar garrafas de água e comida para os migrantes a bordo de La Bestia e agora já são um grupo humanitário consolidado. Ou também os muitos albergues que dão abrigo e comida aos migrantes ao longo da sua passagem pelo México – o mais conhecido deles, Hermanos en el Camino, dirigido pelo padre Alejandro Solalinde. Contudo, essas histórias são apenas breves hiatos, oásis na terra de ninguém em que o país se transformou. São, quando muito, brilhos fugazes de esperança nesse limbo escuro onde rangem as rodas metálicas e constantes de La Bestia – como se estivessem esmagando pencas de pesadelos na sua subida rumo ao norte. O México se transformou numa grande aduana controlada tanto por criminosos de colarinho branco como por criminosos com armas e caminhões, e os migrantes centro-americanos que cruzam a fronteira sul do país entram no inferno.

Além dos perigos que as quadrilhas organizadas e os malfeitores representam para os migrantes, há também os policiais federais, estaduais e municipais, os militares e os agentes da imigração, que operam sob o guarda-chuva da secretaria de Governo e agora são respaldados por novas e mais severas

2. *Los Zetas* é uma das principais organizações criminosas do México. [N. do T.]

políticas migratórias. Pouco depois de eclodir nos Estados Unidos a "crise" das crianças sem documentos e após uma reunião entre o presidente Barack Obama e o presidente Enrique Peña Nieto, o México anunciou o Programa Fronteira Sul, novo plano anti-imigração do governo. O objetivo do Programa, ao qual foi destinada inicialmente uma verba de 102 milhões de pesos do orçamento federal, consiste em frear a migração de centro-americanos através do México.

Algumas medidas concretas do Programa, aplicadas sobretudo ao longo dos trajetos de La Bestia, são: drones; câmeras de vigilância nos trens e em pontos estratégicos como túneis, pontes, cruzamentos ferroviários ou centros urbanos; cercas e sistemas de iluminação nos pátios de manobras dos trens; brigadas de segurança privada e sistemas de geolocalização simultânea nos trens; equipes de alarme e deslocamento nas vias férreas; centros de comando de segurança em pontos estratégicos; e, *last but not least*, os famosos Grupos Beta, que, sob o disfarce de brigada de ajuda humanitária, localizam e depois denunciam os migrantes aos agentes da imigração, para que estes possam "contê-los" – eufemismo mexicano para dizer "capturar e deportar migrantes". Ou seja: o Programa Fronteira Sul de Peña Nieto transformou o México na porta de boas-vindas à Trumplândia.

O discurso do governo mexicano para justificar o Programa Fronteira Sul é que o México tem que garantir a segurança e defender os direitos dos migrantes. Mas a realidade é outra. Desde que se anunciou o Programa, em 2014, o México não fez outra coisa senão deportar em massa pessoas que em muitos casos, pela lei de imigração, teriam direito a asilo político tanto no México como nos Estados Unidos. O ano de 2016, por exemplo, foi o ano em que se registrou o maior número de pedidos de asilo político na história mexicana recente e, por outro lado, foi um ano em que a taxa de deportações de centro-americanos aumentou radicalmente. A pergunta obrigatória é se o direito dos migrantes ao devido processo legal está sendo respeitado. Em outras palavras, será que ocorre no México um processo regular, como nas cortes federais de imigração nos Estados Unidos, nas quais os migrantes podem se defender de uma ordem de deportação contra eles recorrendo às leis migratórias que os protegem e pedindo asilo político? Existe um estudo recente e extenso sobre o assunto, promovido pelo Washington Office on Latin America. A conclusão desse estudo é que não. O México está deportando centro-americanos em massa, sem respeitar seu direito ao devido processo legal.

Por outro lado, a partir da implementação do Programa, a segurança dos migrantes se viu ainda mais comprometida, e hoje suas vidas correm riscos às vezes mais graves. Desde que, em 2016, o governo mexicano aumentou o controle sobre La Bestia, ficou muito mais arriscado e difícil viajar a bordo dos trens, e, por isso, foi preciso arranjar novas rotas migratórias. Atualmente existem rotas marítimas, a partir da costa de Chiapas, em que os migrantes viajam com os coiotes em balsas e embarcações precárias. Todos nós conhecemos as histórias do Mediterrâneo, um grande "cemitério marinho". Podemos imaginar, então, o que irá acontecer nos próximos anos sob as enormes ondas do Oceano Pacífico.

Com medidas como o Programa Fronteira Sul, o foco do controle da entrada de migrantes foi se deslocando da fronteira geográfica do rio Bravo para a do Suchiate e a do Usumacinta. Esse deslocamento, naturalmente, foi apoiado pelos Estados Unidos. O Departamento de Estado norte-americano pagou ao governo mexicano dezenas de milhões de dólares para que o México interrompesse ou filtrasse a passagem de migrantes centro-americanos. E Peña Nieto – o garoto mais bem-comportado, mais bem-penteado e mais sinistro da turma – apresentou bons resultados: o México começou a deportar mais centro-americanos do que os Estados Unidos. Em 2015, o México deportou mais de 150 mil migrantes provenientes do Triângulo Norte. O Programa Fronteira Sul é o novo videogame de realidade aumentada do nosso governo, e nele quem ganha é o boçal que caçar mais migrantes.

—

Muito embora os piores crimes e as violações sistemáticas dos direitos dos migrantes costumem ocorrer em território mexicano, o perigo não termina quando eles chegam à fronteira. Em 2010, por exemplo, um garoto de 16 anos que estava do lado mexicano da fronteira foi assassinado a tiros por um policial americano posicionado do outro lado. O policial argumentou depois que o garoto e outras pessoas tinham jogado pedras nele. Argumentou que estava se defendendo: balas contra pedras.

Os perigos continuam, é claro, depois que as crianças cruzam a fronteira e entram nos Estados Unidos. A pergunta número oito do questionário aborda crimes e violações de direitos em território americano: "Alguém o machucou, ameaçou ou assustou desde que você chegou aos Estados Unidos?".

Sabe-se, por exemplo, que os *civilian vigilantes* e donos de ranchos privados saem literalmente para caçar pessoas sem documentos – não se sabe se por convicção ou simplesmente por esporte. Mas nem todas as mortes são por assassinato. Muitos migrantes também morrem de desidratação, fome e acidentes. Só no Instituto Médico-Legal de Pima County, no Arizona, foram registrados a partir de 2001 mais de 2.200 restos humanos, a maioria dos quais continua sem ser identificada. A identificação dos cadáveres é uma tarefa quase impossível, porque na maioria dos casos eles são encontrados em estado de decomposição muito avançado, e também porque são limitadas, senão nulas, as possibilidades de comunicação entre os familiares que procuram seus desaparecidos e as instituições onde estão os restos mortais. A zona fronteiriça entre o México e os Estados Unidos é um grande limbo, e os

Retábulo de Daniel Vilchis

migrantes que morrem nessa parte do nosso continente viram simples "ossos no deserto" - a expressão que Sergio González Rodríguez usou em 2002 para se referir às mortas de Juárez, mas que hoje pode ser estendida aos milhares de cadáveres de migrantes não identificados que, com o passar dos anos, continuam se multiplicando, anônimos.

Os números contam histórias de terror, mas talvez as histórias de verdadeiro terror, as inimagináveis, sejam aquelas para as quais até hoje não há números, para as quais não existe nenhuma prestação de contas, nenhuma palavra pronunciada nem escrita por ninguém. E, talvez, a única maneira de começar a entender estes anos tão obscuros para os migrantes que cruzam as fronteiras da América Central, do México e dos Estados Unidos seja registrar a maior quantidade possível de histórias individuais. Escutá-las uma infinidade de vezes. Escrevê-las uma infinidade de vezes. Para que não sejam esquecidas, para que permaneçam nos anais da nossa história partilhada e no fundo da nossa consciência, e voltem, sempre, a nos perseguir à noite, a nos encher de horror e de vergonha. Porque não há como estar ciente do que acontece em nossa época, em nossos países, e não fazer absolutamente nada a respeito. Porque não podemos permitir que o horror e a violência continuem a ser naturalizados.

—

No final do verão de 2014, minha família e eu voltamos de carro para Manhattan. Os *green cards* estavam nos esperando na pilha de correspondência que o nosso porteiro tinha montado ao lado da porta do apartamento - todos menos o meu. Nossa filha voltou para a escola, nós, ao trabalho cotidiano, e a vida voltou quase à normalidade. Faltava, ainda, descobrir o que havia acontecido com meu *green card* extraviado - e então comecei a falar semanalmente com minha advogada, em longas e quase sempre frustrantes ligações telefônicas. Nós conjecturávamos possíveis explicações para a demora. Talvez estivessem me fazendo um *background check* mais extenso: "Você viaja com frequência a países muçulmanos?", perguntou mais de uma vez a advogada. Eu só tinha ido à Jordânia e à Turquia, e já haviam se passado mais de dez anos. "Tem certeza?" Quando eu era pequena, fui à Indonésia, lembrei em outro telefonema em que a pergunta se repetiu. Havia perguntas ainda mais ridículas: "Você já foi membro de alguma organização que represente uma ameaça para os Estados Unidos?". Sou membro da Modern Languages Association e dos United World Colleges: duas congregações de bocós e de crianças, respectivamente, com certo entusiasmo pela literatura e pela vida acadêmica.

As perguntas me pareciam cada vez mais disparatadas. Mas, de qualquer maneira, precisávamos ter um plano B e um plano C. Solicitamos uma autorização temporária para trabalhar, que chegou pelo correio alguns meses depois.

Continuávamos sem sinal do *green card*. Passaram-se assim alguns meses, e um dia, em pleno inverno, minha advogada me avisou que ia ter que cancelar nosso contrato e passar meu caso para outra pessoa. Tinham lhe oferecido um trabalho numa ONG, para defender casos de menores de idade sem documentos, e ela precisava deixar a atividade privada.

Como não sou religiosa, acredito nas pequenas coincidências. É assim que o acaso funciona para aqueles que, como eu, não têm a certeza dos grandes esquemas. Acho que foi graças ao *green card* perdido e ao fato de minha advogada ter largado meu caso que pude me envolver com um problema maior que o meu. Minhas tribulações de *pending alien*, tão corriqueiras, me levaram a um problema mais urgente. Um dia, andando pelo meu bairro com o celular no ouvido, pedi à advogada uma explicação mais detalhada de por que ela iria largar o meu caso. Ela me explicou o que os jornais já tinham deixado de dar nas primeiras páginas: o governo de Obama decidira criar o *priority juvenile docket*, uma instância legal para acelerar os procedimentos de deportação de milhares de crianças e menores sem documentos. Era por isso que ela estava se afastando: de repente se faziam necessários, com urgência, muitíssimos advogados a mais para atender à demanda de casos nos tribunais de imigração. Como a maioria dos advogados era monolíngue, explicou ela, havia uma demanda especial por advogados que falassem espanhol. Ela falava espanhol. Antes de nos despedirmos, perguntei se não estavam precisando de tradutores no tribunal, mesmo que não fossem advogados, e ela me disse que claro que sim. No mesmo dia me pôs em contato com uma advogada da Associação Americana de Advogados de Imigração (AILA, na sigla em inglês). Quando desligamos, eu tinha muitas perguntas a fazer, mas ainda demoraria alguns meses até poder começar a articulá-las: o que era, exatamente, um *priority docket*? Quem estava defendendo os menores sem documentos e quem os estava acusando? De que crime eram culpados?

Valeria Luiselli (1983) nasceu no México e vive nos Estados Unidos. É autora dos romances *Rostos na multidão* (2012) e *A história de meus dentes* (2016), publicados no Brasil pela Alfaguara, e da coletânea de ensaios *Papeles falsos* (2012). Uma versão mais curta deste ensaio foi originalmente escrita em inglês e publicada na revista *Freeman's* em 2016. A autora então escreveu, em espanhol, uma versão mais longa do ensaio, publicada como *Los niños perdidos (Un ensayo en cuarenta preguntas)* pela Sexto Piso, em 2016, e *Tell Me How It Ends*, pela Coffee House Press, em 2017.
Tradução de **Ari Roitman** e **Pauline Watch**

Um tipo de ex-votos que mescla ícones religiosos e imagens do cotidiano, o retábulo moderno se tornou um dos símbolos da arte popular mexicana. Sob encomenda dos devotos, artesãos produzem obras que retratam uma dádiva recebida em diversos aspectos da vida, como o amor, a saúde, o trabalho ou, como no caso dos aqui reunidos, a imigração do México para os Estados Unidos.

O bloco dos sem-razão

Ao presenciar, nos anos 1950, o carnaval de pacientes de um asilo suíço, o jovem Michel Foucault encontrou uma das chaves para sua *História da loucura*

Jean-François Bert

Jacqueline Verdeaux
Fotos do livro *Foucault à Münsterlingen*. Paris: Éditions EHESS, 2015

Em diversos textos e entrevistas, Michel Foucault aborda os temas da inversão, da contestação, da festa e das máscaras. Essas análises acompanham sua reflexão, empreendida desde meados dos anos 1950, sobre a loucura e sua história.

Em sua tese de doutorado, *História da loucura na Idade Clássica*, publicada em 1961 pela Plon, ele aponta, por exemplo, como a partir da Idade Média se instalou, em nossa cultura ocidental, o curioso hábito de exibir os loucos. Uma prática que se institucionalizou tanto em Paris como em Londres, no fim do século 18: "O Hospital de Bethlem exibe os furiosos por um *penny*, todos os domingos [...] Na França, até a Revolução, o passeio por Bicêtre e o espetáculo dos grandes insanos continua a ser uma das distrações dominicais dos burgueses da *rive gauche*".[1] Esse espetáculo se desenrola principalmente de duas formas ao longo do século 19: em primeiro lugar, nas célebres aulas das terças-feiras de Charcot, no hospital da Salpêtrière, onde a gesticulação das histéricas foi objeto de uma importante iconografia; em segundo lugar, a partir de 1837, no baile de máscaras das loucas e histéricas promovido durante a *Mi-Carême*[2] pela administração da Assistência Pública em Bicêtre e na Salpêtrière.

Dois anos após a publicação de sua tese, em uma série de programas de rádio, Foucault explora a relação entre a loucura e a experiência delirante da linguagem. Volta novamente a esse "velho" hábito ao comentar a cena de um documentário que Mario Ruspoli rodou no hospital Saint-Alban, *Regard sur la folie*, cujo foco era também os preparativos de uma festa:

> Nos dias de hoje, [...] procuramos reconstituir nos hospitais psiquiátricos formas de vida próximas, na medida do possível daquilo que vocês e eu, que todo mundo chama de "normal". E, por um estranho paradoxo, por um estranho retorno, organizamos para eles, em torno deles, com eles, um desfile sem tirar nem pôr, com danças e máscaras, um carnaval, que é, no sentido literal do termo, uma nova festa dos loucos. [...] Talvez tenhamos sido nós que inventamos de ponta a ponta essa festa dos loucos, essa festa para os loucos, essa festa com os loucos, e talvez esse tremor de toda palavra, de todas as nossas palavras que procuram seu começo e seu reino, indique o prestígio absoluto da festa dos loucos, dessa festa, que julgo impossível mas sempre persistente.[3]

Em meados dos anos 1970, a respeito de outro filme sobre a loucura – *Histoire de Paul*, de René Féret –, Foucault decide apoiar seu comentário numa experiência mais pessoal:

---

[1]. Michel Foucault, *História da loucura na Idade Clássica*. Trad. José Teixeira Coelho Netto. São Paulo: Perspectiva, 1978, pp. 163-164. [N. do E.]

[2]. Festa carnavalesca francesa, realizada na quaresma. A palavra brasileira "micareta" deriva de *mi-carême*. [N. do T.]

[3]. Michel Foucault, *La Folie et la fête*, primeiro dos cinco programas radiofônicos reunidos sob o título *L'Usage de la parole. Les langages de la folie* (diretor dos programas: Jean Doat), France III-National, 7 de janeiro de 1963, arquivos INA.

O filme de René Féret, em sua imensa beleza e rigor, me lembra acima de tudo aquelas festas de loucos, como existiam em certos hospitais da Alemanha e da Suíça não muitos anos atrás: no dia do carnaval, os loucos se fantasiavam e faziam um desfile de máscaras pelas ruas: curiosidade incomodada, um pouco assustada dos espectadores: o único dia em que se permitia aos loucos sair era para os outros rirem e se fazerem de loucos.[4]

Aquele dia de carnaval caiu em 2 de março de 1954. O hospital suíço em questão é o hospício cantonal de Münsterlingen,[5] situado às margens do lago de Constance, a poucos quilômetros do sanatório Bellevue de Kreuzlingen, dirigido por Ludwig Binswanger (1881-1966).[6] E Foucault é oficialmente convidado pelo psiquiatra Roland Kuhn (1912-2005), em 3 de fevereiro de 1954, com Georges Verdeaux e sua esposa Jacqueline, a quem devemos as fotografias deste texto, a assistir ao Fasnachtsumzug[7] (desfile de carnaval), a ser realizado na Terça-Feira Gorda, dia tradicionalmente consagrado ao excesso e à desmedida, ao contraste e à inversão.

Geralmente desprezado pelos especialistas em Foucault, esse início dos anos 1950 foi, apesar de tudo, determinante. É quando ele faz uma formação aprofundada em psicologia, obtendo em 1952 um diploma em psicologia patológica. As centenas de fichas que ele redige comprovam seu interesse pelas grandes "obras", não só a de Freud, como a de Merleau-Ponty ou Binswanger. Detém-se especialmente nos textos, mais técnicos, de Jackson, Ribot, Cattel, Alexander, Baruk, Pichot, ou ainda Minkowski, Pradines, Sorokin, Hull, Spitz ou Lewin... O estudante também se apaixona pelas inovações relativas à psicologia clínica, como, por exemplo, o desenvolvimento da técnica do eletroencefalograma (EEG), inventado pelo psiquiatra alemão Hans Berger em 1924, ou ainda o uso de técnicas projetivas, quer se trate do Teste de Rorschach ou da associação das palavras de Jung. Nessas mesmas fichas, analisa ainda os resultados de experimentos recentes sobre a imagem corpórea, a questão da inteligência ou a das aptidões, realizados em neurofisiologia e medicina psicossomática.

Licenciado em filosofia em 1951, Foucault é então atraído para uma reflexão epistemológica sobre as condições de

[4.] Michel Foucault, "Faire les fous", in: Dits et écrits, 1954-1988, ed. estabelecida sob a dir. de Daniel Defert e François Ewald, com a colab. de Jacques Lagrange, 4 vol. Paris: Gallimard, 1994, doravante DE, II, pp. 804- 805.]
[5.] O hospício de Münsterlingen, localizado no cantão de Turgóvia, foi instalado numa ala de um antigo convento. Em 1849, os doentes eram confiados ao doutor Ludwig Binswanger (1820-1880), que, em 1857, criaria, por sua vez, o sanatório Bellevue de Kreuzlingen, banindo todos os meios coercitivos e instalando um ambiente caloroso e familiar. Sua clientela era recrutada na alta sociedade europeia, nos meios intelectuais e artísticos. Muitos pacientes de Freud se trataram lá.
[6.] Neto e homônimo do fundador do sanatório Bellevue de Kreuzlingen. [N. do E.]
[7.] Fasnacht é uma designação regional, equivalente ao termo alemão Fastnacht, que indica a noite de jejum. Os bailes terminam à meia-noite, quando começa a Quarta-Feira de Cinzas, que marca oficialmente o fim do carnaval. O cantão da Turgóvia é influenciado em sua tradição carnavalesca tanto pela coexistência das duas grandes confissões cristãs, protestante e católica, como pelo Fastnet de Constance, cidade alemã limítrofe.

surgimento dos conhecimentos da psicologia. Assiste às aulas de Maurice Merleau-Ponty, como atestam as anotações intituladas "L'Enfant et l'autrui". É nesse momento, aliás, que decide empreender uma reflexão sobre os equívocos da noção de atividade na psicologia genética. Professor-assistente de psicologia na Universidade de Lille entre 1952 e 1955, descobre o pensamento filosófico de Georges Bataille, que o induzirá a ler Friedrich Nietzsche pela primeira vez em 1953, nas praias italianas. Também lê Jacques Lacan e assiste a várias sessões de seu seminário, quando este é acolhido no anfiteatro do Hospital Sainte-Anne, oferecido ao psicanalista pelo diretor do Instituto de Psicologia, Jean Delay (1907-1987).

Em sua atividade docente, que divide então entre Lille e a rue d'Ulm,[8] onde ensina a partir de 1953 substituindo Louis Althusser na direção do laboratório de psicologia, Foucault prepara um seminário sobre as relações entre fenomenologia e psicologia, cita copiosamente Edmund Husserl e cogita escrever uma tese sobre a noção de "mundo" na fenomenologia e sua importância para as ciências humanas, bem como uma tese complementar sobre "a psicofísica do sinal e a interpretação estatística da percepção".

Para Foucault, entretanto, esse começo dos anos 1950 se destaca acima de tudo pelo seu ingresso nos hospícios. Como estagiário em psicologia, descobre a atmosfera profissional da psicologia experimental e ocupa, como esclarece em diversas entrevistas, um *status* curioso, espécie de interface entre pacientes e médicos: "O chefe do serviço era muito gentil comigo e me dava total liberdade de ação. Ninguém, no entanto, se preocupava com o que eu deveria fazer: eu podia fazer qualquer coisa. Ocupava, na verdade, uma posição intermediária entre a equipe e os pacientes."[9] Era a época, acrescenta, "do desabrochar da neurocirurgia, do início da psicofarmacologia, do reinado da instituição tradicional. Num primeiro momento, aceitei essas coisas como necessárias, mas, ao cabo de três meses (meu raciocínio é lento!), comecei a me interrogar: 'Mas em que medida essas coisas são necessárias?' Ao fim de três meses, larguei o emprego e, com uma sensação de profundo mal-estar, fui para a Suécia; lá, comecei a escrever uma história dessas práticas."[10] É, com efeito, nesse período que ele toma consciência das falhas da instituição, falhas que vão surpreendê-lo "até a angústia",[11] em especial ao abordar o caso de Roger, que, "quando estava lúcido e não tinha problemas, [...] parecia bastante inteligente e sensato, mas que,

---

8. Sede da École Normale Supérieure. [N. do T.]

9. Michel Foucault, "Une interview de Michel Foucault par Stephen Riggins", DE IV, p. 527.

10. Idem, "Vérité, pouvoir et soi", entrevista a R. Martin, Universidade de Vermont, 25 de outubro de 1982; reproduzido em DE IV, p. 779.
11. Idem, "Le pouvoir, une bête magnifique", DE III, p. 369.

em outros momentos, sobretudo os mais violentos, precisava ser confinado". Como seu estado mental se deteriorava, acrescenta Foucault, "procedemos a uma lobotomia frontal naquele rapaz excepcional, inteligente, porém incontrolável [...], não consigo esquecer seu rosto atormentado".[12]

12. Idem, "Conversation sans complexe avec le philosophe qui analyse les 'structures de pouvoir'", DE III, p. 678.

Embora hoje saibamos mais sobre a maneira como ele escreveu essa história das práticas em sua *História da loucura* (1961), é bom lembrar que esse trabalho foi precedido de um duplo projeto editorial, infelizmente abortado, sobre a história da psiquiatria e a história da morte para as Éditions de La Table Ronde, mas sobretudo, em 1954, ano de sua visita a Münsterlingen, da publicação de *Maladie mentale et personnalité*,[13] bem como pela preparação de dois artigos sobre a história da psicologia, publicados três anos mais tarde ("A psicologia de 1850 a 1950" e "A pesquisa científica e a psicologia").

13. Em 1962, por ocasião da reedição da obra, ela mudará de título, tornando-se então *Maladie mentale et psychologie*.

Em parceria com a germanista Jacqueline Verdeaux, Foucault traduz e escreve a introdução de *O sonho e a existência*, ensaio sobre a experiência onírica publicado nos anos 1930 pelo psiquiatra Ludwig Binswanger. Foucault exibe sua intimidade com os métodos e conceitos da análise existencial. Tratava-se, como aliás apontou para Binswanger em uma de suas cartas, de "mostrar a importância significativa do sonho na análise existencial e [de] mostrar como [sua] concepção do sonho implica uma renovação completa das análises da imaginação".[14] Também é, por outro lado, a abordagem antropológica de Binswanger que Foucault decide examinar em sua introdução. Uma antropologia da existência concreta e de seus conteúdos históricos, cuja origem remonta não só à filosofia eidética de Husserl e à maneira como Heidegger concebe o *Dasein*, como também à ciência do espírito tal como definida por Wilhelm Dilthey e a uma antropologia cultural praticada então por Margaret Mead ou Abram Kardiner. Uma antropologia que, da mesma forma, se distancia de Freud e do erro da psicanálise, que consiste em romper a unidade com que o doente se exprime para dividi-la entre consciente e inconsciente ou, ainda, entre a expressão manifesta e as pulsões instintivas. Com efeito, todo o trabalho clínico de Binswanger consiste em escapar dessas explicações psicológicas duvidosas e retomar o indivíduo em suas determinações primordiais (tempo, espaço, imaginário, relações com os outros, corpo...), para apresentar as patologias como modos alterados de habitar o mundo. Esse pensamento original, inclusive em sua maneira de analisar o sonho e o imaginário para

14. Carta de Michel Foucault de 27 de abril de 1954.

conformá-los numa estrutura existencial que desvela o sentido de nossa relação com o mundo, é, para Foucault, a prova de que é viável um contrapeso às grades tradicionais que a psiquiatria aplica à loucura.

O questionamento é outro em *Maladie mentale et personnalité*. Trata-se de compreender não só como a loucura veio a se tornar uma "doença mental" dotada de sintomas detectáveis e sinais visíveis, mas também por que a psicologia aspira a se assemelhar à medicina orgânica, quando as novas abordagens desenvolvidas a partir da segunda metade do século 19 não conseguem determinar com precisão as razões pelas quais apenas alguns indivíduos são passíveis de distúrbios psicológicos. É para tentar responder a isso que Foucault realiza um primeiro mergulho na história da patologia mental, descrevendo algumas das grandes figuras históricas da loucura no Ocidente: a do energúmeno da Antiguidade, a do possuído na Idade Média e a do alienado, que, a partir do século 18, é expulso da sociedade pelo viés da internação. Em todo caso, mediante essa recapitulação histórica, Foucault evidencia as especificidades desse tipo de patologias com relação à patologia orgânica, assinalando ao mesmo tempo o papel determinante do meio histórico e social na gênese de tais doenças.

É Jacqueline Verdeaux, equipada com uma Leica, quem fotografa a descida do boneco de palha – "rei" efêmero do carnaval – a partir das janelas do pavilhão dos homens, o desfile dentro dos muros do hospício, depois o baile que encerra o evento. Ela não procura denunciar a superlotação, a insalubridade ou a persistência de práticas desumanas ou arcaicas.[15] Da mesma forma, não previu que tais fotografias fossem abastecer os prontuários médicos dos pacientes, costume não obstante em voga em diversos hospícios. Muito pelo contrário, ela procura mostrar uma atividade. Um hospício, por mais fechado que seja, necessariamente conhece momentos "à parte", em geral festas que são esperadas e preparadas às vezes com grande antecedência, tanto pelos pacientes como pela equipe médica. Momentos em que cai por terra a separação estrita entre o interior e o exterior, seja porque o hospício se

[15]. É o que acontece então na França. Basta lembrar as posições de Lucien Bonnafé, Henri Ey, Paul Sivadon ou François Tosquelles para comprovar a existência dessa crítica do intolerável dos hospícios franceses. É, guardadas todas as proporções, o que acontece também em Münsterlingen, ao menos a crer nas palavras de Kuhn, que lembra em sua autobiografia as dificuldades materiais, o número crescente de doentes e o acompanhamento insatisfatório devido a uma cruel falta de médicos qualificados sabendo falar alemão. É em 1954, aliás, que ele lança um vasto projeto de ampliação e reforma arquitetônica.

abre para o exterior, seja porque o exterior invade os limites do pavilhão. Momentos, enfim, em que os pacientes são reconhecidos por outra coisa que não suas patologias ou seu histórico médico quase sempre patético.

Essas fotografias permitem vislumbrar a estranha sensação experimentada por Foucault nesse dia improvável, em que os loucos "representam" os loucos, e se manifesta, certamente com o máximo de evidência, aquela "consciência enunciativa da loucura", a qual, lembra em sua *História da loucura*, o permite afirmar sem rodeios: "Este é louco".[16] Essa sensação é tanto mais estranha na medida em que esse hospício cantonal é, ao lado da clínica universitária do Burghölzli, de Zurique, um dos eixos da psicanálise suíça. Münsterlingen, aliás, passa por importantes transformações tanto em suas estruturas como nas terapias utilizadas. Se a insulinoterapia de Manfred Sakel continua a fazer sucesso, é a hora da hipnose e da narcoanálise, bem como da abordagem psicológica, inclusive em seus aspectos mais normativos, aproximando-se a experiências realizadas simultaneamente pelo Instituto de Psicologia Aplicada de Zurique. Um lugar importante é atribuído à psicanálise existencial, alavancada pelos trabalhos pioneiros e vicinais de Binswanger. Entretanto, para compreender direito as particularidades desse hospício nesse início dos anos 1950, cumpre voltar-se para a personalidade de Roland Kuhn, que ali trabalha a partir de 1939. O historiador Edward Shorte assinalou, a propósito, o papel desempenhado pelo psiquiatra no desenvolvimento da abordagem psicodinâmica e, mais genericamente, da psiquiatria organicista. Sua influência, contudo, vai muito além, e suas numerosas competências vão cruzar vários temas que Foucault abordara quando estudante de psicologia.[17]

É a Kuhn que devemos a introdução do EEG em Münsterlingen em 1950, abrindo caminho para novos trabalhos na interseção da fisiologia, da psiquiatria e da neurologia. O instrumento lhe permite determinar o status neurológico de cada paciente, mas, sobretudo, aprimorar o diagnóstico, então baseado na punção lombar e na reação de Wassermann. Kuhn aperfeiçoou-se muito nos métodos das análises projetivas e, mais particularmente, no teste que Rorschach idealizara no início dos anos 1920, após concluir sua formação no hospício de Münsterlingen, que consiste em fazer os pacientes interpretarem livremente formas aleatórias. O objetivo, com essas pranchas, é tocar no âmago da personalidade de um indivíduo, avaliando ao mesmo tempo a dimensão estética e, portanto, imaginária, poética, temporal

16. Michel Foucault, *História da loucura na Idade Clássica*. Op. cit., p. 207.

17. Edward Shorter, *A History of Psychiatry: From the Era of the Asylum to Age of Prozac*. Nova York: John Wiley and Sons, 1997, pp. 258-259.

e espacial do paciente. Resta um último elemento: a pesquisa medicamentosa. Foucault vivenciara essa profunda mudança na terapêutica psiquiátrica quando trabalhava no hospital de Sainte-Anne. Jean Delay, após criar em 1939 o primeiro laboratório francês de eletroencefalografia, decide, com Pierre Deniker, administrar em 1952 clorpromazina sintética da marca Largactil a um grupo de pacientes psicóticos agitados. Kuhn introduz a substância em Münsterlingen em 1953, mas resolve testar outra molécula, a imipramina, comercializada sob o nome Tofranil pelos laboratórios Geigy. Ele generaliza seus experimentos entre 1954 e 1957, tratando mais de 500 pacientes depressivos.[18] Sua descoberta ganha então o aspecto de uma verdadeira revolução, tão radical quanto a de Philippe Pinel, que decidiu libertar os alienados de seus grilhões: "Doentes que se recusavam a sair da cama pela manhã passam a se levantar mais cedo, junto aos demais pacientes. Voltam a interagir com os outros, começam a conversar, participam da vida do pavilhão, retomam a correspondência e se preocupam novamente com a família. Tornam a arranjar um emprego, obtêm certo sucesso, e sua morosidade dá lugar a um ritmo de vida normal."[19] Kuhn, no entanto, jamais fará do medicamento um *phármakon* absoluto, continuando, em sua atividade clínica, a desvelar essas estruturas fundamentais da existência humana que participam de um mundo comum.

Esses diferentes elementos certamente contribuíram para tornar anacrônico, para não dizer irônico, aquele dia aos olhos de Foucault. Como um hospício onde reinam a ciência e a racionalidade e que, na época, representa a vanguarda da pesquisa experimental pode, a cada Terça-Feira Gorda, perpetuar um ritual que tem grande parte de sua origem no âmago mais profundo da Idade Média? Por que descrever esse dia, que se caracteriza pela transgressão das categorias e das hierarquias, bem como pelo dispêndio de uma energia que coloca em xeque os dispositivos de normalização e identificação que, justamente, permitem a um hospício funcionar?

Infelizmente não sabemos muita coisa da cronologia exata desse dia. Os pacientes saíram do hospício, que, a propósito, cobre uma vasta extensão com mais de 30 pavilhões, e dirigiram-se à cidade vizinha? Ou foram os habitantes da cidade que

18. Kuhn voltou várias vezes à história de sua descoberta. Num desses relatos, situa os primórdios da descoberta da imipramina em 1952, lembrando o vínculo de suas pesquisas com sua própria concepção de psiquiatria antropológica e da *Daseinanalyse* de Binswanger: "Estando persuadido da importância dessas abordagens fundamentais, para mim era evidente que os estados depressivos maníacos podiam ser submetidos a um tratamento biológico" (R. Kuhn, *Écrits sur l'analyse existentielle*, Jean-Claude Marceau (ed.). Paris: L'Harmattan, 2007, p. 155). Em outra passagem, ele assinala que, durante essa fase de testes, eclodiram efeitos secundários, inclusive sobre os personagens do carnaval, com o surgimento de duas novas figuras, "a boazinha Largactil e a vilã Geigy" (*ibidem*, p. 154).
19. *Idem*, "Ueber die Behandlung depressiver Zustande mit einem Iminodibenzylderivat (G22355)", *Schweiz Med Wochenschr*, v. 87, n. 35-36, 1957, pp. 1135-1140.

20. Em 2 de dezembro de 1909: "Natal e Ano-Bom são comemorados intensamente em Münsterlingen, e duas vezes cada um. Em seguida, vem o Carnaval com dois bailes de máscaras! Como vê, ninguém se enfastia na casa dos loucos!" (Christian Müller e Rita Signer [orgs.], *Hermann Rorschach (1884-1922): Briefwechsel*. Berna/Seattle: H. Huber, 2004.)

entraram nas dependências do hospício para participar do desfile e depois, consequentemente, do baile? É igualmente difícil reconstituir a "substância" desse dia, ouvir a música, o barulho e as vociferações ou observar os gestos que escandiram o percurso do cortejo.

Sabemos, em contrapartida, que a ideia de tal cortejo remonta à presença de Rorschach em Münsterlingen. Foi sob sua influência, entre 1907 e 1911, que atividades desse tipo se popularizaram.[20] Ele institui a prática de fotografar os pacientes e promove atividades teatrais, como a pantomima ou o teatro de sombras. Rorschach também utilizava um macaco que ele mesmo comprou para entreter alguns pacientes. Embora os médicos e a equipe investissem na preparação dessas manifestações artísticas, elas ainda não eram concebidas como parte da terapia. É só depois da morte de Rorschach, em 1922, que vemos evoluir a concepção dessas manifestações nos hospícios, em especial no de Herisau. Em 1926, Otto Hinrichsen (1870-1941), o diretor dessa instituição, escreve num relatório anual que tais contribuições ao divertimento e à distração são parte efetiva do tratamento médico, pois rompem as lógicas de isolamento e individualização inerentes à vida no hospício. Münsterlingen certamente foi afetado por um movimento similar. A instituição, além disso, já vinha desenvolvendo uma abordagem ergoterápica absolutamente singular, buscando aprimorar a simples "terapia ocupacional" por meio de uma verdadeira integração terapêutica, assim contribuindo para acabar com o estigma da doença mental. Como lembra Kuhn, as atividades eram várias: jardinagem, fabricação de velas, tecelagem de tapetes a partir de retalhos de pano, trabalho na madeira para os homens, diversas tarefas domésticas e manuais para as mulheres. A isso, cumpre acrescentar a confecção das máscaras e fantasias, que, necessariamente, acarretaram uma subversão do ritmo próprio desse universo hospitalar bem regulado.

Como todo carnaval, o de Münsterlingen denota um exterior da sociedade. Um mundo às avessas no qual a inversão e a transgressão são lógicas essenciais. As diferenças de vestimenta entre enfermeiros e enfermos são momentaneamente abolidas. Nas fotografias, não há jaleco branco, nenhum sinal característico que permite distingui-los, a não ser a coroa na cabeça de Roland Kuhn e outros integrantes da equipe médica. Também é possível perceber a miscelânea do cortejo, que mistura

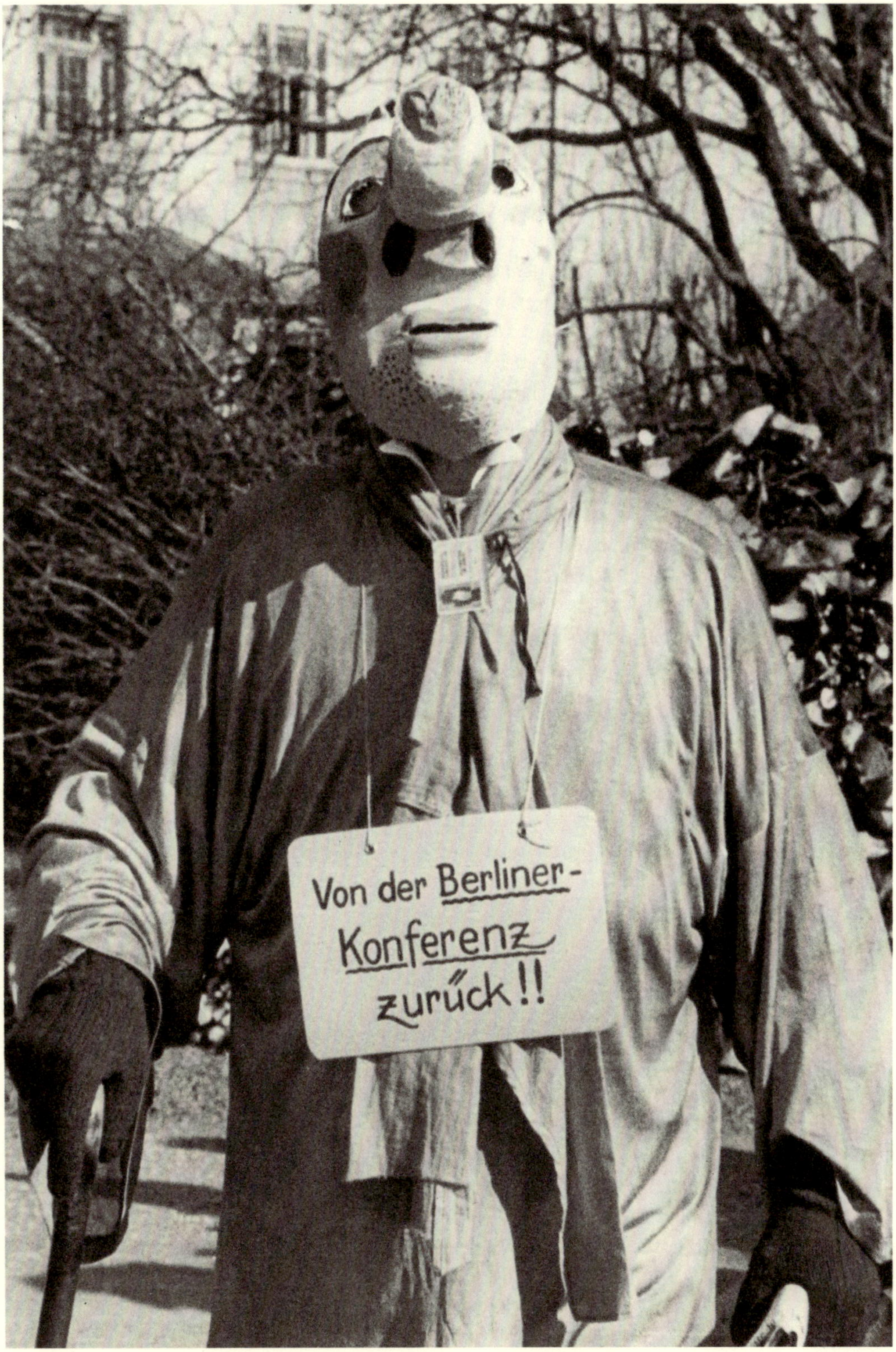
Von der Berliner-
Konferenz
zurück!!

mulheres, homens e, principalmente, crianças, contrariando a separação habitualmente praticada em instituições como essas. O travestimento, assim como a zombaria e a derrisão, parecem aceitos, em particular em se tratando da atualidade política. Vemos o martelo e a foice da URSS espetados na lapela do paletó do boneco de palha; uma tabuleta faz referência direta à Conferência de Berlim, que supostamente resolveria a Guerra Fria. O carnaval é um dos lugares da sátira e da crítica, seja ela estritamente local ou, ao contrário, internacional. Essa referência à atualidade se exprime através de outras fantasias, que colocam em cena celebridades como Charlie Chaplin, refugiado na Suíça, às margens do lago Léman, em 1952, ou ainda Maurice Chevalier, com seu chapéu de palha, recém-saído de uma turnê na Suíça com Georges Brassens e Patachou.

No caso de outras fantasias, podemos detectar a influência da tradição carnavalesca do sul da Alemanha. É o caso da figura do oriental com seu elefante, da sereia e do espadachim, do camponês e da coquete no seu estilo demodê, do palhaço com seu chapéu descombinado e, talvez, principalmente, do louco, que, desde a Idade Média, desfila com adereços singulares, entre os quais o cetro, as orelhas de burro e os guizos, cacos de espelho costurados nas roupas, um funil virado na cabeça ou ainda um chapéu pontudo.

Por fim, o mais espetacular: as máscaras que deformam os rostos com um olho superdimensionado, uma boca disforme ou uma língua pendurada. Aqui, a loucura reata com sua expressão monstruosa e grotesca na exacerbação de determinados traços físicos. Um aspecto que Foucault analisou mais detidamente em sua aula no Collège de France sobre os "anormais", apontando os laços que unem loucura e grotesco, mas sobretudo poder e grotesco, e isso desde a mais alta Antiguidade. As máscaras monstruosas são o lugar de irrupção das angústias do mundo e da vida. Caracterizam a função essencial desse carnaval: transformar-se, entrar na pele do outro e, assim, escapar temporariamente da lógica carcerária própria da instituição.

—

Procurando isolar certas máscaras do resto do cortejo e da dinâmica da festa, Jacqueline Verdeaux nos mostra o real fascínio então exercido por elas e sua principal função, que consiste, para quem a usa, em atuar entre sua identidade real e identidades assimiladas. Essa função foi apontada tanto pela etnologia como pela psiquiatria e pela filosofia.

A partir do fim da Segunda Guerra Mundial, as máscaras de carnaval suíças voltam a despertar o interesse tanto dos colecionadores como dos especialistas em costumes populares. Em 1945, máscaras de madeira do Lötschental, no cantão do Valais, são expostas numa das salas do Museu de Etnografia de Genebra por Eugène Pittard, seu diretor. No mesmo ano, Jean Dubuffet, ao mesmo tempo em que institui a expressão *art brut*, conhece Pittard em Genebra, bem como o psiquiatra Charles Ladame (1871-1949), apaixonado pela expressão artística dos alienados sob todas as suas formas. Na fronteira da antropologia e da estética, a máscara expressa para eles a recusa "popular" de ser reduzido a uma identidade única. Existe um meio de dissolver temporariamente tanto as fronteiras (natureza/cultura, homem/mulher, dominador/dominado) como os sistemas de interditos que regem a sociedade rural.

A psiquiatria também procurou desvendar o segredo dessas máscaras e, mais genericamente, das produções artísticas dos doentes mentais, como em 1950, por ocasião do primeiro congresso internacional de psiquiatria, realizado no hospital Sainte-Anne, onde uma exposição de arte psicopatológica agrupou objetos e obras de diferentes países. Mas podemos pensar também em Bruno Bettelheim, que, em 1954, em seu *Symbolic Wounds: Puberty Rites and the Envious Male*, menciona as coisas importantes que aprendeu com jovens pacientes de um hospital psiquiátrico observando atentamente seu comportamento durante uma festa de Halloween. No entanto, foi Roland Kuhn quem produziu uma das reflexões mais consistentes sobre a questão em *Phénoménologie du masque à travers le test de Rorschach*.

A partir das respostas fornecidas por seus pacientes,[21] Kuhn pretende determinar o lugar das máscaras na economia psíquica dos indivíduos, em especial quando confinados numa instituição do tipo asilar: dissipar a angústia consecutiva à adoção de novas coerções incentivando as mudanças de papel, inclusive entre pacientes e equipe médica.[22] Kuhn também faz referência ao período do carnaval, constatando que, nessa ocasião, o papel desempenhado pelas máscaras é primordialmente de ordem temporal, elas estão "num ponto de interseção entre duas épocas ou dois modos de existência, uma vez que suprimem a identidade anterior, ao mesmo tempo que a conservam secretamente e provocam um corte na unidade do sujeito".[23] Para o psiquiatra, a máscara que o paciente vê nas manchas de tinta, tal como a que ele usa durante o carnaval e que é fruto de sua vivência e experiências pessoais, suscita sempre a questão da simulação e da dissimulação: "Se um sujeito vê uma máscara numa mancha de tinta, é efetivamente o indício de que ele cria uma máscara, quer uma máscara, sabe o preço de uma máscara, em suma, obedece à função fundamental da dissimulação, função que as máscaras reais satisfazem imediatamente e

21. Ao estudar 2 mil protocolos de Rorschach, Kuhn detectou entre 10 e 20% de interpretações envolvendo máscaras.

22. Em diversas passagens, o psiquiatra insiste na existência de um laço, levado pouco a sério, entre a personalidade e a roupa que "representa alguma coisa no sentido literal do termo, e isso tanto para o sujeito como para os outros" (R. Kuhn, *Phénoménologie du masque à travers le test de Rorschach*. Paris: Desclée de Brouwer, 1957, p. 87).

23. *Ibidem*, p. 147.

por um preço bastante em conta".[24] E é essa função "dissimuladora" que Foucault estudará em *Maladie mentale et personnalité*, citando os trabalhos de Kuhn, bem como na *História da loucura*, quando comenta, por exemplo, determinados quadros de Goya que jogam precisamente com a decomposição dos rostos para mostrar "uma loucura sob a máscara, uma loucura que morde as faces, corrói os traços; não há mais olhos nem bocas, e sim olhares que vêm do nada e se fixam no nada".[25]

A reflexão de Foucault prossegue em *Raymond Roussel* (1963), uma vez que o autor de *La Doublure*, *L'Inconsolable* e, principalmente, *Têtes de carton du carnaval de Nice*, evocou longamente os desfiles, empregando determinados procedimentos como a hipérbole, a repetição e o oxímoro para mostrar, como lembra Foucault, "a ligeira falha (imperfeição, rasgo, detalhe sem verossimilhança, caricatura exagerada, desgaste, gesso que se desfaz, peruca fora do lugar, cola que derrete, manga levantada da fantasia) por meio da qual a máscara se denuncia como máscara: duplo cujo ser é desdobrado e reconduzido assim ao que é simplesmente".[26] Numa intervenção radiofônica de 1966 intitulada "O corpo utópico", também é possível ouvir outra análise da máscara, que, dessa vez associada à maquiagem e à tatuagem, faz parte para Foucault desses "gestos" que não consistem simplesmente em embelezar o corpo, mas também fazê-lo entrar "em comunicação com poderes secretos e forças invisíveis":

> A máscara, o símbolo tatuado e a maquiagem depositam no corpo uma linguagem inteira: uma linguagem enigmática, cifrada, secreta, sagrada, que atrai para esse mesmo corpo a violência do deus, a potência surda do sagrado ou a vivacidade do desejo. A máscara, a tatuagem e a maquiagem colocam o corpo em outro espaço, instalando-o num lugar que não tem lugar diretamente no mundo.[27]

Durante os anos 1970, Foucault continua a dar grande atenção às máscaras. Com efeito, o interesse que ele demonstra pela estrutura arquitetônica do panóptico de Jeremy Bentham deve-se à presença das máscaras nesse dispositivo. O filósofo utilitarista decide atribuir-lhes um papel central, exigindo que os detentos usem máscaras no dia das visitas. Elas se tornam assim acessórios indispensáveis ao castigo, representando o horror do crime e de seus efeitos sobre os prisioneiros, ao mesmo tempo que permitem ao prisioneiro evitar o desprezo do espectador e, dessa forma, não comprometer sua futura reinserção.

24. *Ibidem*, p. 16.

25. Michel Foucault, *História da loucura na Idade Clássica. Op. cit.*, p. 577.

26. *Idem*, *Raymond Roussel*, in *Oeuvres*, t. I. Paris: Gallimard (col. Bibliothèque de la Pléiade), 2105 [1963], p. 995.

27. *Idem*, "Le Corps utopique" (21 de dezembro de 1966), conferência radiofônica, *in*: *Oeuvres*, t. II. Paris: Gallimard (col. Bibliothèque de la Pléiade), 2015 [1966], pp. 1253-1254.

Existe ainda outro uso dessa máscara dissimuladora em Foucault, que afirma querer dirigir-se mascarado ao mundo.[28] Essa necessidade de anonimato aparece em *A arqueologia do saber*, mas também em *A ordem do discurso*, sua aula inaugural no Collège de France, ou em "Vinte anos depois", uma entrevista dada a um jovem desconhecido e publicada anonimamente em 1978. Foucault assina também "Maurice Florence", verbete biográfico que ele acaba de escrever sobre um certo Michel Foucault... É no entanto em 1965 que talvez melhor apreendamos a importância dessa temática e a ligação com sua presença, dez anos antes, no carnaval dos loucos. Interrogado por Alain Badiou sobre o que pretende ensinar de psicologia a filósofos na volta às aulas, Foucault responde:

> A primeira precaução que tomarei [...] é comprar a máscara mais sutil que eu possa imaginar e o mais distante de minha fisionomia normal, de maneira que meus alunos não me reconheçam. Procurarei, como Anthony Perkins em *Psicose*, assumir uma voz completamente diferente, de maneira que nada da unidade do meu discurso se manifeste.[29]

28. Michel Foucault, "Le philosophe masqué", entrevista a C. Delacampagne, *Le Monde*, n. 10945, 06.04.1980, reproduzido em DE IV, pp. 104-111.

29. Idem, "Philosophie et psychologie", DE I, p. 448.

Se por um lado essas fotografias mudam nossas perspectivas em relação a Foucault, em especial quando se trata de melhor apreender esse momento absolutamente singular dos anos 1950, quando um jovem filósofo, formado em psicologia clínica, elabora uma nova maneira de falar da loucura e de sua história,[30] por outro elas nos dão a oportunidade de voltar a uma constante – metodológica – de seu percurso sobre a loucura: a articulação da dimensão histórica e antropológica dela ou, para repetir seus próprios termos, a experiência histórica das condições de possibilidade das estruturas psicológicas e a experiência fundamental que toda época faz com a loucura, e na qual se reproduz a divisão originária entre loucura e razão.

Na realidade, é como historiador que Foucault decide abordar as diversas "experiências" ocidentais da loucura (a da errância na Idade Média, a do silêncio na Idade Clássica, a da medicalização a partir da época moderna).

30. É em todo caso a ambição que transparece em seu primeiro prefácio: "Fazer a história da loucura então significa: fazer um estudo estrutural do conjunto histórico – noções, instituições, medidas jurídicas e policiais, conceitos científicos – que mantém cativa uma loucura cujo estado selvagem nunca pode ser restaurado em si mesmo; porém, na falta dessa inacessível pureza primitiva, o estudo estrutural deve remontar à divisão que liga e separa ao mesmo tempo razão e loucura" (Idem, "Préface [da edição original (1961)]", *Histoire de la folie*. Op. cit., p. 666).

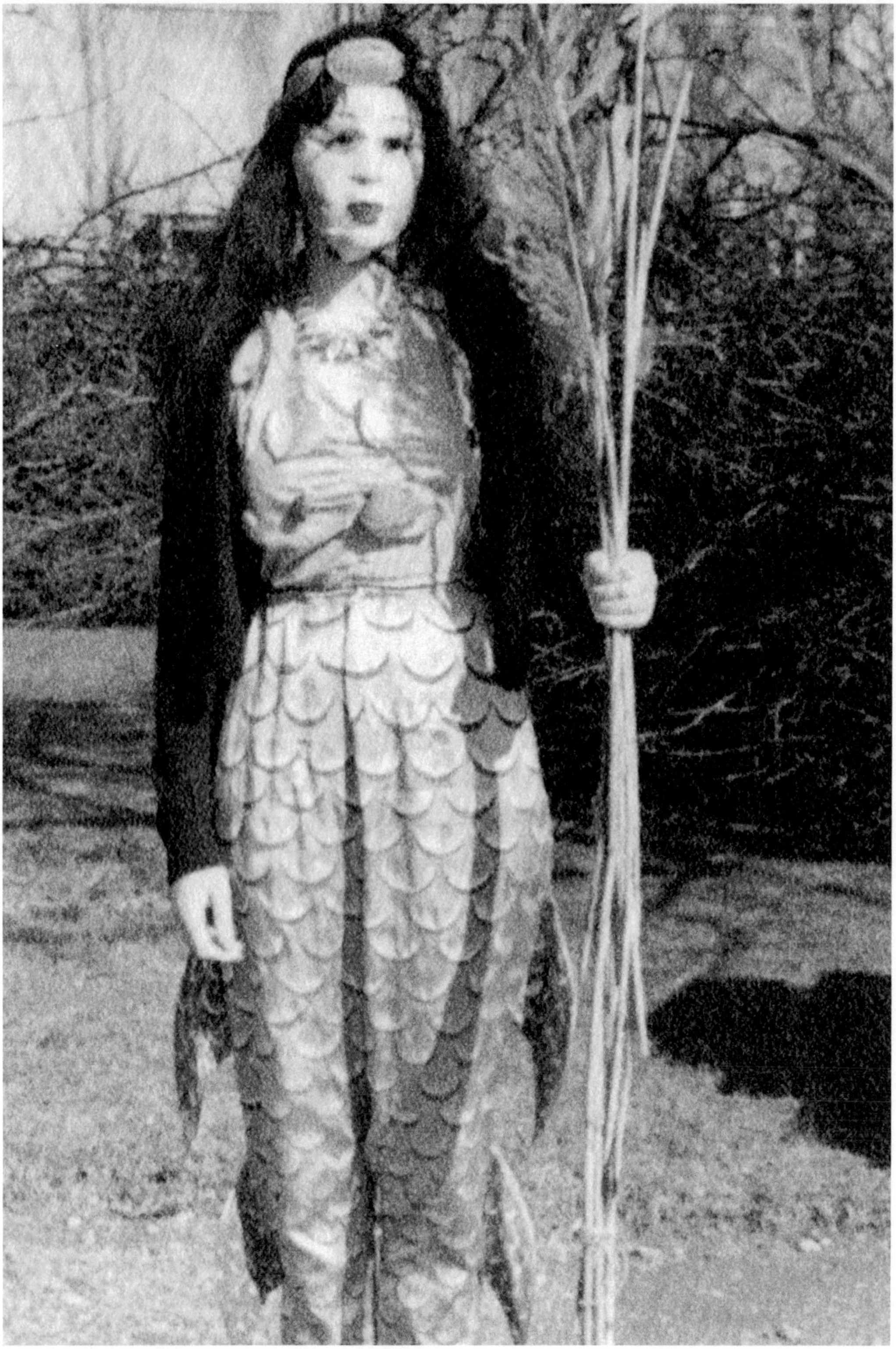

É como arqueólogo, trabalhando sobre os discursos enunciados, que ele interroga a historicidade dos procedimentos que definem a loucura em sua relação com a razão. Ele não se limita a ler prospectos ou compilar as histórias de hospício à sua disposição, mas seleciona nos arquivos indícios de uma loucura presa, encarcerada e alienada, rompendo assim com a maneira tradicional como os historiadores tinham até ali descrito os progressos ininterruptos da ciência psiquiátrica. Doravante, convém acrescentar a abordagem de uma outra "experiência", muito mais direta e pessoal, e também muito mais perturbadora, da loucura. Essa experiência, quase etnográfica, foi a que ele fez naquele 2 de março de 1954, uma vez que o que os arquivos lhe diziam finalmente ganhava corpo.[31]

31. É na interseção da história e da etnologia, ou melhor, dos arquivos e de uma verdadeira experiência física, que Foucault procura tornar visíveis certas relações agora tão próximas de nós que não as enxergamos mais, como a relação poder-saber, bem como construções institucionais, que, como a prisão, nos parecem imprescindíveis ao desenrolar da vida social.

Insistir nessa articulação é ainda mais importante na medida em que a história das ciências humanas e sociais tende a nos fazer esquecer que os saberes se inscrevem em conversas, interações e encontros, que, mais amiúde do que se pensa, as ideias nascem de situações e condições "normais". Foi o que Foucault quis exprimir ao indicar o vínculo que seus livros mantinham com sua história pessoal, enraizando suas reflexões numa dimensão afetiva, explicitamente existencial:[32]

32. Michel Foucault, "Vérité, pouvoir et soi", DE IV, p. 779.

> Todas as vezes que procurei fazer um trabalho teórico foi a partir de elementos da minha própria existência: sempre em relação com um processo que eu via desenrolar-se à minha volta. Era efetivamente por julgar reconhecer fissuras, tremores surdos e disfunções nas coisas que eu via, nas instituições com que lidava, em minhas relações com os outros que eu empreendia um trabalho, alguns fragmentos de autobiografia.[33]

33. Idem, "Est-il donc important de penser?", DE IV, pp. 181-182.

> Tentei fazer coisas que implicassem um engajamento pessoal, físico e real, e que colocassem os problemas em termos concretos, precisos, no cerne de determinada situação.[34]

34. Idem, "Entretien avec Michel Foucault", DE IV, p. 80.

> Não penso que o intelectual seja capaz, partindo exclusivamente de suas pesquisas livrescas, acadêmicas e eruditas, de enunciar as verdadeiras questões da sociedade na qual ele vive.[35]

35. Ibidem, p. 84.

Não por acaso, em 1961, ele decide aplicar a noção de "etnologia" para qualificar seu trabalho. Numa entrevista a Nicole Bris, ele se lembra de ter escrito sobre a loucura e sua história após ter lido "os livros americanos sobre a maneira como certas populações primitivas reagem aos fenômenos da loucura, [...] perguntei-me se não seria interessante ver de que maneira nossa própria cultura reage a esse fenômeno." Por ocasião da publicação de *As palavras e as coisas*, em 1966, livro no qual a etnologia desempenha o papel de um contrassaber capaz de romper "o longo discurso 'cronológico' com o qual procuramos refletir sobre [...] nossa própria cultura",[36] ele indica como sua perspectiva, que deriva de uma etnologia da cultura europeia, permitiu-lhe situar-se "no exterior da cultura à qual pertencemos, analisar suas condições formais para fazer sua crítica, para ver como ela se constituiu efetivamente".[37] Formula novamente essa relação em 1978, dessa vez para explicar a marginalidade de seus objetos de pesquisa:

> O que os etnólogos fizeram com as sociedades – essa tentativa de explicar os fenômenos negativos simultaneamente aos fenômenos positivos –, pergunto-me se não seria possível aplicá-lo à história das ideias. O que eu quis fazer, e ainda gostaria de refazer, é uma conversão do mesmo gênero [...]. Pergunto-me sempre se o interessante não seria, ao contrário, procurar o que, numa sociedade, num sistema de pensamento, é rejeitado e excluído.[38]

Levar em conta as palavras esquecidas, acompanhar as coisas mais humildes e menosprezadas é, para Foucault, proporcionar-se meios para romper com certos hábitos intelectuais. Mudar de perspectiva, eis claramente o primeiro objetivo de sua "etnologia", que muitos ainda insistem em considerar um simples chiste do filósofo.

Aquela visita de 2 de março de 1954 teve duas consequências diretas em seu trabalho. Se a primeira é de ordem temática, uma vez que Foucault voltará diversas vezes a falar da festa dos loucos medieval, evocando, em particular, seu desaparecimento, a segunda remete à maneira como, após ter lido e comentado longamente os escritos de Binswanger, ele se propõe a pensar os fenômenos sociais a partir de "casos", com a finalidade de desatrelar seu discurso de toda sistematicidade doutrinal ou ideológica.

---

[36]. Michel Foucault, *Les Mots et les choses. Une archéologie des sciences humaines*, in *Oeuvres*, t. I. *Op. cit.*, p. 1445.

[37]. *Idem*, "Qui êtes-vous, professeur Foucault?", DE I, p. 605.

[38]. *Idem*, "La folie et la société", DE III, p. 479. Talvez tenha sido nesse ano de 1978 que ele foi mais claro sobre o que o interessava, ou seja, "o que acontece à nossa volta, o que somos, o que acontece no mundo". Um mundo que "fervilha de ideias", "não só nos círculos intelectuais ou nas universidades da Europa Ocidental: mas em escala mundial e, entre muitos outros, nas minorias ou povos que a história até hoje quase nunca habituou a falar ou se fazer escutar" (*Ibidem*, pp. 475-476).

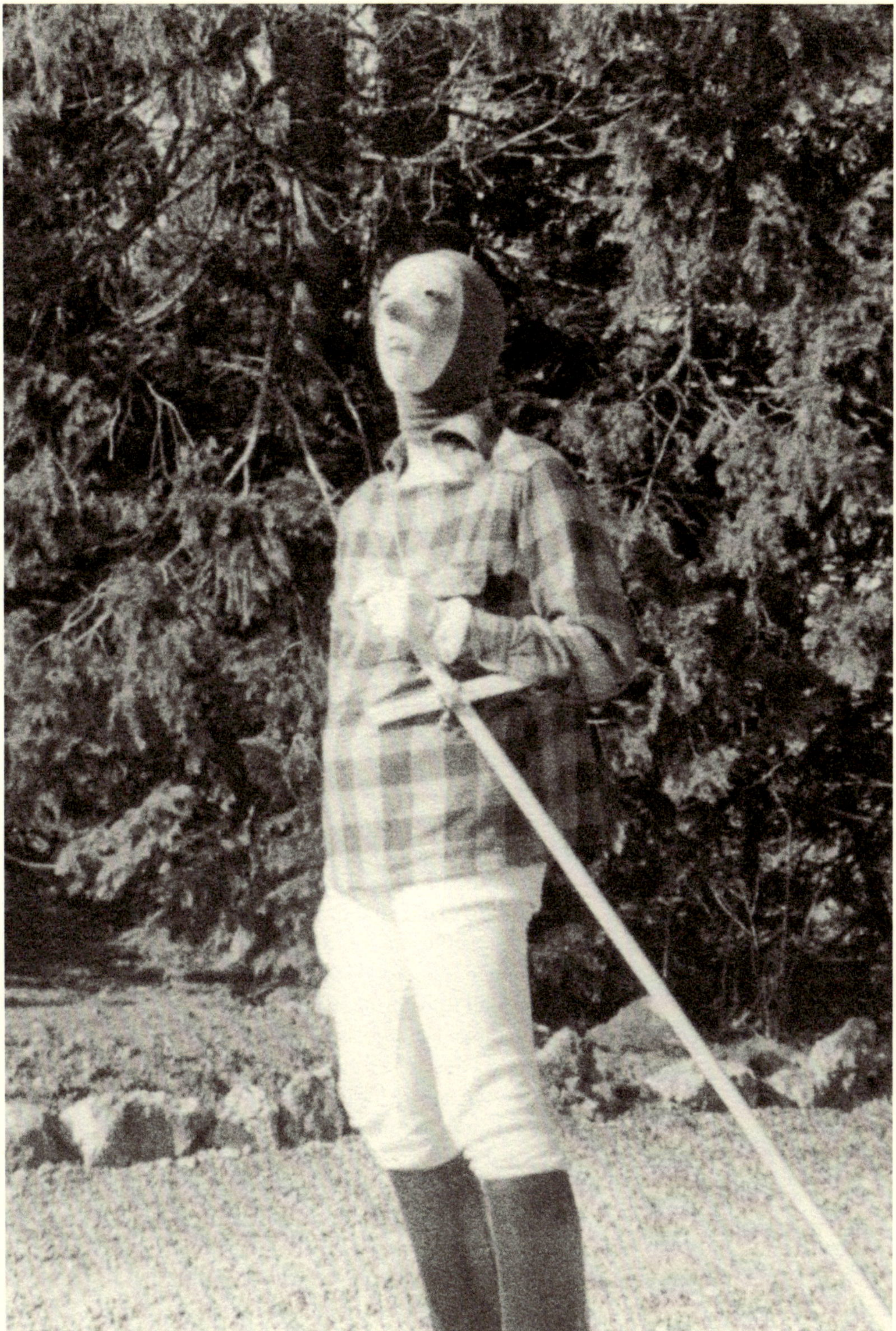

Pouquíssimos compreenderam a maneira como Foucault decidiu abordar essa questão da festa, ou então somente para enfatizar seu laço com a maneira como, em *O nascimento da tragédia*, Nietzsche detectara a existência de duas forças imutáveis, apolínea e dionisíaca, que carregavam em si a ideia da inversão dos valores, da desmedida, da desordem, da transgressão e do delírio. Influência a ser ressaltada pelo fato de Foucault citar explicitamente esse livro no primeiro prefácio de sua *História da loucura*. Para esclarecer a reflexão por ele desenvolvida sobre a festa dos loucos medieval, convém deixarmos de lado os "grandes" textos e nos voltarmos para duas conferências pronunciadas fora da França.

A primeira aconteceu em abril de 1967, na Tunísia.[39] Ele esclarece como a supressão dessa festa assinala, para o Ocidente medieval, uma profunda transformação da consciência do louco e de seu lugar na sociedade, mas sobretudo a perda de certo senso da fantasia e da extravagância. Uma ideia que ele continua a interrogar no Japão alguns meses depois, quando aponta as numerosas razões que explicariam a longa decadência dessa festa, cujo fim ele entrevê no início do século 14. A introdução do capitalismo, de sua lógica de mercado e de suas estruturas econômicas é um importante motivo. Mas está longe de ser o único. Ele ressalta também o papel desempenhado pela autoridade dos Estados nascentes, que toleram cada vez menos esse tipo de contestações, ou ainda o efeito da Reforma e, sobretudo, da Contrarreforma, que instala novas fronteiras entre o profano e o sagrado. Mais tarde, insistirá no papel desempenhado pelas instituições normativas, cujo objetivo é neutralizar a normatividade vital dos indivíduos que se manifesta na invenção dessas formas catárticas temporárias. Em *L'Impossible prison*, debate que o opõe aos historiadores da sociedade de 1848, Foucault transforma suas primeiras hipóteses num verdadeiro programa de pesquisa para o historiador, encarregado de analisar esses desvios na ordem das mentalidades e de levar a sério a questão dos deslocamentos dos limiares de intolerância e sensibilidade. Uma questão que se torna "bastante instrutiva" tão logo associamos a ela interrogações de ordem política ou sociológica: "Quando a coisa se tornou 'abominável'? A partir de que fatos? Para qual forma de olhar, de sensibilidade ou de percepção política? Em que grupos sociais?"[40]

Trata-se, no caso, de questões que deveríamos dirigir retrospectivamente ao cortejo de março de 1954: é abominável ver

[39]. "Folie et civilisation", conferência no Clube Tahar Haddad de Túnis, publicada pela primeira vez em 1989 (*Cahiers de Tunisie*, n. 149-150, pp. 43-59); reproduzida em fac-símile in P. Artières e J.-F. Bert, *Un succès philosophique. L'"Histoire de la folie à l'âge classique" de Michel Foucault*. Caen: Presses Universitaires de Caen-IMEC, 2011, pp. 197-213.

[40]. Michel Foucault, "Postface", in: *L'Impossible prison. Recherches sur le système pénitentiaire au XIXᵉ siècle*, Michelle Perrot (org.). Paris: Seuil, 1980, p. 316.

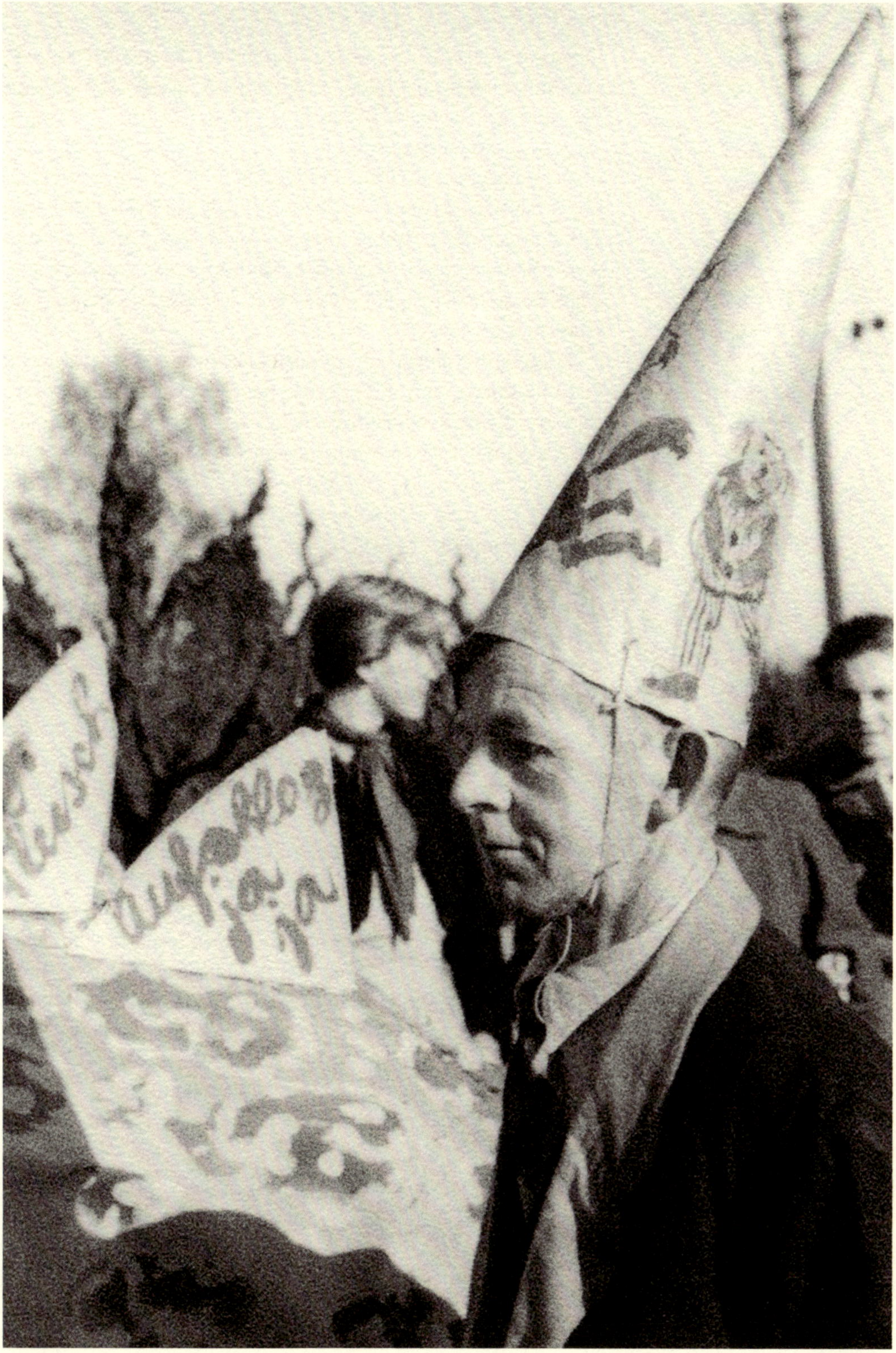

loucos desfilarem? Para quem? O que isso diz sobre nossa relação com a loucura? Como e em que essa relação mudou (por exemplo, com a chegada dos psicotrópicos)? O que a festa representa para o doente, que, participando dela, afasta-se do papel e do personagem que a instituição lhe atribui? Seria possível fazer uma relação com os pacientes dos serviços de psiquiatria do Rio de Janeiro ou de Marselha e Toronto, que, todos os anos, ensaiam para participar do carnaval ou do Mad Pride, um grande desfile de máscaras pelo respeito à dignidade das pessoas que sofrem de distúrbios psíquicos?[41]

O segundo "efeito" de sua visita a Münsterlingen pode ser visto na forma como ele decide romper com certa maneira de fazer história e filosofia, passando a pensar por casos, singularidades ou situações, reduzindo a escala de suas análises para melhor desmontar o arcabouço complexo das relações e a multiplicidade das temporalidades envolvidas num mesmo acontecimento.

Lembramos a maneira como, na abertura de *Vigiar e punir*, ele decide justapor a descrição do esquartejamento de Damiens a um regulamento de uma casa de correção, mostrando assim a inexorável passagem para o incorpóreo do poder moderno. Mais próximo talvez desse espetáculo carnavalesco de Münsterlingen, do mesmo modo é possível pensar no episódio da corrente dos condenados a trabalhos forçados, descrito nas últimas páginas de *Vigiar e punir*. Aquele carnaval acorrentado, em que a turbulência dos prisioneiros se manifesta por meio de cantos, insultos e murmúrios, é um espetáculo que tem tanto do ritual do bode expiatório como da festa dos loucos. Tampouco ignoramos seu interesse pelo caso Pierre Rivière, o parricida de olhos avermelhados que resolveu escrever a história de seu crime durante a detenção, ou ainda por Herculine Barbin, a hermafrodita intimada a escolher seu sexo. Esses relatos de "vidas reais",[42] espetaculares, suscitaram-lhe um verdadeiro fascínio e, finalmente, a vontade de explorá-las em profundidade, como ele diz claramente nas primeiras linhas de seu texto sobre a "vida dos homens infames", no qual encontramos ainda outros casos, como Mathurin Milan, que escondeu a existência de sua segunda vida aos seus próximos, ou Jean Antoine Touzard, "monstro de abominação que seria menos inconveniente esganar do que deixar livre".[43]

Todas essas "cenas" dos anos 1970 foram precedidas na *História da loucura* pela figura de Thorin, lacaio analfabeto que, no fim do século 17, narra suas visões ao longo de milhares de

---

[41]. Como aponta René Wetzel, há diferenças significativas na natureza de suas múltiplas festas. Orquestradas em primeiro lugar por pessoas "normais" para pessoas "normais", elas são em seguida programadas por médicos e enfermeiros para seus doentes. Agora elas são produto dos próprios "loucos", reunidos em associações de pacientes e remanescentes da psiquiatria.

[42]. Idem, "La Vie des hommes infâmes", in: *Oeuvres*, t. II. Op. cit., p. 1308.

[43]. Ibidem.

páginas. É igualmente na *História da loucura* que aparecem pela primeira vez os nomes de Antoine Léger, o lobisomem da caverna Charbonnière, que será condenado à morte em 1824; o de Auguste Papavoine, executado por ter assassinado duas crianças em 1825; ou o de Henriette Cornier, condenada por infanticídio em 1826, e que Foucault volta a citar em diversas aulas no Collège de France... Vidas que também transmitem uma sensação híbrida de beleza e pavor e que, em 1961, lhe permitirão mostrar quão lacônica e imperativa é a razão quando se trata de julgar o contrário de si mesma.

É, contudo, em meados dos anos 1950 que Foucault vai se concentrar nesses casos que transgridem os limites, furtam-se às classificações ou às categorias e irrompem na monótona regularidade do espaço social. Casos, como indica Binswanger em suas antropoanálises, que têm a particularidade de se deixarem observar em seu "ser-no-mundo" e não unicamente como quadros clínicos, psicopatológicos. É Ellen West, que desenvolve diversos medos fóbicos. É Jürg Zünd, universitário que não consegue encontrar seu lugar no mundo e que deseja acima de tudo viver no mais completo anonimato. É Lola Voss, tratada por crenças supersticiosas, um delírio de perseguição e uma profunda fobia das roupas. Por fim, é Suzanne Urban, que desenvolveu um amor passional pelo pai.

Binswanger serviu-se de todos esses casos para mostrar que o principal perigo no qual incorre a psiquiatria é o da objetivação, enquanto o da psicanálise freudiana é construir uma imagem demasiado específica da verdade da doença, transformando-a numa verdade escondida, não dita, a ser descoberta. Para ele, a verdade da psicose acha-se integralmente no mundo do doente. Não é algo oculto a ser descoberto. Postura que remete à maneira como Foucault procurou definir sua abordagem crítica, isto é, como desvelamento do que está na superfície, e não no oculto ou encoberto: "Tento tornar visível o que só é invisível por estar rente à superfície das coisas".[44] Sobre uma superfície, tudo é visível. Convém então aprender a ver o visível, sendo papel da filosofia trazer à tona o que está tão próximo, "o que é tão imediato, o que está tão intimamente ligado a nós mesmos que, por causa disso, não o percebemos".[45]

Na realidade, mais que o caso em si mesmo ou seu poder perturbador, pensar "por casos" é o que representa um verdadeiro desafio para Foucault. Além de transgredir as abordagens disciplinares clássicas, o caso é o que lhe permitirá, além de concentrar-se

44. Michel Foucault, "Michel Foucault explique son dernier livre", DE I, p. 772.

45. Idem, "La philosophie analytique de la politique", DE III, p. 540.

no vivido, produzir complexidade e considerar impossível uma explicação monocausal de um acontecimento, sobretudo em se tratando de um saber como o da psiquiatria, de seus mecanismos e de suas regras: "Impossível chegar a uma explicação única, uma explicação em termos de necessidade. Já seria muito conseguir evidenciar alguns laços entre o que tentamos analisar e toda uma série de fenômenos conexos."[46] Se o caso é o que dificulta uma generalização (porque é raro), é também um elemento de um conjunto mais vasto e dinâmico (um dispositivo).

Seguramente, como notara Michel de Certeau, o discurso foucaultiano é "uma arte de aproveitar as oportunidades e golpear, cruzando os textos de outrora com as conjunturas de hoje".[47] O texto foucaultiano é um mosaico que impede o jogo universitário clássico das aproximações ou da comparação. Ele só tem uma finalidade: produzir alguma coisa da ordem de uma experiência do que nós somos, "do que é não só nosso passado, mas também nosso presente, uma experiência de nossa modernidade tal como se dela saíssemos transformados".[48] Transformado certamente como se viu Foucault por ocasião de sua visita a Münsterlingen naquela Terça-Feira Gorda, 2 de março de 1954.

---

46. Idem, "Entretien avec Michel Foucault", DE IV, p. 77.

47. Michel de Certeau, *Histoire et psychanalyse entre science et fiction*. Apres. Luce Giard. Paris: Gallimard, 1987, p. 186. Emmanuel Désveaux destaca a importância, no âmbito da "dramaturgia foucaultiana", desse acontecimento, quando, possivelmente, e pela primeira vez, ele toma consciência da proximidade entre loucura e morte.

48. M. Foucault, "Entretien avec Michel Foucault", DE IV, p. 44.

O francês **Jean-François Bert** (1976) é sociólogo, especializado em história das ciências, e desenvolve na Universidade de Lausanne, na Suíça, um trabalho específico sobre arquivos de pesquisadores. Este ensaio é parte de *Foucault à Münsterlingen: à l'origine de l'Histoire de la folie* (Éditions EHESS), volume coletivo que organizou com Elisabetta Basco como parte de sua investigação sobre os métodos de trabalho do autor de *Vigiar e punir*.

Tradução de **André Telles**

Assine **serrote** e receba em casa a melhor revista de ensaios do país

Assinatura anual R$120,00
(3 edições anuais)
Ligue (11) 3971-4372
serrote@ims.com.br

serrote *Para abrir cabeças*

Expresso Transcaucasiano

Patrick Deville

Entre o Azerbaijão e a Geórgia, na pista de poetas trágicos, de Stálin e de Lumumba, uma viagem pelas ruínas do império soviético

1. "Quem precisa de um Lada?" (em inglês no original). [N. da T.]

Ilya Kabakov
Pinturas da série
Vertical Paintings, 2012
números 3, 2, 12, 6, 8, 4 e 9

Então murmurou: "Que o céu me proteja!"
Lançou um olhar entristecido para o Cáucaso,
E, puxando seu cachecol sobre os olhos,
Dormiu eternamente
Mikhail Liérmontov

Meu primeiro contato com Baku foi a leitura, na França, de uma edição do *Baku Sun* em que o título *"Who Needs a Lada?"*[1] se sobrepunha a uma foto em preto e branco de uma paisagem árida e montanhosa por onde passava uma criança montada num asno.

Depois, houve uma noite em que um homem bem forte, mas não muito grande, apertado em um casaco preto do tipo que se produz nas fábricas de roupas dos países do Leste, estendeu a mão para mim numa sala mal iluminada do aeroporto de Baku, sorrindo:

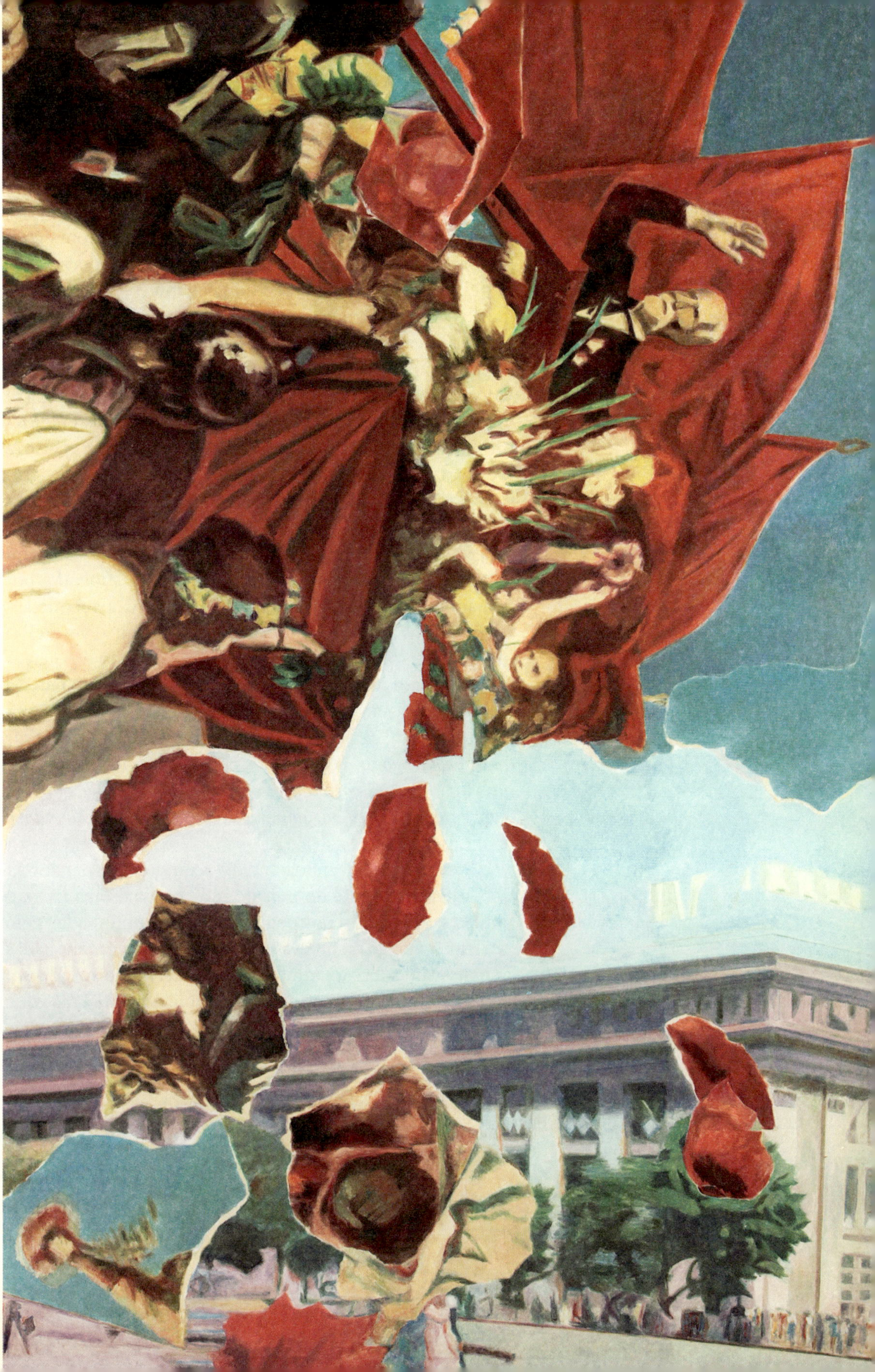

Welcome to the Soviet Union![2]

Rodamos em seu Lada por cerca de uma hora em subúrbios com pinheiros e eucaliptos plantados aleatoriamente entre faróis, postos de gasolina e grandes outdoors com anúncios de marcas de cigarros, até chegar ao adormecido hotel, diante do qual, buzinando, jogando chaves contra a porta de vidro, gritando, as mãos como megafones no meio da rua, a cabeça inclinada para trás, ele conseguiu fazer surgir uma mulher de penhoar e chinelos, com cerca de 50 anos, que acendeu um cigarro e guardou meu passaporte no fundo de uma gaveta. O sujeito, que falava mal inglês – *slip?* –, aparentemente aconselhava-me a dormir e apertava de novo minha mão.

No fundo do hall imenso que poderia ser o de uma estação de metrô, uma escada de falso mármore lascado revelava sua estrutura de concreto, levando aos andares que estavam em reforma ou prestes a ser demolidos, congestionados por andaimes. A porta abria para um apartamento de 100 metros quadrados com salas, várias poltronas de feltro vermelho puído, iluminação parcimoniosa e, lá no fundo do quarto, um catre com menos de um metro de largura e sem lençóis, sobre o qual retomei a leitura de Alexandre Dumas começada no avião: *eu precisava de uma grande força de vontade para me persuadir de que estava entre esses países quase fabulosos, por onde viajara tantas vezes olhando o mapa; para me convencer de que tinha, algumas* verstes[3] *à minha esquerda, o mar Cáspio.*

Corri para verificar, logo no dia seguinte, que o mar Cáspio, diferentemente do mar de Aral, ainda estava lá, azul, muito azul, agitado por pequenas ondas sublinhadas pelo sol frio. Ao longo do bulevar à beira-mar, balanças alinhadas repousavam sobre quadrados de carpete, tendo ao lado um pires para moedas e uma placa de cartolina escrita à mão que provavelmente dizia "Pese-se diante do mar Cáspio". Mais adiante, os passageiros embarcavam em uma pequena balsa branca e enferrujada para Astracã, ao norte, ou para o Cazaquistão, do lado oposto. Em pé nos rochedos, pescadores com chapéus de marinheiro azul-marinho vigiavam suas linhas com o rabo do olho.

Da beira da água até o café Mozart, e nas vitrines dos vendedores de tapetes cobertas com os adesivos dos diversos cartões de crédito aceitos, o comunismo parecia ter passado por

---

[2]. "Bem-vindo à União Soviética!" (em inglês no original). [N. da T.]

[3]. *Verste*: antiga unidade de medida usada na Rússia a partir do século 18, que corresponde a 1.067 km. [N. da T.]

4. *Stalinkas*: prédios construídos durante o período stalinista. [N. da T.]

5. *Spetsnaz*: tropas de elite da União Soviética. [N. da T.]

6. Manat: moeda do Azerbaijão. [N. da T.]

Baku sem deixar vestígios. Para dedicar-se a essa arqueologia, era preciso subir mais, até as colinas que cercam a cidade, nas *stalinkas*,[4] grandes blocos de concreto supostamente destinados à habitação humana. Em 1990, os tanques russos e os comandos *spetsnaz*[5] tinham tentado opor-se uma última vez ao deslocamento do império nessas paragens, antes de renunciar e abandonar o Azerbaijão à própria sorte. Embora pouco lúcido, o poder de Moscou estimava na época, com alguma razão, ter muito o que fazer para manter sua autoridade sobre a encosta norte do Cáucaso: Daguestão, Tchetchênia, Inguchétia, Ossétia, Cabárdia-Balcária, Carachai-Circássia, e até mesmo a Svanécia, já era trabalho suficiente.

Os jornais em diversas línguas e alfabetos abertos sobre as mesas do Mozart anunciam hoje, 9 de novembro de 1999, o décimo aniversário da queda do Muro de Berlim. A antiga República Socialista Soviética do Azerbaijão é independente pela segunda vez em sua história (a primeira, muito breve, foi no fim da Primeira Guerra Mundial), e os clientes pagam suas bebidas em manats[6] recém-impressos. Tirei dos bolsos duas cadernetas, que abri sobre a mesa do café, uma destinada aos Mares & Oceanos do Planeta, na qual acabara de acrescentar um parágrafo sobre as águas azuis do mar Cáspio, a outra na qual registro, há muitos anos, notas e citações sobre a cor azul, entre as quais figuram em lugar de destaque dois versos de *A confissão de um vagabundo*, de Serguei Iessiênin.

—

É uma fronteira bastante complicada a que define a longa cordilheira do Cáucaso entre a Europa e a Ásia Central, mistura de centenas de povos e quase a mesma quantidade de línguas, cuja litania desencorajou os viajantes mais poliglotas, mas entusiasmou Dumézil. Baku sempre esteve entre a bigorna e o martelo e, depois, sob o golpe da foice: ao longo de todo o século 18, a cidade acordava um dia eslava e no outro persa, disputada pela Rússia dos czares e pelo Império Otomano no século 19, pelos alemães e pelos ingleses durante a Primeira Guerra Mundial, mas no meio do turbilhão resiste, impassível, o palácio dos grandes khans.

Hoje em dia, é preciso ter um pouco de imaginação, e apertar os olhos, para reencontrar a velha cidade do Oriente adormecida no seu verão ardente, quando a poeira fina trazida pelo vento atravessa as altas muralhas em tons ocre do forte do xá Abbas. Videiras sobem pelos muros de pedra amarela em pleno sol. Gatos se aquecem sobre o calçamento de ruelas íngremes, dominadas e sombreadas por sacadas que se projetam dos prédios. Mulheres com roupas muito coloridas, vermelhas e amarelas, varrem a frente das casas com vassouras de folhas, diante das portas pesadas com inscrições em sinuosas letras persas. Mas não há mais aqueles homens *que usavam todos o* kandjar,[7] *o revólver enfiado no cinto, o fuzil pendurado no ombro.*

Dumas descobrira em 1858 uma cidade ainda oriental e percorrera o mercado em busca de armas damascenas e de tapetes com que o escritor bulímico encheu seus baús. Essa cidade pode ser conhecida no século 20, mas em outro lugar, longe de Baku, talvez no sultanato de Omã, nas fronteiras hermeticamente fechadas até os anos 1970: Baku devia ser parecida com os mercados de Mutrah ou de Nizwah, no labirinto dos bairros xiitas lotados de barracas escuras e aromáticas de joalheiros e de vendedores de cobre e latão, onde pairavam os perfumes do haxixe e do incenso, e por onde vagavam barbudos sombrios de *dishdasha*[8] branca imaculada, o *kandjar* trabalhado em marfim e prata na cintura... As cidades mudam de lugar às vezes. Sempre clandestinamente.

O centro de Baku hoje é mais parecido com o das cidades sombrias do Leste Europeu, como Bratislava ou Sófia, antes da queda do Muro. Velhas mulheres, cansadas de esperar por muito tempo um futuro melhor, vendem legumes e frutas em baldes de ferro branco enfileirados nas calçadas, maçãs e castanhas, caquis e feijoas. Os carros ainda soviéticos, mas já fora da garantia, terminam de estropiar seus eixos nos trilhos do bonde. Há também algo das democracias populares árabes, das cidades argelinas do outro lado do Atlas, Médéa fundada pelos turcos e cercada de vinhedos. Profusão de árvores na frente das casas. Oliveiras e figueiras. Predileção pelas grandes videiras que sobem pelos terraços até o segundo andar. Um respeito paradoxal pelo vinho em um país muçulmano. Em alguns lugares, talvez se faça a colheita da uva apenas pelo prazer de inventar nomes de vinhos que parecem títulos de canções populares: em Ohrid, bem perto da Albânia, o *Tega za Yug* (Nostalgia do Sul), e aqui em Baku o *Giz Galasi,* Torre da Donzela (ela teria se jogado do alto de uma

---

7. *Kandjar:* adaga. [N. da T.]

8. *Dishdasha:* Túnica branca comprida usada pelos árabes. [N. da T.]

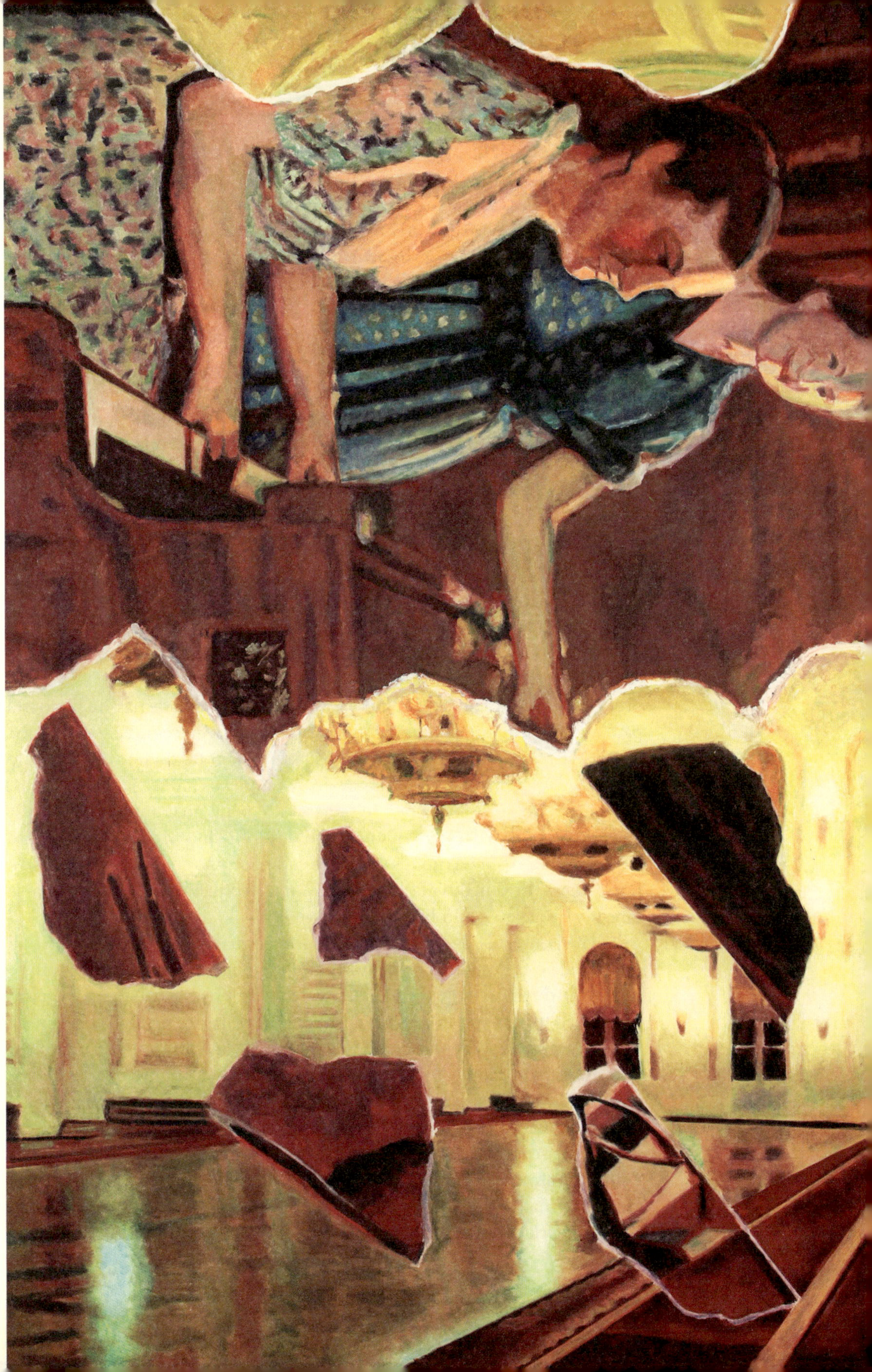

torre para escapar do incesto). O palácio do khan fica muito perto do Irã e da poesia dionisíaca de Omar Khayyam. Mas Baku mudou-se novamente para Tchernagorod, a Cidade Negra, na península de Absheron, esticada como uma língua suja na direção do Turcomenistão, onde os pneus dos caminhões e dos ônibus deixam suas marcas sobre o solo uniformemente cinza ou branco, metade areia e metade sal. Horizontes de chaminés de fábricas e de máquinas enferrujadas, tanques de combustível e florestas de torres de perfuração em forma de pirâmide, como se achava ingenuamente que só havia ainda nos museus do petróleo da Pensilvânia. O óleo mineral, *petrolaeum* de Plínio e de Heródoto, transformara Baku, cidade dos dervixes, em metrópole industrial às portas do Oriente, primeira produtora mundial de petróleo bruto, em 1900.

A península de Absheron é rasgada por campos de petróleo e cheia de usinas de gás e, na costa, flutua Neft Daslari, conhecida como Oil Rocks, cidade de galpões e barracões de metal enfileirados perpendicularmente sobre o mar Cáspio. A paisagem revela as tonalidades delicadas da ferrugem que o metal produz quando abandonado à própria sorte e ao vento salgado: da cor de hena ao açafrão.

Gulbenkian descrevia em 1890 a ebulição desse *Far East*, o golpe de sorte das perfurações, o sucesso fácil, a corrida do ouro negro empreendida pelos vagabundos e pelos caçadores de fortuna, os fabulosos golpes de picareta fazendo jorrar o petróleo bruto em gêiseres de 50 metros que caíam depois como chuva preta no dorso de camelos inquietos. Em dez anos, a cidade passou de 10 mil para mais de 100 mil habitantes, enquanto na outra extremidade da Europa, no *Far West*, a segunda revolução industrial fazia brotar do solo portos como Saint-Nazaire. Construções navais de aço. Complexos industriais-portuários... No começo de tudo, ainda não se sabia muito bem, no entanto, qual a utilidade do petróleo e desse gás natural que, aqui, inflama-se espontaneamente em contato com o ar nas noites de tempestade. E, como tantas vezes, quando o *Homo sapiens* fica em dúvida ao ser confrontado com um novo enigma, cria-se uma nova religião e o problema parece resolvido.

Foi na península de Absheron que surgiu o masdeísmo de Zoroastro, ali onde ainda está erguido o pequeno Templo do Fogo, construído sobre um reservatório de gás e enfeitado com um tridente de ferro. As colunas dos quatro cantos são tochas voltadas para o céu, onde queimam, segundo os fiéis, velas que foram acesas depois do dilúvio e só se apagarão no fim do mundo. Dá para imaginar a impressão que podiam causar, a olhos primitivos arregalados encimados por grossas sobrancelhas, esses incêndios do solo percorrendo a península nua varrida pelos ventos, e as longas serpentes de chamas à noite sobre o mar como se fosse uma poncheira. Durante 30 séculos, esse modesto templo de Surakhane foi a Jerusalém dos zoroastrianos, que vinham da Índia em peregrinação e, apesar dos temores de Gulbenkian no fim do século 19 (*Até agora pelo menos a destilaria Kokerof ainda não avançou sobre os muros do templo, mas, mesmo o santuário sendo tão pequeno, acharam que atrapalhava e decidiram demoli-lo*), um gênio maligno cuida de proteger o lugar.

Relegado por muito tempo ao fundo do terreno de uma fábrica, o templo continuou depois a produzir suas chamas dançantes no pátio de uma caserna, diante da qual as crianças hoje jogam futebol, na praça poeirenta do povoado, onde tomo um chá muito quente enquanto espero o ônibus para Sumgait, em busca do fantasma de Serguei Iessiênin.

—

Alguns pinheiros e oliveiras atrofiados. Portas de ferro trabalhado. Um homem vestido de preto atravessa a praça com uma pasta preta de poliéster na mão. Atrás de casas com telhados de chapa ondulada, bate a biela rangente de uma pequena torre de perfuração particular. Os homens da corrida do ouro e os amaldiçoados da terra não estavam no mesmo barco. Os investidores armênios e estrangeiros, as famílias Nobel ou Rothschild, mandavam construir suas mansões em Baku e seus operários se amontoavam nos barracões da Cidade Negra em volta das fábricas. Enquanto seu irmão Alfred inventava a dinamite, Ludvig Nobel, primeiro fabricante de petroleiros, também contribuía para o desenvolvimento da humanidade elaborando, a partir do petróleo, a vaselina, talvez com um único objetivo, ferrar os proletários, cuja miséria extrema oferecia um terreno propício para a Revolução.

As primeiras grandes greves na Cidade Negra aconteceram no começo do século 20. Entre os organizadores, um jovem georgiano, Josef Vissarionovitch Djugachvili, trabalhador imigrante, conhecido depois pelo pseudônimo de Stálin, não esqueceria sua temporada na indústria petroleira de Baku.

A península de Absheron era então nua e mineral. Os capitalistas enriquecidos decidiram plantar os primeiros parques usando água do mar dessalinizada. A Villa Petrolea dos Nobel tornou-se uma cidade operária modelo e paternalista, como se vira na França no tempo da fábrica de chocolates Menier. Ali nascia-se entre flores, para ali também penar e depois morrer, e muitas gerações de trabalhadores assim se sucederiam, no melhor dos mundos, se o Exército Vermelho não tivesse chegado para acabar, em abril de 1920, com essas experiências de botânica e de evolucionismo social.

As tropas chegavam a Baku exaustas, depois de dois anos de combate, numa desordem variegada de carruagens militares e trens blindados, de navios de guerra no porto e camelos que atravessaram as estepes calmucas e empurraram o Exército Branco de Denikin.

Entre os parques e os jardins dos magnatas do petróleo, o de Murtuza Mukhtarov era então um dos mais suntuosos: arquitetos vindos da Europa ali puseram magicamente um casarão amarelo e branco cujos terraços se abriam para o mar Cáspio. Era cercado de plantas de espécies raras e de pinheiros, de agaves, de figueiras-da-índia, de algodoeiros e de lagos artificiais, entre os quais se exibiam pavões desprovidos de consciência histórica. O conjunto, é claro, logo foi requisitado pela *naródnaia vólia*, a vontade do povo, divindade nova e materialista, e tornou-se uma das *datchas* de Kirov, então membro do Comitê Central, que a emprestou dois anos depois para Serguei Iessiênin.

—

O filho de camponeses miseráveis era um jovem deus louro perdido no país dos soviéticos. Ainda nessa época, os poetas russos, de Blok a Maiakóvski, defendiam o frágil começo do que imaginavam ser uma aurora radiante, Moscou e sua vanguarda fascinavam de tal maneira os artistas estrangeiros que Isadora Duncan, a bailarina descalça, deusa de túnica grega, decidiu mudar-se para lá. Ela encontrara Serguei Iessiênin no momento em que o poeta de 27 anos, que ainda acreditava ingenuamente na liberdade de circulação, pedira a seu amigo Kirov para ajudá-lo a viajar pela Pérsia.

Este, cuja promissora carreira poderia ser ameaçada pela convivência com um encrenqueiro desse tipo, preferiu mandar o deus louro para a península de Absheron, perto da Pérsia, de fato, mas ainda no novíssimo território soviético.

Foi assim que Iessiênin viveu ali seu sonho de Oriente, sozinho na antiga propriedade de Murtuza Mukhtarov. No fundo do parque, hospedaram-se músicos de *mugham*, tradicional gênero arzebaijano, que o ajudariam a compor seus *Poemas persas*. A lamentar sobre esse período apenas uma tentativa de suicídio devidamente documentada, mas quando chegamos perto da fonte do pátio do casarão amarelo e branco, entre as roseiras, e observamos o terraço alguns metros acima do chão, percebemos que o poeta ainda era novato em matéria de alcoolismo e de suicídio, que para alcançar seus objetivos precisaria de mais determinação, e principalmente de mais altura.

Duas mulheres baixinhas chegam correndo, começam a falar de Iessiênin calorosa e ternamente, como se fossem a mãe e a tia do poeta, e você um de seus amigos, e que, logo, ele fosse sair de seu escritório. As duas partem a galope para procurar suas relíquias e apresentam dois quadros, dois pequenos óleos sobre tela. No primeiro, o jovem deus louro está em pé e lê um poema na frente de seu amigo Kirov, que sorri. No segundo, está sentado no chão entre os músicos de *mugham* e segura um cachimbo. Mostram também fotografias em preto e branco. Na primeira, Isadora Duncan, a amante, a revolucionária da dança, está sozinha e fantasticamente bela. Numa outra, Iessiênin, o amante, está sentado sobre uma cama de campanha, de sandálias. Numa terceira, os dois estão viajando e já perto do fim trágico à altura de seu

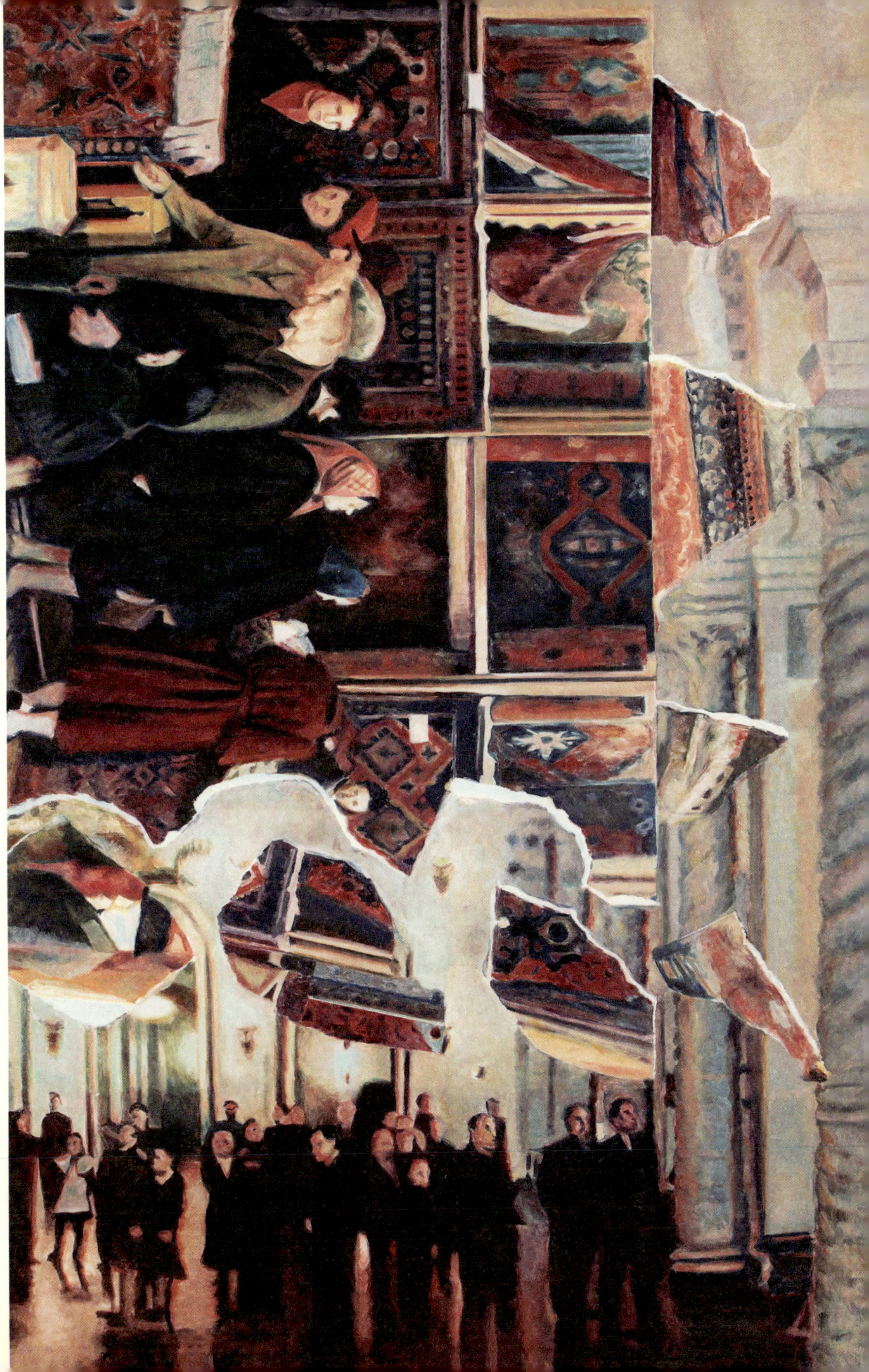

amor e do escândalo que espalharam por onde passaram, dos Estados Unidos a Paris, a Roma...

De volta a Leningrado, em 1925, já um suicida aguerrido, Iessiênin não falharia. E deixaria a vida depois de escrever um poema de adeus com seu próprio sangue... Nesse momento, a longa echarpe branca de Isadora Duncan esvoaçava ao vento na Promenade des Anglais, em Nice, sobre a carroceria vermelha de um carro conversível... Em 1927, se enroscaria na roda do destino e a sufocaria.

—

As duas admiradoras do casal imortal queriam, com esses poucos objetos, fazer um museu, erguer um altar. Mas, se para os camaradas russos Iessiênin tinha o defeito incapacitante de ser um revoltado, ou seja, um individualista, para os azerbaijanos de hoje seu defeito é ser russo. Tudo isso é *russkaya starina*, o passado russo, que aqui se tenta esquecer das mais variadas formas desde a independência, inventando um novo alfabeto oficial, por exemplo, para apagar até a escrita cirílica. E alguns escritores que encontrei em Baku se perguntam, e é fácil compreendê-los, se não deviam optar pelo violão ou pela aquarela.

Antes de deixar a península de Absheron, Iessiênin escreveu o poema "Adeus, Baku".

Adoraríamos que esses dois apaixonados visitassem conosco as aldeias próximas ao cair da tarde, Isadora ao volante e Serguei sentado a seu lado, a Grande Infanta de Castela me abraçando no banco de trás do conversível vermelho. À noite, veríamos Yanar Dag, a montanha em chamas, as maravilhas naturais de Atechga onde os hidrocarbonetos, antes adorados pelos persas seguidores de Zaratustra, afloram do solo, onde é possível traçar uma letra na areia e logo vê-la percorrida por pequenas chamas azuis, uma palavra inteira até, um nome, o de Isadora cintilando nesse azul vibrante como uma borboleta de neon... Mais tarde, à noite, a montanha inteira vibra com as grandes chamas que estalam ao vento, e das quais se destacam longas mechas azuis como um novelo de céu... Lá em cima, as estrelas. E, à esquerda, os traços horizontais de uma escada que escala a primeira colina. Há ali, no meio de um terraço de cimento, uma cadeira abandonada, de tubos metálicos e assento de plástico, sobre a qual se pode, sozinho e no frio, refletir sobre o belo kantiano e sua distinção do sublime, chorar por uma Grande Infanta muito distante, depois empurrar a porta de uma espelunca no patamar das chamas azuis como à beira de um mar em chamas, um desses bares onde a vodca é vendida a peso, abrir uma caderneta, pegar uma caneta, brindar aos amores mortos e imaginar que foram compostos aqui estes dois versos de *A confissão de um vagabundo*, de Serguei Iessiênin:

Luz azul, luz tão azul!
Com tanto azul, até morrer é zero.[9]

9. Tradução de Augusto de Campos [N. da T.]

—

Gostaria ainda de dizer isso a você, meu amor, antes que seu próprio fantasma se apague: nunca antes, como nesta noite, nesta espelunca de Yanar Dag, senti tanto prazer em sofrer por sua ausência horrível e deliciosa.

De tempos em tempos, temos encontros como esse, e você não sabe, em um restaurante em Concón, no Chile, vendo as focas neurastênicas da falésia, ou numa espelunca da península de Absheron em frente à montanha inflamada, lugares onde parece que posso consagrar a noite a você, até mesmo escrever-lhe uma carta... Operários da companhia de gás ou mujiques bebem em silêncio. Uma salamandra extrai um leve vapor do assoalho molhado. Pelas vidraças embaçadas, adivinham-se as grandes vibrações azuis da colina e, mais além, as águas negras do mar Cáspio, demarcadas com as lâmpadas de sódio das concessões petroleiras de Neft Daslari. A caderneta azul está aberta na frente de uma espécie de jarra de vodca que a dona do bar acaba de pôr sobre a mesa de madeira:

Todas as cores levam a associações de ideias concretas, materiais e tangíveis, enquanto o azul lembra principalmente o mar e o céu, o que há de mais abstrato na natureza tangível e viva.
Yves Klein

A dona do bar joga grandes baldes d'água sobre o assoalho para isolar a espelunca das chamas (ou, ao contrário, baldes de vodca na colina para atiçar o fogo e manter a atração turística). Klein entrou na sala ou saiu do caderno enquanto eu começava a escrever a mais bela carta de amor para você, a contar-lhe de Marco Polo, que descreveu um azul desconhecido, vindo de além do horizonte, do além-mar e da Ásia... E os anjos eram pintados de azul... O azul subia ao paraíso por causa de suas asas e iluminava-se com sua própria glória...

À medida que fica mais claro, o azul perde sua sonoridade, até não ser nada além de um repouso silencioso, e torna-se branco.
Wassily Kandinsky

— Segundo Plotino, a alma era branca!

O homem com sotaque russo aponta o indicador para o céu, já meio embriagado, mexe os braços para imitar desajeitadamente o voo de um anjo ou chamar a atenção da dona do bar, que logo coloca outra jarra sobre a mesa...

— Lenta gênese do monocromático até mim! – responde Klein, em 1957! A *Epoca blu*![10]

— E eu! *O cavaleiro azul* em 1911! *No azul* em 1925!... Um imitadorzinho e um jovem pretensioso – espuma Kandinsky amassando a carta que eu estava escrevendo para você e atirando-a na cara de Klein.

Agora, tenta agarrá-lo pela lapela do terno como se não soubesse que Yves Klein é campeão de judô. Klein tira o paletó com um habilidoso movimento dos ombros, e Kandinsky observa, desapontado, a roupa vazia em suas mãos...

Pinto o infinito, um simples fundo do azul mais rico e mais intenso.
Vincent van Gogh

O homem com cabelos de lúpulo entrou na espelunca com um cigarro na boca e as mãos nos bolsos, a gola da blusa levantada, o buraco vermelho de um tiro no peito.

— Quem é esse maluco de camisa branca?

Tem o olhar feroz de quem não vai se incomodar em jogar vodca no fogo.

— É Klein – responde-lhe Kandinsky dando de ombros, acompanhando sua resposta com um pequeno movimento circular do indicador sobre a têmpora.

— Sou o preferido dos deuses! – retoma Klein, com os braços em cruz. – Minha mãe, antes mesmo de me pôr no mundo, recebeu o prêmio Kandinsky!

— Chega de falar de sua mãe e desça dessa porcaria de mesa!

— Criaram um prêmio depois da minha morte? – pergunta Kandinsky.

Então a porta se abre, e vocês dois entram, com uma corrente de ar gelado. Você de braço dado com Raoul Dufy, uma cabeça mais baixo do que você. Você usa um pulôver preto ou azul-marinho, uma *chapka*[11] de pele de lobo azul sobre seu cabelo escuro. Dufy tem uma flauta na mão:

— Acabei de terminar minha série *Cargo noir*, diz ele.

Começa a tocar sua flauta, e todos o seguimos, deixamos a espelunca e vamos para o cais na companhia dos mujiques e

---

10. *Epoca blu*: obra de Yves Klein, pigmento sobre tela, exposta pela primeira vez em 1957 na Galleria Apollinaire, em Milão. [N. da T.]

11. *Chapka*: chapéu russo de pele, com orelheiras. [N. da T.]

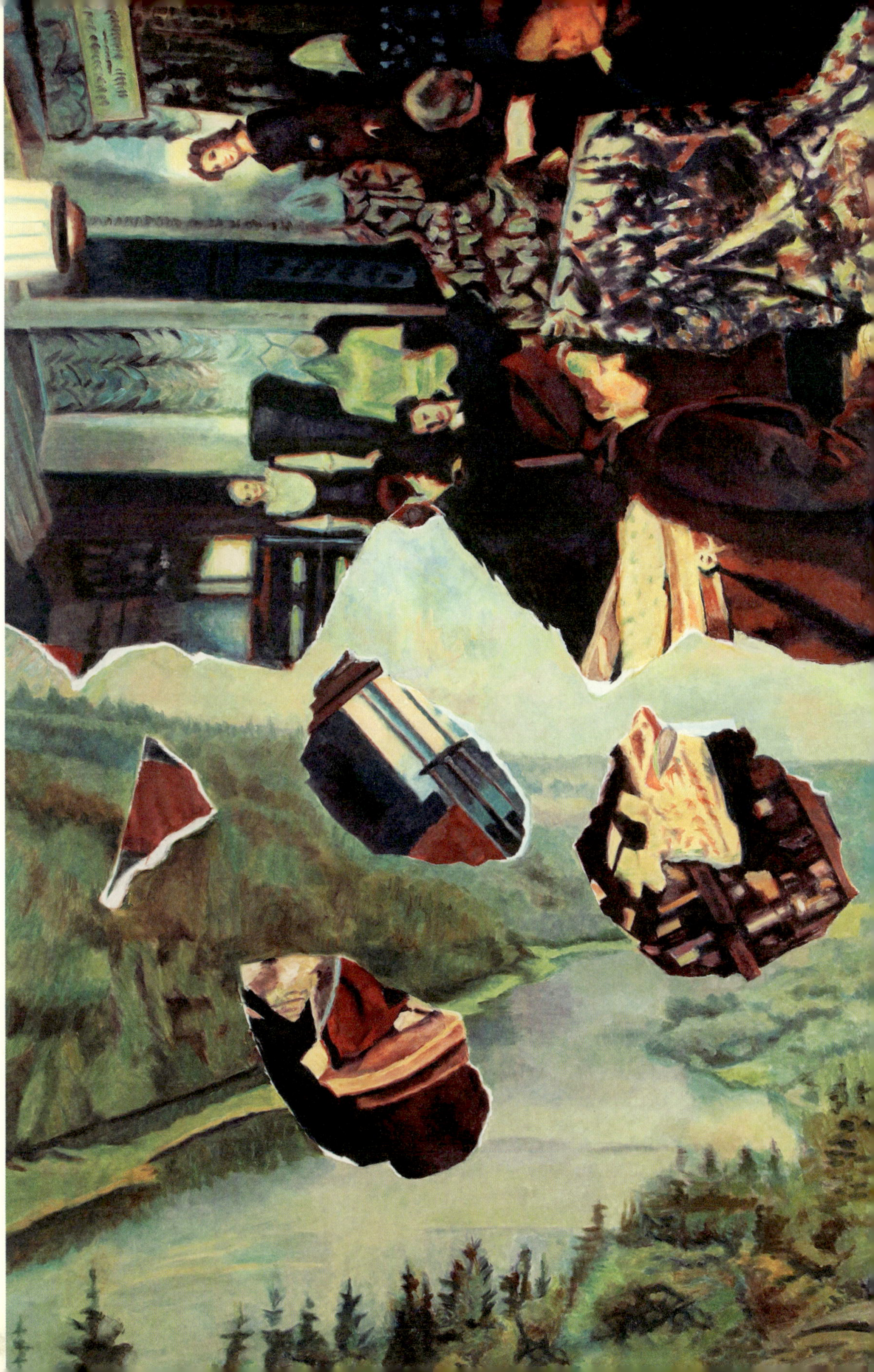

dos operários da companhia de gás, que agora cantam no píer e sobem conosco a escada do navio debaixo de uma chuva cortante de vodca. Um urso e macacos dançam ao som de um tamborim. Longas serpentes de chamas deslizam sobre as águas negras do mar Cáspio como se fosse uma poncheira em torno do cargueiro negro. Deixamos que invadam o convés. Seguro sua mão para guiá-la até o deque traseiro, meu amor, longe das discussões deles, cujos ecos nos chegam amortecidos. *E esse grande amor, se fôssemos loucos o bastante para embarcar nele...* Dançamos enlaçados no deque traseiro enquanto a tripulação solta as amarras e levanta âncora para o Cazaquistão. Acaricio seu corpo, deslizo minhas mãos sob seu pulôver e acaricio seus grandes seios brancos...

> *A eletricidade crepitou na ponta dos dedos que acariciavam o corpo, mas a ilusão sentimental pouco a pouco desvanecia, ia para o fundo do mar como se não existisse, tornava-se também mar, com um enorme barco negro no horizonte desolado, carcaça abandonada, curva engolida pelo pôr do sol.*
> Malcolm Lowry

—

É por volta das 22 horas que o Expresso Transcaucasiano começa a pensar em deixar Baku, reúne com chamados tonitruantes seus passageiros na estação escura e grande como uma cidade. Ao longo da via, a atividade poderia ser a de um porto no começo do século em Buenos Aires ou Trebizonda: pacotes são empurrados pelas portas e janelas, vendedores ambulantes derrubam os preços das mercadorias dos sedentários bem instalados e agitam nas mãos comida, cigarros, vodca, e, vendo os vagões-leito de primeira classe, dá para imaginar que um estimulantezinho não seria inútil para suportar a viagem na terceira classe.

Cortinas de algodão vermelho sobre o falso acabamento em madeira do leito, lençóis e fronhas floridos que um funcionário uniformizado entrega no momento em que o trem já adentra a noite negra azerbaijana, alcançando sua velocidade de cruzeiro, que deve ser de 40 quilômetros por hora. No corredor, num quadrinho pregado na parede, uma folha de papel amarelado e amassado, batida à máquina há muito tempo, ainda lista o trajeto do trem em alfabeto cirílico.

—

Experimenta-se um raro prazer em viajar à noite com total consciência da posição em que estamos no mapa, sabendo (deitado, mãos cruzadas atrás da nuca) que atravessamos neste exato instante o deserto de Mughan, cujas estepes infestadas de escorpiões e de serpentes, segundo Plutarco, pararam os exércitos de Pompeia, ou sabendo que seguimos a linha telefônica da Índia, a única que ainda ligava, no fim do século 19, a Inglaterra a sua colônia por Tíflis e Baku (depois o mar Cáspio, de Baku a Anzali, Qazvin, Teerã...). O trem inclina--se como o passo dos camelos ou o balanço dos barcos. Antes da leitura e do sono, as distrações simples são preparar um chá no samovar do corredor, complexa máquina fumegante talvez diretamente ligada à locomotiva, visitar os toaletes que parecem blindados, a maçaneta da porta sozinha deve pesar muitos quilos, e constatar confiante que até um míssil Stinger perdido não o impedirá de urinar tranquilo. Na volta, um guarda, certamente encarregado do entretenimento, vai multá-lo por fumar. Ele examina o passaporte com lupa e olha através dele diante de uma lâmpada, como viu na televisão. Pede dez dólares para abafar o escândalo, e você dá porque está de bom humor e sabe como funciona o esquema. Se ele se tornar insaciável, você deixará que preencha com atenção seus pseudoformulários antes de abrir uma agenda e lhe mostrar alguns endereços e salvo-condutos com que veio munido, porque não nasceu ontem e sabe que o Azerbaijão acaba de ganhar o segundo lugar na lista dos países mais corruptos do mundo, atrás de Camarões (mesmo desconfiando, claro, de outros Estados, mais ricos, que podem ter comprado os examinadores). Você até dá uma gorjeta para compensá-lo por seu esforço. (Na realidade, ficará amigo do guarda, vão se embebedar juntos em seu vagão trocando tapinhas nas costas, e isso enfim ajudará a passar a noite.)

—

Ao amanhecer, atravessamos uma estepe congelada, de onde finalmente se vê, à direita, as montanhas do Cáucaso onde no século passado combatia o valoroso Schamil, herói do Daguestão, e onde hoje combate Chamil Bassaiev, herói da Tchetchênia. De acordo com o mapa comprado em Baku, no novo alfabeto latino, devemos nos encontrar em algum lugar entre Yevlakh e Ganja. À esquerda, as montanhas do Alto Karabakh estão ocupadas pelo exército armênio, e os azerbaijanos expulsos sobrevivem nos campos de refugiados cobertos pela geada, espalhados pela estepe. Carneiros, grama amarelada e junco nos vales, que os viajantes podem admirar por muito tempo, durante as quatro horas de parada na fronteira entre o Azerbaijão e a Geórgia.

 Montículos de cápsulas de munição ao longo dos trilhos, diante dos quais passeiam e fumam soldados com fuzis nas costas. Mais 20 dólares, desta vez para a alfândega, pela suposta falta de não se sabe bem qual declaração provavelmente criada nesta manhã mesmo. Depois de 15 minutos em velocidade ainda mais reduzida, se é que isso é possível, oferecendo o prazer eventual de andar ao longo da via ao lado de sua cabine (mas suspeita-se que essa caminhada matinal não agradará muito aos guardas de fronteira rápidos no gatilho), o trem é parado novamente na *no man's land* entre as duas antigas repúblicas soviéticas, hoje entre os dois países, entre os mundos cristão e muçulmano do antigo império do ateísmo.

—

E assim a manhã se arrasta a passos de formiga, com o cheiro de urina do vagão e a contemplação dos vermelhos e dourados frios do campo em que pastam carneiros e cavalos apátridas. Ao longe, as lajes de concreto de uma cidadezinha e as duas torres de uma central nuclear. Bem perto, estão os juncos cor de cobre acinzentado, vigiados do alto de uma montanha por uma águia cujo nome o ornitólogo amador gostaria de saber (*Aquila chrysaetos? Aquila naevia? Aquila clanga?*). Uma dessas águias do Cáucaso devorava aqui o fígado de Prometeu, acorrentado nessas montanhas no horizonte, que os gregos acreditavam ser o teto do mundo.

Depois de uma nova parada na fronteira georgiana no começo da tarde, a grande locomotiva preta lança um grito de vitória e parte para Gardabani e depois Tbilisi, a antiga Tíflis, no coração da mítica Cólquida, onde Medeia preparava suas poções e seus venenos, onde as amazonas guerreavam, onde o velo de ouro era protegido por um dragão. Ficamos sabendo na estação, neste mês de novembro de 1999, da nova vitória eleitoral do partido de Eduard Shevardnadze. Os georgianos esperam que o antigo ministro da União Soviética consiga convencer os russos a reabrir o gasoduto bloqueado desde a independência. O país está sem eletricidade e sem aquecimento. E sem muita água também. Veículos brancos do Alto Comissariado das Nações Unidas para Refugiados (ACNUR) estacionam na frente do grande hotel Adjara, ocupado por refugiados da Abecásia e da Ossétia. Dez mil chechenos chegaram a Tbilisi desde o começo da segunda batalha de Grosny. Os antigos povos irmãos não conseguem mais se entender sobre nada, nem no tempo nem no espaço: dá uma certa vertigem constatar que estamos mais distantes da hora de Greenwich passando de Baku para Tbilisi, como se o planeta começasse a girar ao contrário sob os eixos do Expresso Transcaucasiano, e um dervixe rodopiante tivesse embaralhado os entroncamentos, e estivéssemos no Uzbequistão.

Em Tbilisi, na longa avenida Rustaveli, um estabelecimento muito antigo vende xaropes desconhecidos para degustar no balcão de mármore, como se fossem refrigerantes, servidos por altas amazonas. Nas pequenas casas de câmbio com janelas gradeadas, o valor do dólar varia em função do estado de cada nota observada sob a lâmpada. Como em todos os países mafiosos, os símbolos do poder parecem ser, neste fim de século 20, o BMW preto e a jaqueta de couro combinando. Um pouco mais longe, o centro de congressos com arquitetura moderadamente futurista, última realização da era soviética, foi apelidado de

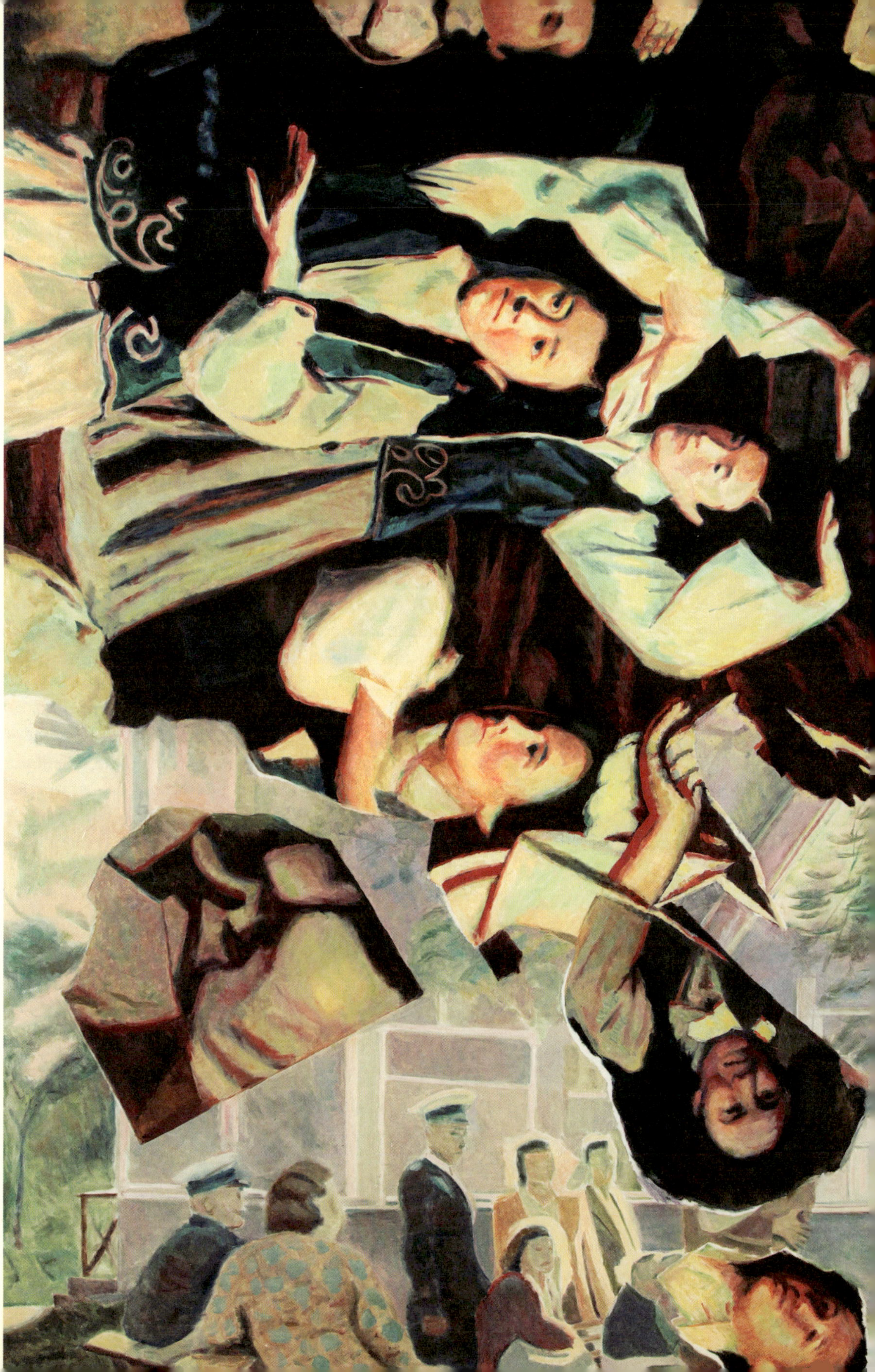

Orelhas de Andropov, mas já faz tempo que por aqui foram esquecidos todos os detalhes anatômicos desse efêmero fantasma do Kremlin.

Apesar das duas consoantes um pouco irritantes no começo do nome, eu passaria de bom grado alguns meses nessa pequena capital, mas preferiria que continuasse se chamando Tíflis. Basta misturar-se ao burburinho do mercado para gostar dessa cidade de refeições que nunca acabam, nas mesas de fórmica dos bares do bairro, cada qual com seu *tamada*[12] encarregado de puxar a rodada suicida de brindes, primeiro brindes ao futuro, invariavelmente, em seguida à indefectível amizade entre os homens, e depois, pouco a pouco, brindes nostálgicos ao passado que era no mínimo menos ruim do que esse presente de merda, para não falar do futuro que nos espera, brinde em homenagem aos que propõem brindes, brinde em homenagem àquele que teve a brilhante ideia de brindar em homenagem aos que propõem brindes...

Com sua grande estrutura de concreto e múltiplas escadas, o mercado é salpicado com uma infinidade de temperos, sal vermelho da Svanécia, *tremali*[13] verde, cabeças de porco a perder de vista ao longo das barracas. Uma barafunda de gente e vozes, surda promiscuidade fraternal de desocupados com barba por fazer, impressão de precariedade e de jovialidade por causa do barulho dos geradores e da gritaria dos camelôs com sorriso banguela vestidos com três camadas de *parkas*, uma praça de Aligre[14] meio derrubada, refugiada na arquitetura de um Souk El-Fellah argelino na época de Chadli, com entregas aleatórias e imprevistas, um dia sabão e no dia seguinte colchões de espuma. E três dias depois, sem a chegada de novidades, anunciava-se ao povo impaciente e consumista a oferta excepcional de esponjas para lavar carros. Mas podia-se constatar facilmente que, na verdade, eram colchões de espuma com defeito que haviam sido cortados em pequenos pedaços.

Essas imagens da Argélia me vêm talvez por causa da quase regularidade da falta de água e eletricidade em Tbilisi, cortes menos irregulares do que os *apagones* de Havana, sem, no entanto, alcançar a pontualidade suíça. Sentado no fundo de uma banheira, e bruscamente mergulhado no escuro, tateando para fechar a água já gelada, penso que é um bom exercício contra Alzheimer ter que encontrar toalhas

12. *Tamada*: "o pai de todos", aquele que ergue os brindes durante as refeições e festas. [N. da T.]

13. *Tremali*: especiaria agridoce feita de ameixas verdes e coentro. [N. da T.]

14. Praça de Aligre: praça de Paris localizada no 12º *arrondissement*, em que há um mercado e uma feira de antiguidades. [N. da T.]

e roupas num banheiro desconhecido, revirar os bolsos à procura de um isqueiro, zombar dos não fumantes que, antes de viver mais que nós, darão várias trombadas na pia.

———

Depois de subir até o forte para observar Tbilisi-Tíflis à noite, os dois lados das falésias e o leito escuro e pesado do rio Mtkvari, que deve ser o Kura das minhas leituras adolescentes – e que fico feliz de acrescentar à minha coleção pessoal de Riachos e Rios do Mundo –, é preciso subir até a casa de Alexis, que mora no topo de outra montanha, no 11º andar de uma torre de concreto, cujo elevador movido a energia solar não funciona.

Durante a empreitada himalaica, evito pensar novamente nos não fumantes. Melhor tentar se consolar imaginando que tiveram que carregar o piano de cauda Steinway da mulher de Alexis, pianista virtuosa, até o 11º andar. E que depois da independência precisaram descer com ele, pois o venderam para comprar combustível, e subir até o 11º andar com os galões cheios e com o piano de cauda polonês Blüthner, bem mais barato e ainda assim bastante bom. Hoje, falta até o querosene, e é na frente de um pequeno aquecedor com resistências levemente avermelhadas que a pianista esquenta suas longas mãos frágeis antes de colocá-las sobre o marfim frio do teclado. Ravel e Chopin logo espalham sua grande luz na penumbra do apartamento cujo aquecimento central foi cortado há dez anos. Depois do recital, o gerador permite que nos enxerguemos no escuro e que escutemos canções de Billie Holiday bebendo vinho da Cachétia. A pianista me pede para fazer uma tradução simultânea das letras, e seu marido retraduz em georgiano para ela, que agora sorri: não imaginava que fossem *tão afetadas* e *tão açucaradas*, diz ela a Alexis, que traduz para o francês, e eu cuido de traduzir em inglês para a velha e querida Billie.

———

Há vidas que eu adoraria contar com a concisão das *Vidas imaginárias*, de Marcel Schwob (que terminou a sua nas ilhas Samoa, seguindo os passos de seu herói Robert Louis Stevenson, mas isso é outra história), vidas admiráveis repletas de armas de fogo, de canções populares e de acasos felizes.

O avô de Alexis Djakeli era um burguês de Tíflis dono de minas de manganês. No começo do século 20, mandava a sua custa seus futuros engenheiros estudarem na Europa. Exigente com os funcionários, não hesitou em demitir um de seus contadores, um jovem de Gori, Josef Vissarionovitch Djugachvili, que em seguida partiu para tentar a sorte na indústria petroleira de Baku.

15. Comissariado do Povo para Assuntos Internos, órgão que administrava o policiamento, a segurança pública e os serviços secretos na União Soviética. [N. do E.]

16. Primeira organização da polícia secreta soviética. [N. do E.]

Depois da Revolução, o ex-contador, e futuro Paizinho dos Povos, libertou seu antigo patrão das prisões da NKVD.[15] Convidou-o a ir a Moscou e deu a ele um par de revólveres, e já se pode enxergar na escolha desse presente – dois revólveres para um duelo? suicídio? – o esboço do futuro organizador dos grandes processos. O avô inflexível recusou-se mais uma vez a vender suas minas de manganês ao Estado. A Geórgia conservaria sua independência econômica até os anos 1930. Stálin logo promulgou um decreto proibindo a exportação. O avô pouco cooperativo, e muito ingênuo, prestou queixa junto à Sociedade das Nações, e novamente foi para a prisão. Sua mulher, que ficou em Tíflis, pediu então uma audiência a Béria e anunciou-lhe sua intenção de emigrar com o filho.

O chefe da Cheka,[16] e futuro marechal da União Soviética, respondeu-lhe sorrindo que não era possível e que não se preocupava com a possibilidade de que ela – que sempre fora vista, antes da revolução, chegando de carruagem ao teatro a poucas quadras de sua casa – fosse a pé. A mãe e o filho treinaram escondidos durante vários meses, andando pelas ruas de Tíflis para fortalecer as panturrilhas, e fugiram a pé para a Turquia. Durante a fuga, um homem acolheu por alguns dias a mãe e o filho e, antes de eles partirem para Istambul e para a Europa, ofereceu solenemente ao jovem Otar Djakeli, então com nove anos, um revólver enfeitado com três cabeças de águia, que ele conservaria por toda a vida. Essa fuga até a Bélgica permitiu que o jovem Otar aprendesse francês, estudasse arquitetura e se engajasse, pela França, na Legião Estrangeira durante a Segunda Guerra Mundial.

Em suas peregrinações, um dia cruzou com um georgiano decidido a se engajar no lado inimigo. Convencido de que o Reich combatia a serviço da causa georgiana e libertaria o país do jugo soviético, ele foi lançado pelos alemães de paraquedas sobre as montanhas do Cáucaso, onde foi rapidamente abatido pelos russos. Depois da guerra, desmobilizado e de volta a Bruxelas, Otar Djakeli encontrou por acaso a filha desse homem perdido na história. A órfã era uma jovem pianista virtuosa, que acompanhava então a cantora Barbara.

Casados, mudaram-se para o Congo Belga, para ali criar uma empresa de obras públicas e ter muitos filhos. Os Djakeli sempre tiveram problemas com os funcionários: Otar, cujo pai empregara Josef Stálin ainda desconhecido, recrutou, logo que chegou ao Congo, o jovem Patrice Lumumba – bem antes que este fosse estudar em Moscou, naquela que viria a se tornar a Universidade Patrice Lumumba.

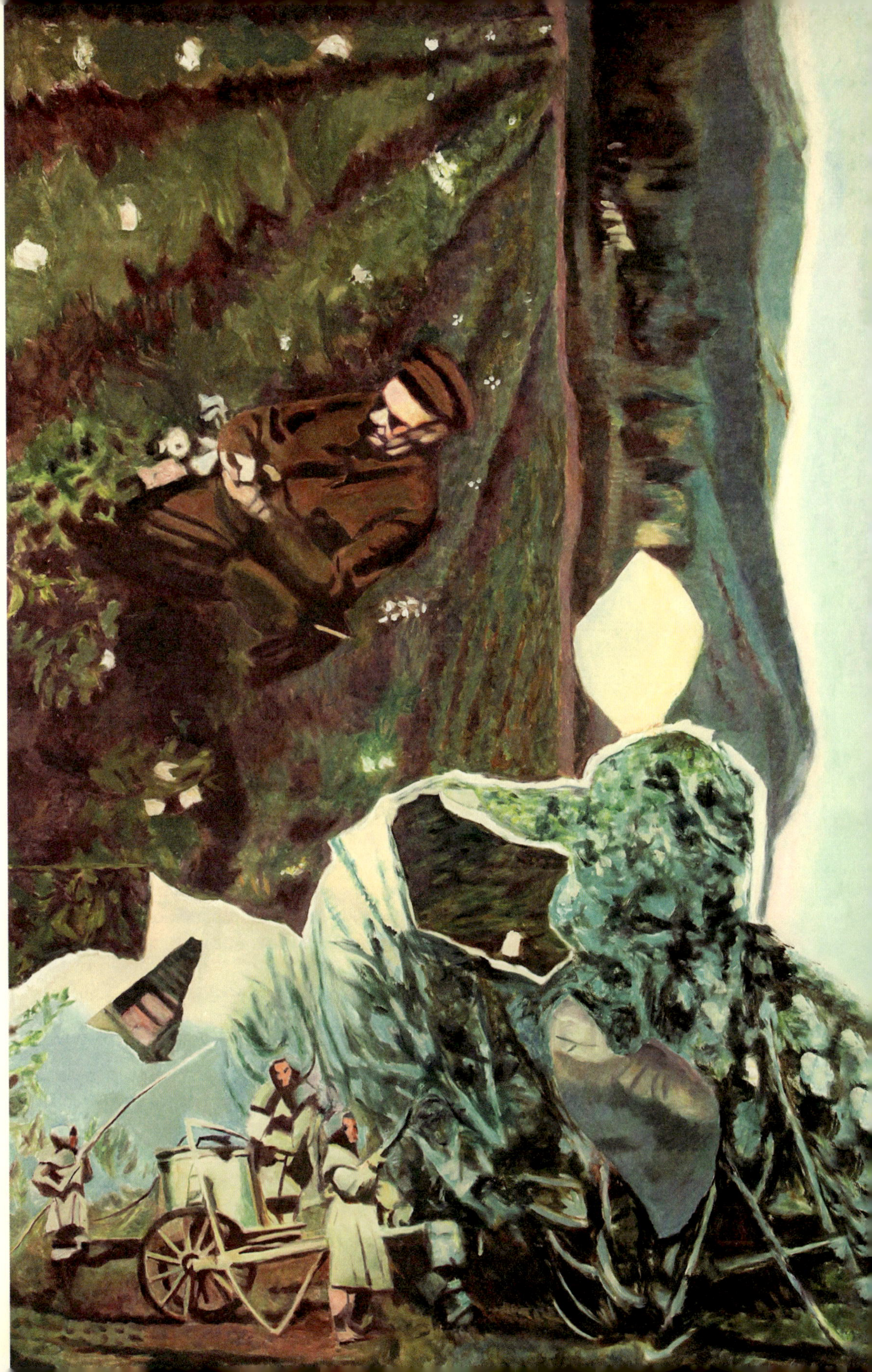

Primeiro-ministro do Congo depois da independência, em 1960, até ser executado pelos homens de Mobutu em Katanga, em 1961, Patrice Lumumba teve tempo de expropriar seu antigo empregador, que fugira para Paris.

Dez anos depois, nos anos 1970, poucos eram aqueles que se mudavam de livre e espontânea vontade para a União Soviética. Por cansaço ou nostalgia, Otar Djakeli decidiu abruptamente voltar a viver em Tíflis, cidade que deixara ainda criança e a pé, antes que se tornasse a capital da República Socialista Soviética da Geórgia. Acreditava em seu íntimo que, em cerca de 20 anos no máximo, o regime soviético desmoronaria sob o próprio peso. E seus interlocutores pensavam, balançando a cabeça e revirando os olhos, que sua temporada prolongada no Ocidente e nos trópicos fora fatal para sua clarividência histórica.

Depois que seus três filhos, entre eles Alexis, haviam aprendido a falar georgiano e começado sua vida em Tbilisi, Otar Djakeli, beneficiado por sua dupla nacionalidade, decidiu finalmente voltar a Paris para esperar a queda do regime.

Hoje, Alexis, com o físico de Orson Welles no fim da vida e uma barba vermelha elisabetana, dirige o teatro da cidade. Também se casou com uma pianista virtuose que foi aluna de sua mãe. Em três semanas, vai estrear uma adaptação russófona de *Tartufo* e *O misantropo* misturados, cuja ação se passa nos dias de hoje em Tbilisi. Todas essas informações me chegam pouco a pouco, enquanto caminhamos pela cidade velha e descemos na direção dos banhos termais. Uma placa na entrada das termas lembra tudo que Aleksandr Púchkin disse de bom sobre essas águas escaldantes em 1829. Mas em nenhum lugar registra-se que foi nesse mesmo banho, em 1859, que Alexandre Dumas, um grande crítico do tabaco e do cigarro, descobriu, talvez involuntariamente, as virtudes do haxixe.

Nessa velha cidade instável, judeus e azerbaijanos, georgianos e armênios vivem em paz, e só não vivem em total segurança por causa do estado de ruína das casas de madeira nas encostas das colinas. Mas suspeita-se que sejam explosivos, e sempre ameaçados, esses bairros em que o agnóstico pode, em poucas quadras, passar da mesquita à sinagoga, entrar na igreja ortodoxa onde uma linda jovem – com o rosto pálido e doce iluminado por buquês de velas muito finas, como bastões de incenso indiano cor de mel – resplandece como santa Nina que veio um dia da Capadócia.

Nas ruas em volta, Otar Iosseliani rodou um de seus primeiros longas, *Era uma vez um melro cantor*, nos anos 1970. Alexis Djakeli, que também era ator, atuou depois em *Os ladrões*, um dos filmes mais curiosos já feitos sobre a história do comunismo georgiano, e no qual aparece também seu pai, Otar Djakeli, o velho que, por toda a vida, conservou como uma relíquia o revólver com três cabeças de águia que um turco desconhecido lhe deu quando tinha nove anos.

Alexis chegou ao set parisiense do filme com um carregamento de AK47, porque Iosseliani queria usar armas autênticas. E, à noite, no encontro com Goga Khaindrava para ver a versão longa de seu filme *Cemitério dos sonhos*, percebemos que a autenticidade das armas de fogo pode ser considerada uma característica do cinema georgiano. Convocado em 1991 para combater na Abecásia, nos balneários devastados do mar Negro, Khaindrava foi para o front com uma pequena equipe, um ator e um roteirista. Depois de combaterem durante o dia nesse front esquecido do mundo, à noite escreviam as cenas que filmariam no dia seguinte, quando, nos intervalos entre duas ofensivas contra os separatistas, pediam aos soldados que interpretassem a si mesmos. Nos créditos finais, cruzes sinalizam os nomes dos figurantes mortos no campo de batalha durante a filmagem.

Na afiliada local da Maison de la Radio, diante de uma janela com vista para o céu avermelhado e de uma bandeja em que repousam nossas xícaras de chá, conto para ele sobre um vago projeto que abordaria a tentação pelas armas de fogo e o desaparecimento, por causa dessas armas, de um número significativo de poetas russos que vieram encontrar a morte ao sul do Cáucaso. Imaginava ligar esses tiros à imagem de um homem em pé na soleira da porta, em Montevidéu, com os revólveres colados nas coxas. E também à lembrança de uma mulher de longos cabelos negros... A imagens de velhos filmes, a algumas canções populares, a um livro de Aldous Huxley que me levou a descobrir uma cantora loura hitchcockiana... Faltava clareza. Eu não discordava. Faltava o *MacGuffin* da história. Por outro lado, isso não era um filme. E eu não tinha vindo pedir-lhe um adiantamento.

—

Depois de uma semana de *stand-by* em Tbilisi, é preciso se render às evidências: esse grande monte Kasbegi ou Kazbek que eu queria ver de perto, seguindo a antiga rota dos czares, que sobe para o norte e para a Rússia pela Ossétia e pela Tchetchênia, verei apenas de longe, longe demais para poder enxergar Prometeu acorrentado.

O exército russo bombardeia Grozni e bloqueia o desfiladeiro rochoso, sob pretexto de estabelecer pseudocorredores humanitários. Eu me contentaria em percorrer os primeiros quilômetros, e então me dirigir à antiga capital, cujo nome, aconselhado por Alexis, grafei uma primeira vez como Mtskheta, depois Mtchrta, sem que chegássemos a um acordo sobre a transcrição das consoantes georgianas. Nas curvas do rio exuberante, seguimos um carro Mercedes-Benz dos anos 1930, bege, bem alto sobre as rodas estreitas, que parecia ter saído na véspera das fábricas de Stuttgart.

Adoraria escrever também a história desse velho carro que avança lentamente na direção do front, importado provavelmente antes da guerra por um membro da então florescente colônia alemã de Tíflis. Onde ficou escondido desde então para aguentar um conflito mundial, 50 anos de confiscos soviéticos, e cinco de distúrbios e de guerra civil que se seguiram ao desmembramento da URSS? Será que sai de um *bunker* subterrâneo para ostentar as cores da engenharia suábia? Será que passou anos desmontado no fundo de um porão? Aproximamo-nos do fim do mês de novembro de 1999 e, nas praças de todas as capitais do mundo, cronômetros gigantescos contam os segundos que nos separam do ano 2000. Desde meados do século 20, desde as obras de ficção científica americanas dos anos 1950, imaginamos o céu do ano 2000 atravessado por foguetes ou naves intergalácticas, e não essa confusão pós-soviética em meio à qual um Mercedes dos anos 1930 se sacode sobre suas rodas estreitas. Seguimos o carro a bordo de um Louazi ucraniano que apresenta outras vantagens. Sobe desníveis de 20 centímetros, e sua carroceria pode ser desmontada em pouco tempo por um homem sozinho com uma chave de boca. *Who needs a Lada?*

A antiga capital é um povoado cuja arquitetura foi agora modificada pelas necessidades da filmagem que visitamos. construções cenográficas foram montadas em volta da praça central. Do lado oposto, ergue-se o monastério de Jvari. Para acessá-lo, é preciso procurar uma ponte sobre o Mtkvari distante da foz, subir por um caminho pedregoso ladeado de árvores-dos-desejos. Farrapos de tecidos multicoloridos e propiciatórios dançam ao vento. Há mil anos, o santuário sustenta suas formas perfeitas no alto da montanha que desce até o rio. Dentro dele, homens vestidos com casulas pretas, de rosto afilado e cabelos compridos presos por rabos de cavalo, com a beleza sombria e esquálida de cristos crucificados ou de anarquistas russos, recitam há mil anos sua cantilena polifônica em volta de uma pequena mesa onde repousam, como uma alegoria da paz, um pão, uvas, tomates. Novamente, entre alguns fiéis, uma mulher lindíssima com uma vela escura na mão e coberta com um lenço. Saímos no promontório vertiginoso procurando uma explicação racional para a curiosa beleza das mulheres nas igrejas ortodoxas, pois o fenômeno é patente, mesmo em Nice ou em San Remo. Elaboramos apenas teorias inúteis e pseudofreudianas relativas à adoração desses ícones, que sem dúvida não nos recusaríamos a profanar. Em um impulso de ecumenismo, imaginamos uma Grande Infanta católica coberta com sua mantilha preta, ajoelhada em frente a um vitral da igreja russa de San Remo, em que flamejam as águas azuis do Mediterrâneo... Ao ar livre, observamos lá embaixo a estrada que segue por entre florestas até o Cáucaso e o atravessa até Vladikavkaz, do outro lado, onde mães russas, como as Loucas da Praça de Maio[17] em Buenos Aires, imploram clemência, diante da prisão, para seus filhos criminosos ou desertores.

17. "Loucas da Praça de Maio" era a forma como o regime militar argentino se referia às mulheres hoje conhecidas como Mães da Praça de Maio, que desde 1977 protestam contra o sequestro e desaparecimento de seus filhos durante a ditadura. [N. do E.]

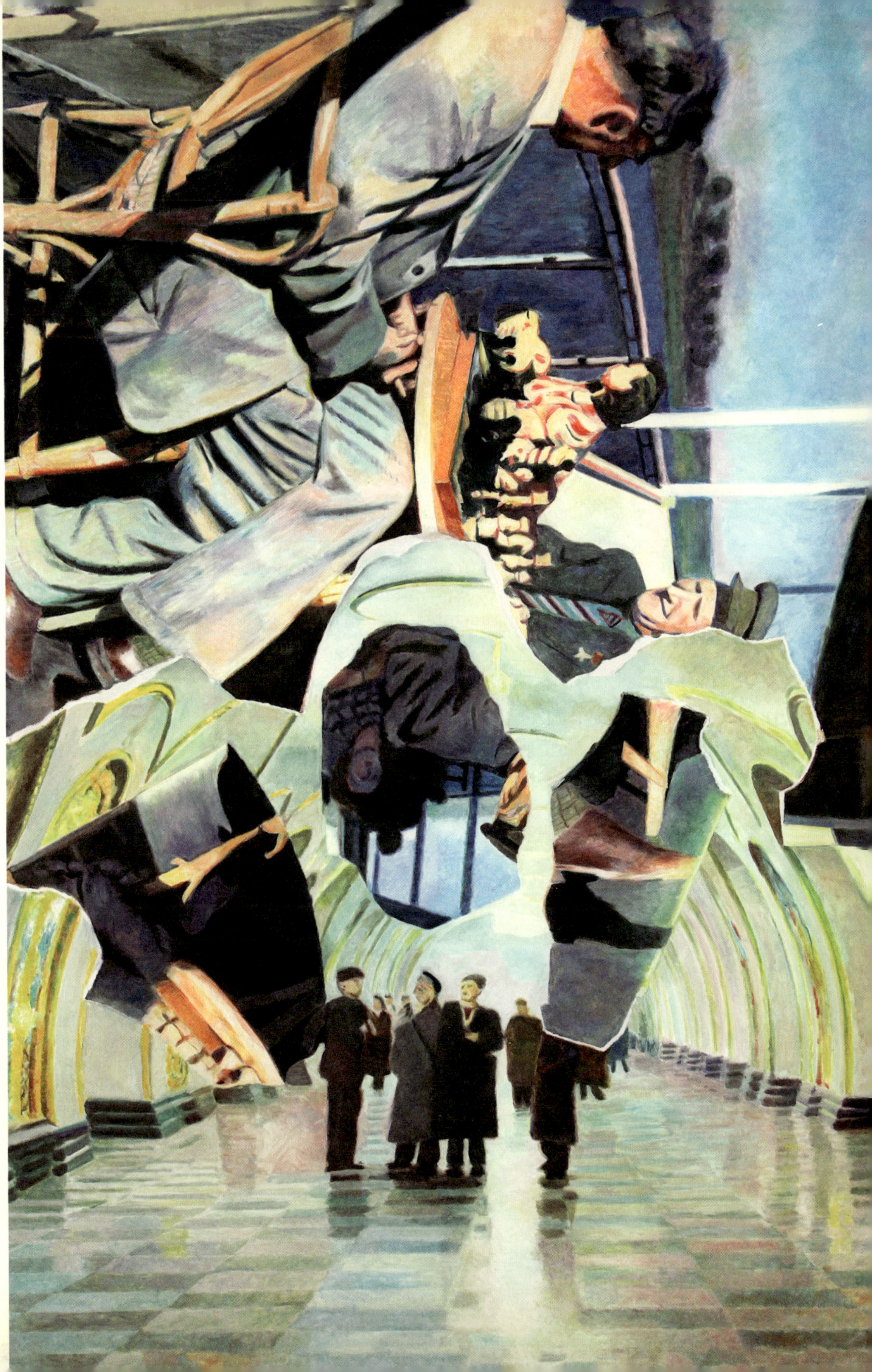

O monte Kazbek ergue-se no horizonte, coberto de neve, e, do outro lado, o exército russo gangrenado faz, há seis meses, múltiplos ataques definitivos, *essa guerra desastrosa que a Rússia mantém sem resultados há 60 anos*, já escrevia Dumas em 1859, sobre a guerra contra o outro Schamil. *Tratava-se apenas de uma ação definitiva que tinha como objetivo cercar Schamil, entrar em sua residência, esmagar a revolta e subjugar todos os habitantes das montanhas do Daguestão. No papel, era um plano admirável. Mas não levaram em conta a natureza.*

"Diga a Schamil, gritou com sua voz potente o imperador Nicolau, que tenho pólvora suficiente para derrubar o Cáucaso."

A fanfarronice teve efeito, fez Schamil rir.

—

Estamos num beco sem saída, já dizia Pascal.

De um Schamil a outro, de um século a outro, só a convenção ortográfica mudou, assim como o alfabeto cirílico. Há algumas semanas, por razões que têm pouco a ver com arte dramática ou cinema, Alexis teve um encontro secreto com um confiante Chamil Bassaiev, na residência bombardeada dele em Grozni, nesse país em que, como escrevia Púchkin, *o homicídio é apenas um gesto*. E Púchkin era especialista em manejar armas de fogo. O poeta russo e oficial militar do Cáucaso, que lá compôs *O prisioneiro do Cáucaso* e descobriu os banhos quentes de Tíflis em 1829, antes de escrever *O tiro*, sucumbiria à tentação das armas de fogo e morreria num duelo com o barão de Anthès.

Em seguida, Mikhail Liérmontov publicou *A morte do poeta*, para criticar o czar pela desaparição do maior escritor russo e gritar por vingança. O libelo teve recepção moderada, e Liérmontov também foi para o Cáucaso, onde escreveria *A canção do mercador de Kaláchnikov*, cujo título hoje, depois da invenção famosa de um homônimo distante, não nos deixa sair do arsenal infernal.

Em 1841, o próprio Liérmontov, esse herói do nosso tempo, morreria com um tiro de revólver durante um duelo pelo amor de uma jovem. Imagino esses jovens oficiais russos em uniforme de gala em pé no campo, ao amanhecer, alinhando o ombro com o braço estendido, a mão segurando firme a arma... Um dos dois descobre agora que a grama está molhada pela bruma. Ouve os anjos azuis grasnarem no alto das árvores. Respira um odor de pólvora, de cavalo e de couro molhado... E imagino o sobrevivente dentro de uma hora, tirando o uniforme de gala para ajoelhar-se diante dos seios da jovem infanta motivo do litígio, pousar seus lábios sobre as aréolas rosadas, antes de ir se inclinar aos prantos diante do corpo baleado de seu amigo e rival Liérmontov...

Poeta irônico e cínico, byroniano, Liérmontov, morto aos 27 anos, como o montevideano Jules Laforgue, teve tempo de compor poemas tão otimistas como "O pensamento":

Temos, pelas longas fricções do estudo,
Gastado a suavidade de nossas ilusões,
E nosso coração criou esse triste hábito
De rir de tudo, até das paixões.

Os poetas russos vieram até aqui viver seu sonho do sul, poetas do norte e das geadas e das bétulas descendo para as terras dos frutos subtropicais, das folhas de chá e de tabaco, das tangerinas e do algodão, maravilhados como Delacroix na Argélia ou Flaubert no Egito, e o único deles que nasceu ao sul do Cáucaso, Vladímir Maiakóvski, seria levado a procurar seu além ainda mais longe, até o México e Veracruz, antes de voltar a Moscou e dar um tiro no coração.

De Aleksandr Púchkin a Serguei Iessiênin, eles seguiram seu desejo de Oriente e seus sonhos de Prometeu do outro lado desse monte Kazbek que se eleva no horizonte, o fígado devorado por um substituto profano e fortemente alcoolizado da águia com o bico afilado. Descendo outra vez para o vale, percorremos novamente as águas fervilhantes do Mtkvari, e Alexis, que deseja vender seu Louazi (*Who needs a Louazi?*), me diz que ele está equipado com eixos na mesma bitola das ferrovias russas. Logo nos imaginamos vestidos com casacos de pele e óculos de aviador, nos bancos da frente do Louazi, com a capota desmontada com chave de boca, e pousado como um trole sobre os trilhos poéticos da Transiberiana, observando ao longe as carcaças dos mamutes aflorando sob o solo de gelo permanente. Podemos alimentar sonhos do norte e sonhos do sul, do oeste e do leste. O inevitável, sem dúvida, é não querer estar onde estamos.

O francês **Patrick Deville** (1957) nutre sua ficção de fatos e experiências reais, sobretudo a partir de viagens pontuadas por referências literárias e históricas. É autor de *Viva!* e *Peste e cólera*, ambos publicados no Brasil pela Editora 34. Este texto é parte de *La Tentation des armes à feu* (2006). Tradução de **Marília Scalzo**.

Nascido na antiga União Soviética, na região da atual Ucrânia, o artista conceitual **Ilya Kabakov** (1933) reflete sobre a derrocada da utopia comunista e seus choques com o capitalismo. Radicado nos Estados Unidos desde os anos 1990, ele faz na série *Vertical Paintings* uma colagem de referências à memória coletiva e à cultura visual soviética.

História da arte em 100 desenhos é um dos projetos artísticos de **Alejandro Magallanes** (1971) que correm em paralelo à sua carreira de designer. Reconhecido sobretudo pela criação de pôsteres, muito frequentemente ligados a causas sociais, o mexicano produziu em 2016 uma série de desenhos em que artistas, personagens, obras e temas da arte moderna e contemporânea são relidos numa combinação de imagem e texto. Poeta, Magallanes defende que uma imagem jamais valerá por mil palavras, "porque mil palavras combinadas podem criar mais ou menos seis milhões de imagens".

FOR COMERCIAL REASONS I HAVE BEEN FORCED TO DRAW IN ENGLISH

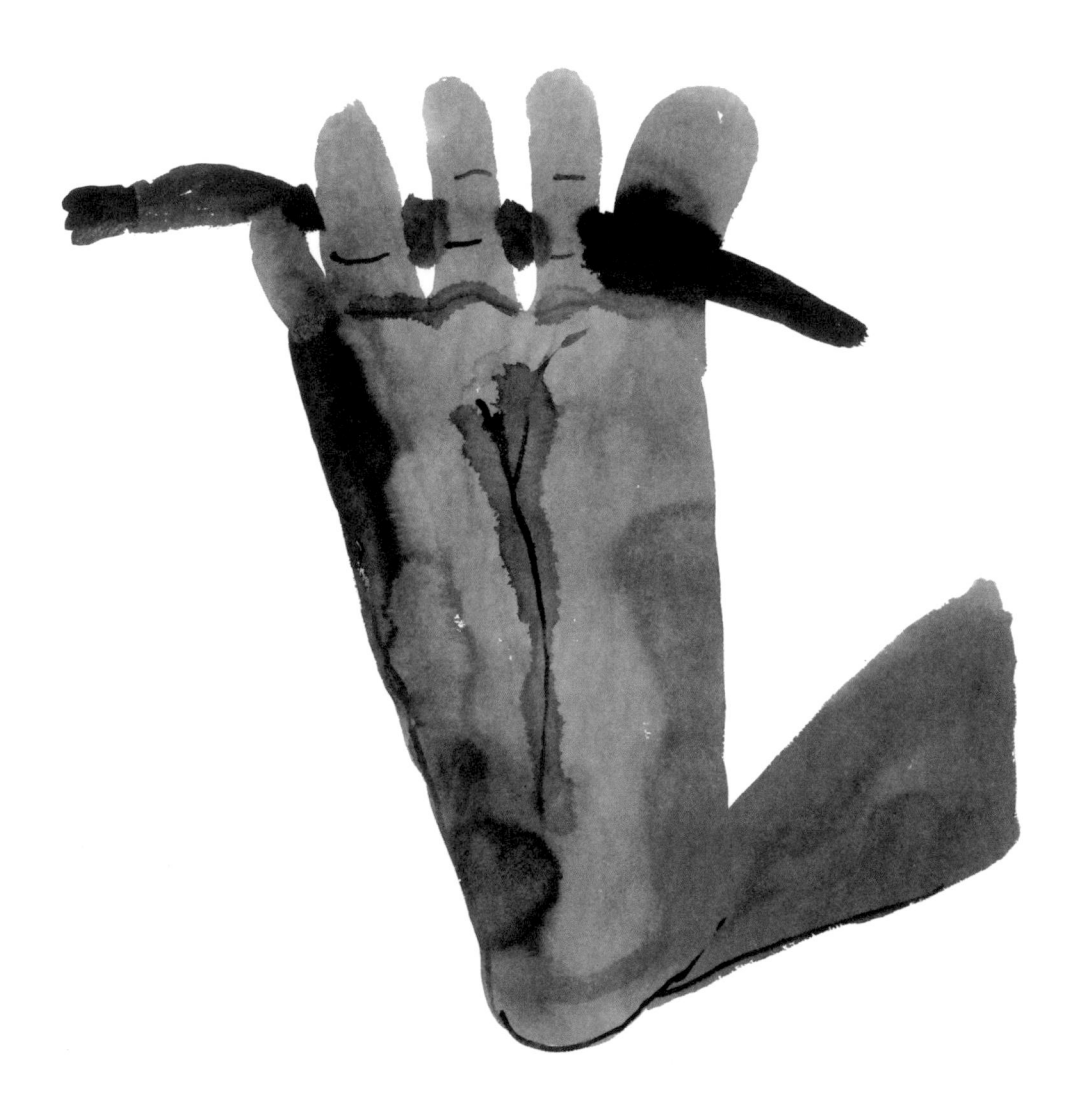

IN SPANISH THEY ARE VERY NICE IMAGES.

①

WHAT? BUT YOU PAINTED THIS IN FIVE MINUTES!

YES, BUT I HAVE BEEN THINKING ABOUT IT FOR YEARS!

83

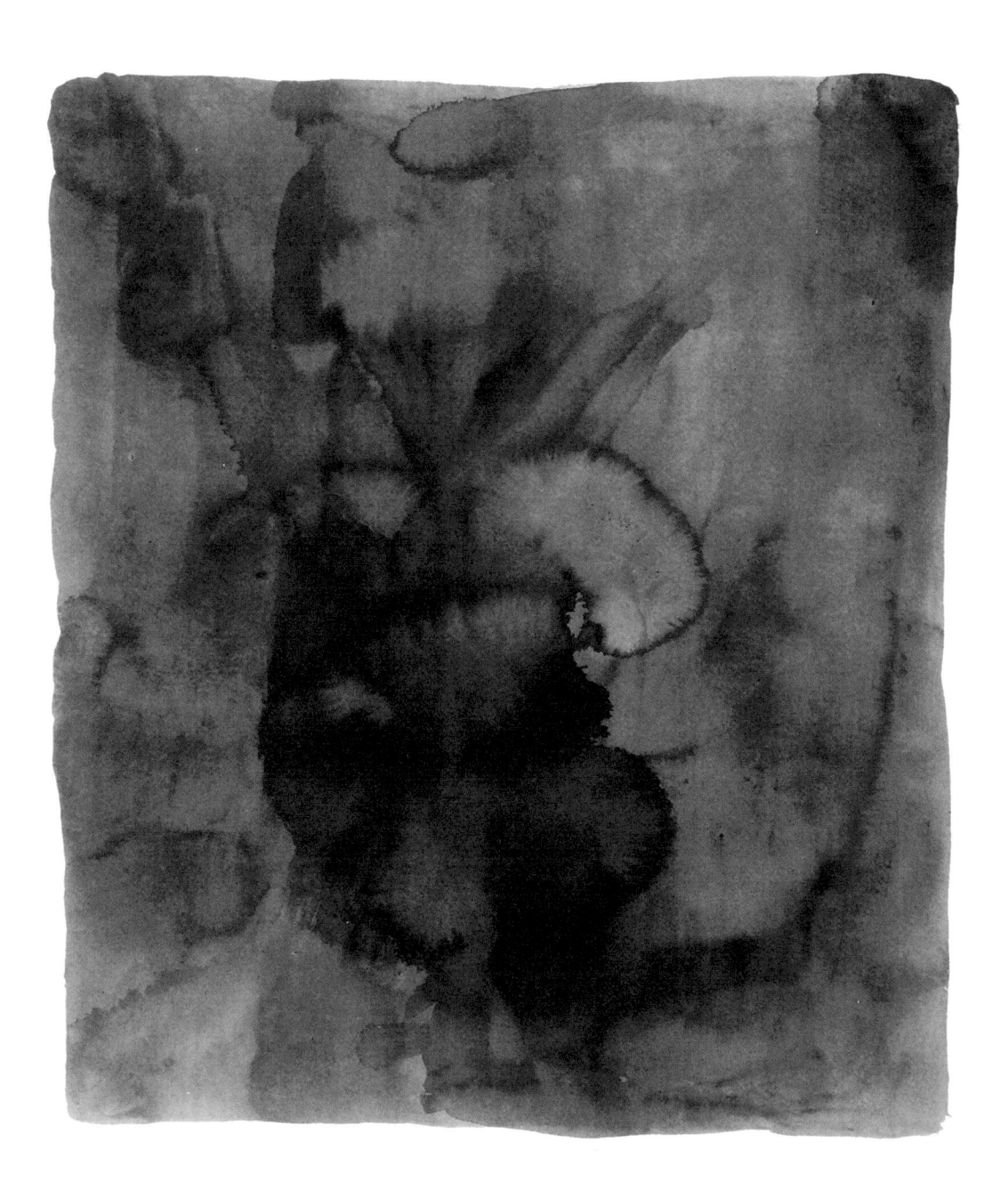

②

STILLIFE
JOYSTICK

TORTILLA

DON'T LOOK AT ME!

PLEASE

WOULD YOU PLEASE LOOK AT THE RELIGIOUS PAINTINGS?

VISUAL POERTY

FLAXAS
FLEXES
FLIXIS
FLOXOS
FLUXUS

Neon Sign in a Gallery

(UNFORTUNATELY BURNED OUT)

THIS HAS BEEN WRITTEN WITH BLOOD

(NOT HERE)

RAT

I AM 98% SURE THAT YOU HAVE ALREADY SEEN OR THOUGHT THIS. IT SEEMS THAT

YOUNG MARCEL DUCHAMP THINKING

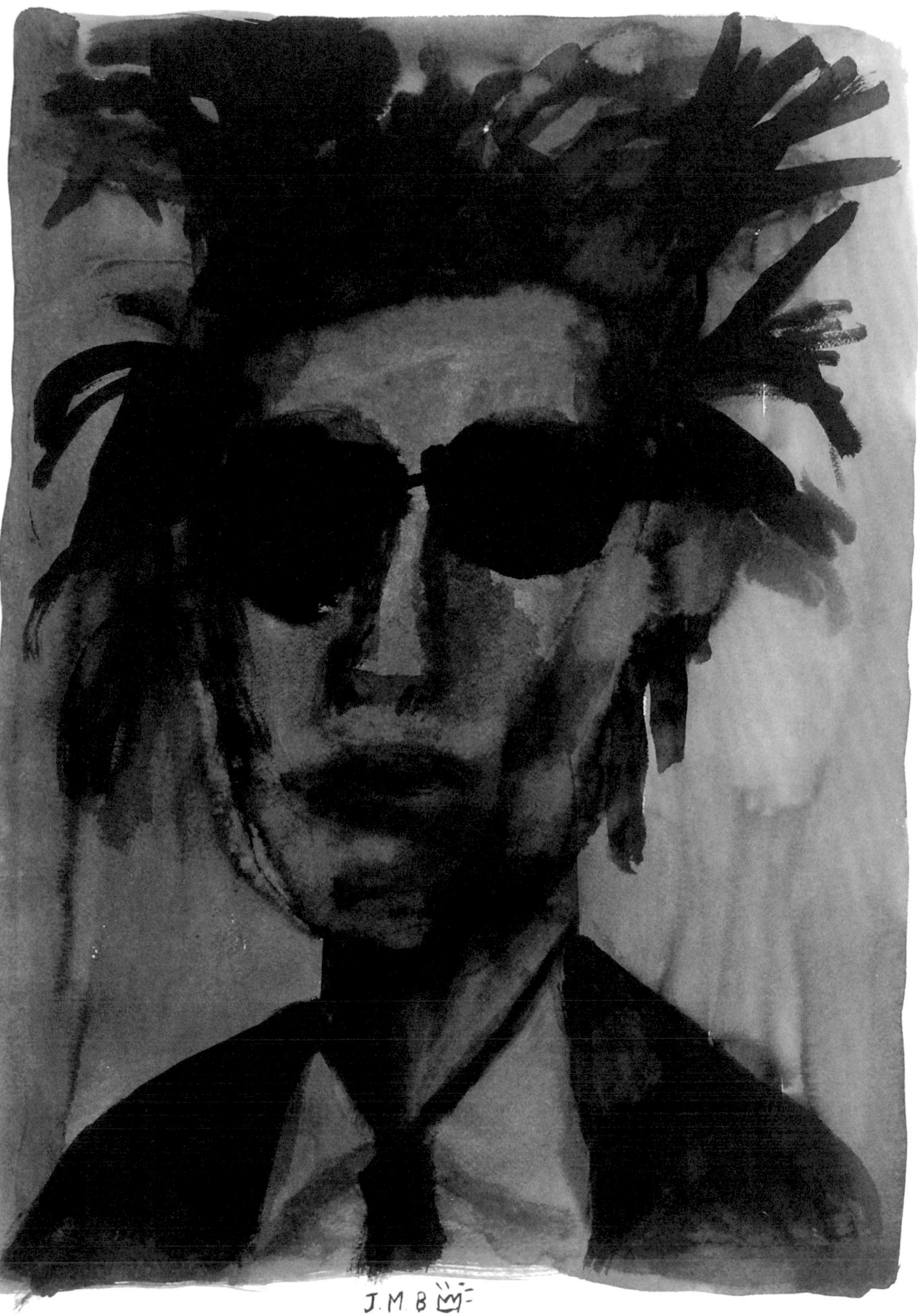
J.M.B

CHUCK CLOSE

GIACOMETTI'S HAIR CUT WAS ALSO AN SCULPTURE

BASELITZ

MALEVICH

HOCKNEY SWIMMING

LAZY PERFORMER (NAKED)

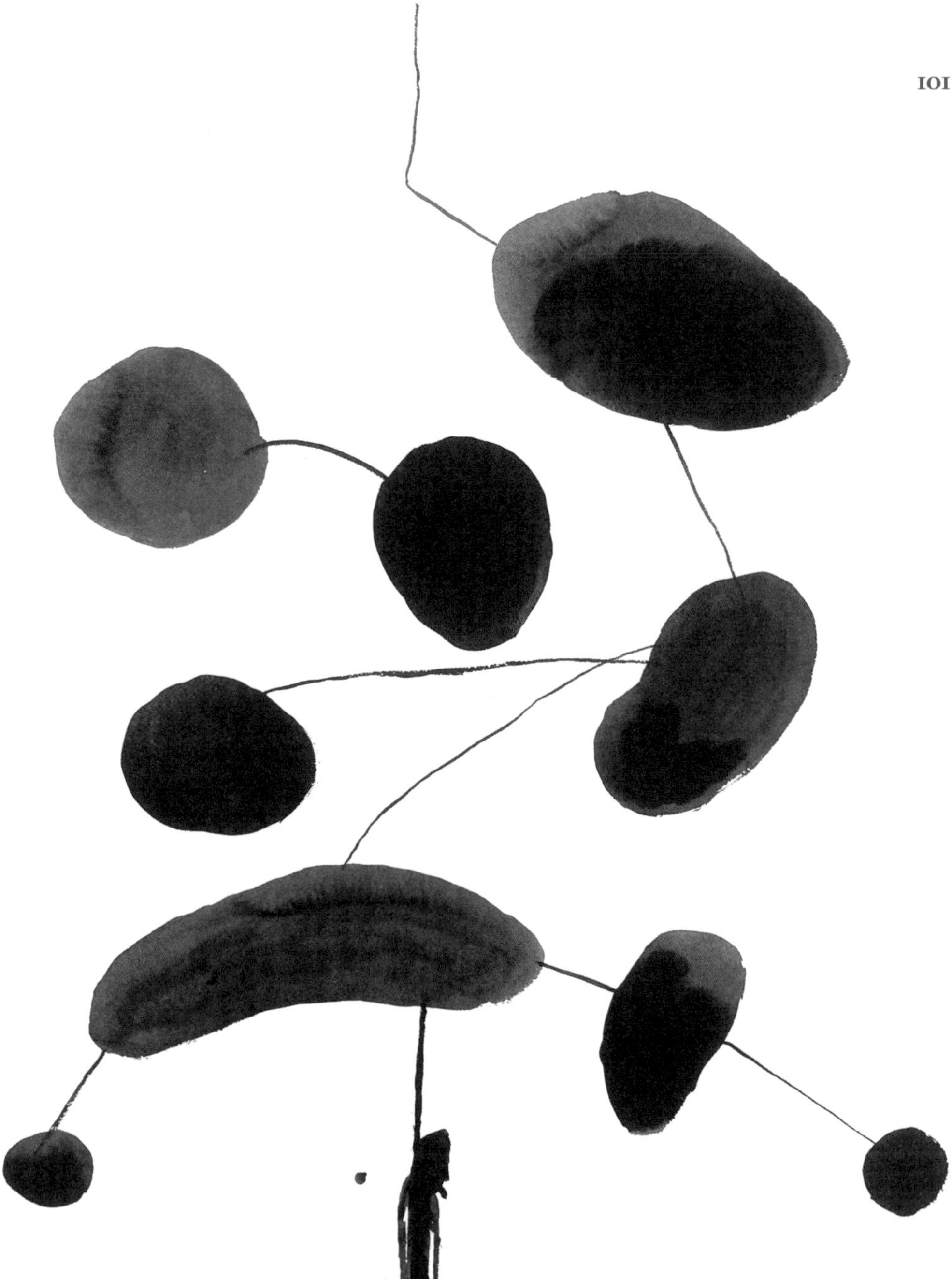

FAKE A.R. PENCK

IT IS NOT OTTO DIX, EITHER

VERY WELL KNOWN PHOTOGRAPH OF PIERO MANZONI

THIS IS THE BACK OF A VERY BEATIFULL
PAINTING OF MONET OR MANET, ~~I DON'T REMEMBER WHICH ONE~~

DEAR MR. HOOPER:

I WAS DRUNK AND DRUGUED WHEN I MADE THIS DRAWING. IT IS A TESTIMONY. I HOPE YOU APRECIATE THIS SINCERE DRAWING

—I CAN DRAW IN VERY TINY SMALL PAPER.

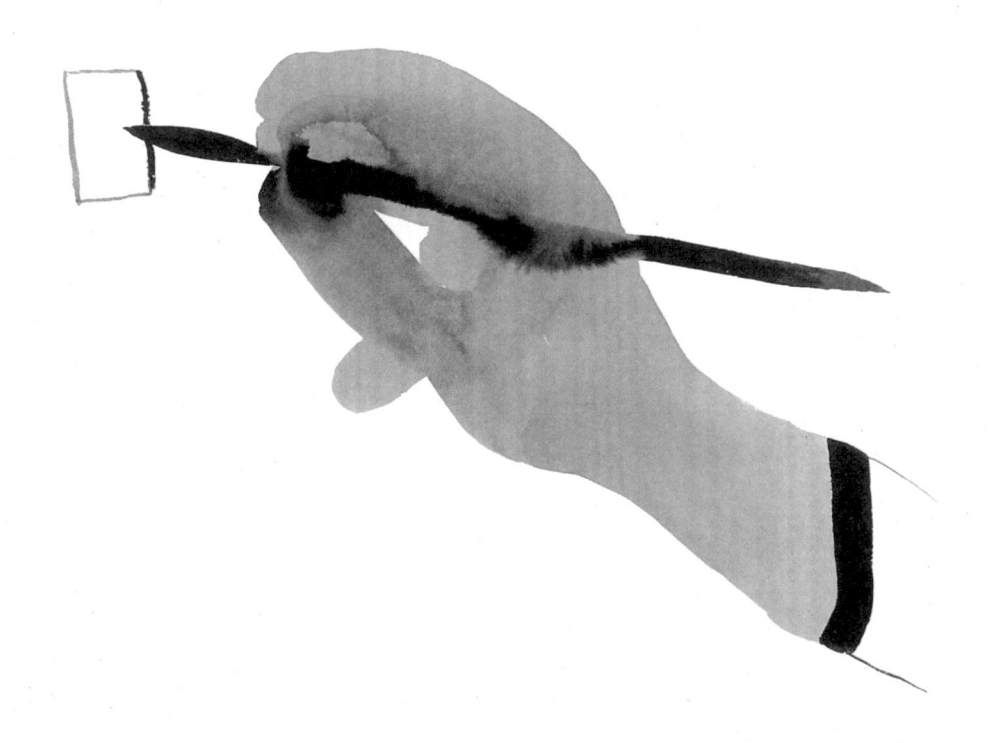

—YOU ARE VERY TALENTED,
WELL, NOT THAT MUCH.

GIF

PLEAse, stARe At the ANiMAteD GIf

SELFIE

I HAVE A VERY BIG ENEMY AND I FEEL SO HAPPY WHEN SHE LIKES THINGS I WRITTE ON FACEBOOK.

PIXELATED Message   A M

HOW DOES IT FEEL?

ASK BOB

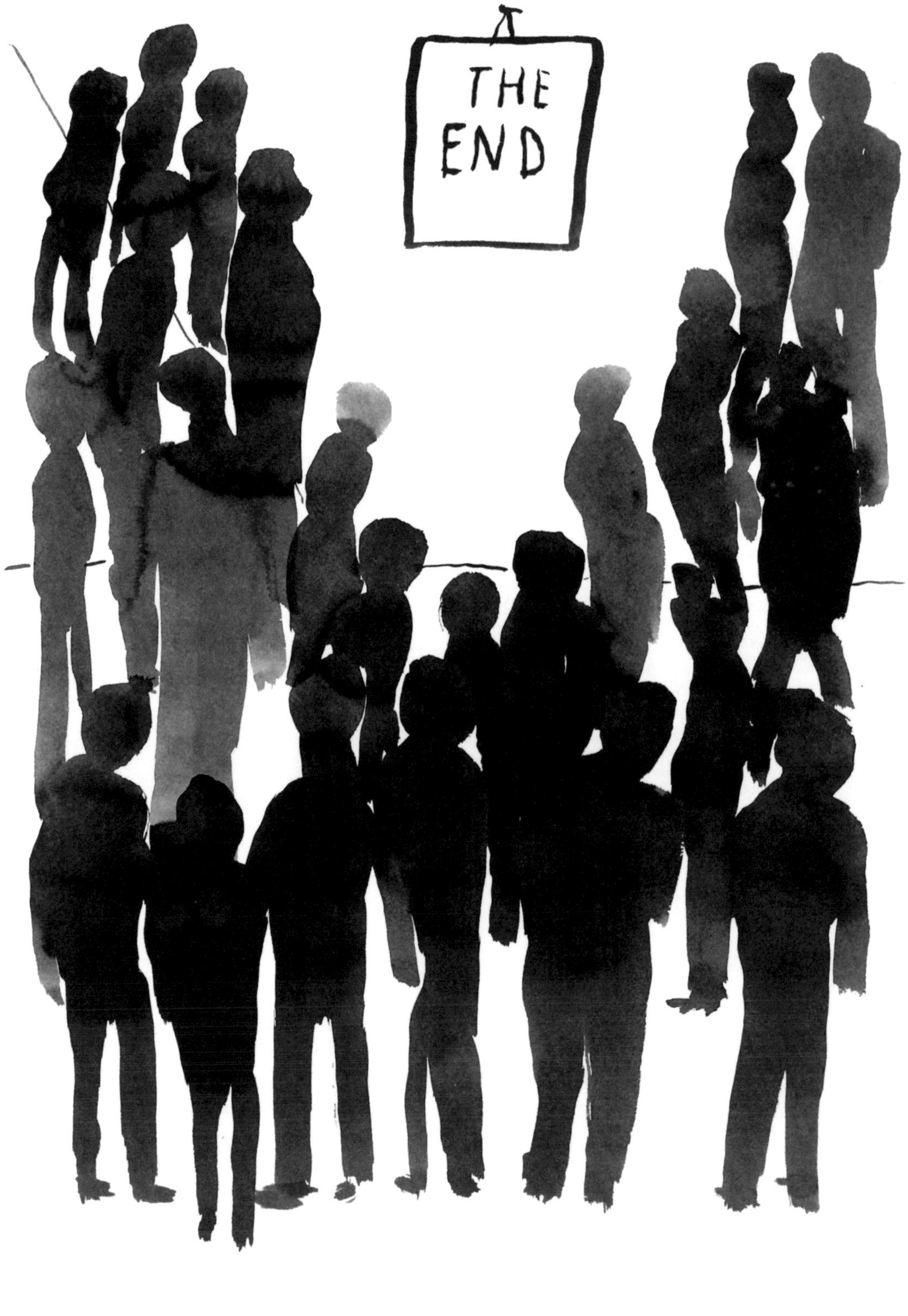
THE
END

TRADUÇÃO DOS TEXTOS **p. 81** "Por motivos comerciais, fui obrigado a desenhar em inglês. Em espanhol são imagens muito bonitas"; **p. 82** "– O quê? Mas você pintou isso em cinco minutos! – Sim, mas estou pensando nisso há muitos anos"; **p. 84** "Natureza-morta – Joystick"; **p. 86** "Não olhe para mim! Por favor"; **p. 87** "Você poderia por favor olhar para as imagens religiosas?"; **p. 88** "*Poeisia* visual"; **p. 90** "Letreiro em neon numa galeria (infelizmente queimado)"; **p. 91** "Isto foi escrito com sangue – mas não aqui"; **p. 92** "Rato – Tenho 98 % de certeza de que você já viu isso ou pensou nisso. É o que parece"; **p. 93** "Jovem Marcel Duchamp pensando"; **p. 96** "O cabelo de Giacometti também era uma escultura"; **p. 99** "Hockney nadando"; **p. 100** "Modelo preguiçosa (nua)"; **p. 102** "A.R. Penck falso – E não é tampouco um Otto Dix"; **p. 103** "Fotografia bem conhecida de Piero Manzoni"; **p. 104** "Este é o avesso de uma belíssima tela de Monet ou Manet – ~~Não lembro qual dos dois~~"; **p. 105** "Prezado sr. Hooper..."; **p. 106** "Eu estava bêbado e drogado quando fiz este desenho. Ele é um documento testemunho. Espero que você goste deste desenho sincero"; **p. 107** "– Eu consigo desenhar em um papelzinho muito pequeno. – Você é muito talentoso, bem, nem tanto assim"; **p. 108** "Por favor, olhe fixamente o gif animado"; **p. 110** "Tenho uma grande inimiga e fico muito feliz quando ela curte coisas que escrevo no Facebook"; **p. 111** "– How does it feel? – Pergunte ao Bob"

Em 1951, **James Baldwin** foi o primeiro negro a botar os pés em Leukerbad. No vilarejo suíço, que vivia alheio à luta pelos direitos civis, encontrou um espelho do racismo disseminado pelo mundo e, sobretudo, do combate contra o preconceito travado nos Estados Unidos. Sua passagem pelo balneário dos Alpes resultou em "O estranho no vilarejo", ensaio hoje clássico que **Teju Cole** tomou como bússola ao refazer a viagem decisiva de Baldwin em "Um corpo negro". Sessenta anos depois, o mundo, como constatara o autor de *Notas de um filho desta terra*, jamais voltaria a ser branco.

JAMES BALDWIN
TEJU COLE

O estranho no vilarejo

James Baldwin

A julgar por todas as evidências disponíveis, jamais um homem negro pôs os pés neste minúsculo vilarejo suíço antes de mim. Antes de chegar, disseram-me que eu provavelmente seria uma "atração" no vilarejo; do que depreendi que pessoas com o meu tom de pele raramente eram vistas na Suíça, e também que alguém da cidade grande sempre era um tipo de "atração" fora da cidade. Não me ocorreu – possivelmente por ser americano – que pudesse existir alguém, em algum lugar do mundo, que nunca tivesse visto um negro.

 É um fato que não se explica pela inacessibilidade do vilarejo, que fica em uma grande altitude, mas está a apenas quatro horas de Milão e três de Lausanne. É verdade que se trata de um lugar praticamente desconhecido. Poucas pessoas que planejam as férias escolheriam vir para cá. Por outro lado, os moradores, supostamente, podem ir e vir com liberdade – e é o que eles fazem: vão e voltam de uma outra cidadezinha aos pés da montanha, com uma população de cinco mil habitantes, que é o lugar mais próximo onde se pode ir ao cinema ou ao banco. No vilarejo não há cinema, banco, biblioteca ou teatro; apenas pouquíssimos rádios, um jipe, uma van; e, no momento, uma única máquina de escrever, a minha, invenção que a vizinha de porta me disse nunca ter visto antes. Há cerca de 600 pessoas vivendo aqui, todas católicas – concluí isso pelo fato de a igreja católica ficar aberta o ano inteiro, enquanto a capela protestante, construída em uma encosta um pouco afastada, só abre no verão, com a chegada dos turistas. Há quatro ou cinco hotéis, todos agora fechados, e quatro ou cinco *bistrots*, sendo que apenas dois abrem eventualmente durante o inverno. Esses dois não fazem diferença, pois a vida no vilarejo parece terminar por volta das nove ou dez da noite. Há algum comércio, açougue, padaria, *épicerie*, uma loja de ferragens e uma casa de câmbio – que não pode trocar diretamente *traveler's check*, enviando-os primeiro ao banco, uma operação que leva dois ou três dias. Existe um lugar chamado Ballet Haus, fechado no inverno e usado no verão sabe lá Deus para quê – certamente não para balé. Aparentemente, há uma única escola no vilarejo, e apenas para crianças muito pequenas; isso implica, imagino, que os irmãos e irmãs mais velhos em algum momento tenham que descer das montanhas para continuar seus estudos – mais uma vez, possivelmente, para a cidadezinha logo abaixo. A paisagem é absolutamente ameaçadora, montanhas imensas dos quatro lados, gelo e neve até onde a vista alcança. Nessa vastidão branca, homens e mulheres e crianças se movimentam o dia inteiro, levando roupa lavada, lenha, baldes de leite ou de água, às vezes patinando nas tardes de domingo. A semana inteira, meninos e rapazes são vistos removendo com pás a neve dos telhados ou trazendo lenha da floresta em seus trenós.

A única verdadeira atração do vilarejo, que justifica a temporada turística, é a fonte de águas termais. Uma porcentagem inquietantemente alta desses turistas é de deficientes, ou quase deficientes físicos, que vêm todos os anos – geralmente de outras partes da Suíça – para se banhar nessas águas. Isso dá ao vilarejo, na alta temporada, uma certa aura aterrorizante de santidade, como se fosse uma pequena Lourdes. Há sempre algo de belo e sempre algo de horrível no espetáculo de uma pessoa que perdeu uma de suas faculdades, uma faculdade nunca antes questionada até ser perdida, e que se esforça para recuperá-la. No entanto, a pessoa continua sendo uma pessoa, de muletas ou mesmo no leito de morte; no primeiro verão que aqui passei, sempre que eu circulava entre os nativos do vilarejo ou entre os doentes, sentia um calafrio – de perplexidade, curiosidade, espanto, e repulsa. Naquele primeiro verão, passei duas semanas e pretendia nunca mais voltar. Mas voltei no inverno, para trabalhar; o vilarejo, obviamente, não oferece nenhum tipo de distração e ainda tem a vantagem de ser extremamente barato. Agora, um ano depois, é inverno de novo, e aqui estou novamente. Todos os moradores sabem meu nome, embora raramente o pronunciem, sabem que venho dos Estados Unidos – embora, aparentemente, não sejam capazes de acreditar nisso: os negros vêm da África –, e todos sabem que sou amigo do filho de uma mulher que nasceu aqui, e que estou hospedado no chalé da família. Mas continuo a ser tão estranho para eles quanto no primeiro dia em que aqui cheguei, e as crianças gritam *Neger! Neger!* quando passo na rua.

Devo admitir que a princípio fiquei chocado demais para ter qualquer reação. O máximo que consegui foi, se tanto, tentar ser simpático – boa parte da educação do negro americano (muito antes de ir para a escola) diz que ele precisa fazer as pessoas "gostarem" dele. O habitual "sorria-e-o-mundo-sorrirá--de-volta" funcionou no vilarejo tanto quanto na situação que lhe deu origem, ou seja, não adiantou nada. Afinal, é impossível gostar de alguém cuja compleição e complexidade não podem ser admitidas ou jamais o foram. Meu sorriso foi, para eles, simplesmente mais um fenômeno desconhecido que lhes permitia ver meus dentes – na verdade, eles não enxergavam meu sorriso, e comecei a pensar que, se rosnasse em vez de sorrir, talvez ninguém notasse a diferença. Todas as características físicas do negro, que nos Estados Unidos me causaram um sofrimento muito diferente e quase esquecido, aos olhos dos moradores do vilarejo não passavam de algo milagroso – ou infernal. Alguns achavam que o meu cabelo tinha cor de alcatrão, textura de arame ou de algodão. Chegaram a sugerir, de brincadeira, que eu o deixasse crescer para fazer um casaco pesado. Se eu ficasse mais de cinco minutos no sol, sempre aparecia alguém mais ousado que tocava meu cabelo cautelosamente, como se tivesse medo de um choque, ou esfregava sua mão na minha, admirado porque a cor não saía da pele. Em tudo isso, ainda que seja preciso reconhecer o encanto de um genuíno deslumbramento, sem qualquer crueldade intencional, nada sugeria que eu fosse humano: eu era apenas uma curiosidade ambulante.

Eu sabia que eles não queriam ser cruéis, e sei isso agora também; mas é algo que preciso repetir para mim mesmo toda vez que saio do chalé. As crianças que gritam *Neger!* não têm como saber dos ecos que esses gritos ainda despertam em mim. Transbordam de bom humor, e os mais ousados ficam cheios de orgulho quando paro para falar com eles. Eles também não imaginam que em certos dias não consigo parar e sorrir, não tenho ânimo de brincar; quando na verdade resmungo amargamente, assim como resmungava nas ruas de uma cidade que essas crianças nunca viram, quando eu tinha a idade que elas têm agora, e dizia para mim mesmo: *a sua* mãe *era uma crioula.* Joyce estava certo ao dizer que a história é um pesadelo – mas talvez seja um pesadelo do qual ninguém é *capaz* de acordar. As pessoas estão presas na história e a história está presa dentro delas.

No vilarejo, há um costume – que, me disseram, se repete em muitos outros – de "comprar" nativos africanos com o propósito de convertê-los ao cristianismo. Ao longo do ano, os moradores depositam seus francos na fenda de uma caixinha decorada com uma estatueta negra que fica igreja. Durante o carnaval, que antecede a quaresma, duas crianças da aldeia têm o rosto pintado de preto – e em meio a essa escuridão sem vida, seus olhinhos azuis cintilam como gelo –, e fantásticas perucas de crina de cavalo são colocadas em suas cabecinhas loiras; assim fantasiadas, elas pedem aos moradores dinheiro para os missionários na África. No ano passado, somando o que se arrecadou na caixinha da igreja com o que as crianças pintadas de preto conseguiram, o vilarejo "comprou" seis ou oito nativos africanos. Isso me foi contado com orgulho pela mulher do dono de um dos bistrots, e tomei o cuidado de expressar admiração e prazer diante da solicitude que a comunidade demonstrava pelas almas do povo negro. A mulher do dono do *bistrot* exultava com um prazer muito mais genuíno do que o meu e parecia achar que eu poderia agora respirar mais aliviado por conta das almas de pelo menos seis parentes meus.

Tentei não pensar nesses parentes recém-batizados, no preço pago por eles, ou no preço peculiar que eles mesmos viriam a pagar, e não disse nada sobre meu pai, que, mesmo tendo seguido à risca a própria conversão, no fundo nunca perdoou os brancos (que ele descrevia como pagãos) por terem imposto a ele o fardo de um Cristo em quem eles mesmos já não acreditavam, pelo menos a julgar pelo modo como trataram meu pai. Pensei nos primeiros brancos a chegar em um vilarejo africano, estranhos ali, como sou um estranho aqui, e tentei imaginar o povo abismado tocando seus cabelos e maravilhado com a cor de suas peles. Mas há uma grande diferença entre ser o primeiro homem branco visto por africanos e ser o primeiro homem negro visto pelos brancos. O homem branco considera esse espanto um tributo, pois ele chegou para conquistar e converter os nativos, cuja inferioridade em relação a ele mesmo não é sequer questionada; enquanto eu, sem planos de conquista, encontro-me em meio a pessoas cuja cultura me controla, e em certo sentido me criou, pessoas que me custaram em angústia e em raiva muito mais do que jamais saberão, e que sequer sabem da minha existência. O espanto com que eu os teria recebido, caso eles fossem parar na minha aldeia africana alguns séculos atrás, talvez alegrasse seus corações. Mas o espanto com que eles me recebem hoje só pode envenenar o meu.

E assim é, apesar de tudo o que eu faça para sentir de modo diferente, apesar da minha conversa amistosa com a mulher do dono do *bistrot*, apesar do seu filhinho de três anos que enfim ficou meu amigo, apesar dos *saluts* e *bonsoirs* que troco com as pessoas com que cruzo na rua, apesar do fato de eu saber que ninguém pode ser responsabilizado individualmente pelo que a história faz ou fez. Digo que a cultura dessas pessoas me controla – mas elas tampouco podem ser responsabilizadas pela cultura europeia. A América saiu da Europa, mas essas pessoas nunca estiveram na América, e a maioria sequer esteve em outro lugar da Europa além da aldeia ao pé da montanha. No entanto, elas agem com uma autoridade que jamais terei; e me veem, com todo direito, não apenas como um estranho em seu vilarejo, mas como um retardatário suspeito, sem nenhuma referência, interessado em tudo o que eles, ainda que inconscientemente, herdaram.

Pois este vilarejo, mesmo incomparavelmente ermo e incrivelmente primitivo, é o Ocidente, o Ocidente em que fui estranhamente enxertado. Essas pessoas não poderiam ser, do ponto de vista do poder, estranhas em nenhum lugar do mundo; na verdade, elas fizeram o mundo moderno, mesmo que não saibam disso. O mais iletrado deles é próximo, de uma maneira que eu não sou, de Dante, Shakespeare, Michelangelo, Ésquilo, Da Vinci, Rembrandt e Racine; a catedral de Chartres lhes diz alguma coisa que não diz a mim, como também diria o Empire State de Nova York, se alguém aqui um dia o visse. De seus hinos e danças, saíram Beethoven e Bach. Volte alguns séculos, e eles estão em plena glória – mas eu estou na África, assistindo à chegada dos conquistadores.

A fúria do menosprezado é pessoalmente infrutífera, mas é absolutamente inevitável; essa fúria, tão raramente levada em conta, tão pouco compreendida, mesmo entre os que se alimentam dela diariamente, é um dos ingredientes da história. A fúria pode ser contida com dificuldade – e jamais inteiramente – sob o domínio da inteligência, não sendo, portanto, suscetível a nenhum tipo de argumento. Esse é um fato que os representantes do *Herrenvolk*, nunca tendo sentido essa fúria e sendo incapazes de imaginá-la, simplesmente não entendem. Além disso, a fúria não pode ser ocultada, apenas dissimulada. Essa dissimulação é incompreendida pelos incautos, fortalece a fúria e acrescenta a ela o desprezo. Há, sem dúvida, muitas maneiras de lidar com o complexo de tensões resultante, e cada homem negro no mundo tem a sua, mas nenhum homem negro pode ter esperança de se livrar inteiramente dessa guerra travada internamente – a fúria, a dissimulação e o desprezo que inevitavelmente sentiram quando se deram conta pela primeira vez do poder dos homens brancos. O crucial aqui é que, como o branco representa no mundo do negro um peso tão grande, o branco, para o negro, representa uma realidade que está longe de ser recíproca; e, portanto, todos os homens negros têm para com todos os homens brancos uma atitude que visa, efetivamente, a roubar do branco a joia de sua ingenuidade, ou de fazer o branco pagar caro por ela.

O negro insistirá, por todos os meios que tem à disposição, para que o branco deixe de vê-lo como uma curiosidade exótica e o reconheça como ser humano. Esse é um momento muito carregado e difícil, pois há uma boa dose de força de vontade na ingenuidade do branco. A maioria das pessoas não é naturalmente reflexiva, da mesma maneira que a maioria não age naturalmente com má-fé, e o branco prefere manter o negro a uma certa distância humana, porque fica mais fácil ele preservar sua simplicidade e evitar ter de prestar contas dos crimes cometidos por seus antepassados, ou por seus vizinhos. No entanto, o branco inevitavelmente tem consciência de estar em uma posição melhor no mundo do que o negro, e tampouco consegue ignorar totalmente a suspeita de que é, portanto, odiado pelo negro. O branco não quer ser odiado, mas também não quer trocar de posição. Nesse momento, incomodado, ele mal consegue evitar de recorrer àquelas lendas que os brancos criaram sobre os negros. E o efeito mais comum dessas lendas é, por assim dizer, enredar o homem em seu próprio linguajar, que usa para descrever o inferno – e os atributos que levam alguém ao inferno –, a imagem "negro como a noite".

Toda lenda, aliás, contém seu fundo de verdade, e a função fundamental da linguagem é, ao descrever o universo, controlá-lo. É bastante significativo que, no imaginário e na realidade, o negro continue a estar, com frequência surpreendente, além das disciplinas da salvação; e isso apesar de o Ocidente "comprar" nativos africanos há séculos. Arrisco dizer que há uma necessidade instantânea de se afastar desse estranho visivelmente condenado, em cujo coração, além do mais, não se pode adivinhar quantos sonhos de vingança estarão sendo alimentados; e, ao mesmo tempo, existem poucas coisas no mundo mais atraentes que a ideia da liberdade indizível concedida aos jamais redimidos. Quando, sob a máscara negra, um ser humano começa a se fazer sentir, não se pode evitar um fascínio terrível diante do tipo de ser humano que ele é. O que nossa imaginação considera ser o outro é ditado, evidentemente, pelas leis de nossa própria personalidade, e uma das ironias da relação entre brancos e negros é que o negro só é capaz de conhecer o branco por aquilo que o branco imagina sobre o negro.

Eu disse, por exemplo, que hoje continuo tão estranho a este vilarejo quanto no primeiro verão em que cheguei aqui, mas isso não é bem verdade. Hoje, os moradores se espantam menos com a textura do meu cabelo do que comigo mesmo. E o fato de seu espanto agora ser de outro nível se reflete em sua atitude e em seus olhos. Há as crianças que fazem aqueles deliciosos, hilários, e às vezes incrivelmente graves gestos de amizade, do jeito imprevisível das crianças; outras, a quem ensinaram que o diabo é um homem negro, gritam com uma angústia genuína quando me aproximo. Algumas senhoras mais velhas nunca passam por mim sem uma saudação amistosa, ou melhor, nunca passam por mim se sentem que podem entabular alguma conversa comigo; outras baixam a vista ou viram o rosto, ou ainda me olham com um esgar desdenhoso. Alguns homens bebem comigo, e sugerem que eu aprenda a esquiar – em parte, deduzo, porque não conseguem imaginar minha aparência usando esquis –, e querem saber se sou casado, e fazem perguntas sobre o meu *métier*. Mas alguns deles acusaram *le sale nègre* – pelas minhas costas – de ter roubado lenha, e já noto no olhar de outros aquela maldade peculiar, intencional, paranoica, que às vezes se surpreende nos olhos de homens brancos americanos quando, passeando no domingo com a namorada, eles veem um negro se aproximar.

Existe um pavoroso abismo entre as ruas deste vilarejo e as ruas da cidade onde nasci, entre as crianças que gritam *Neger!* hoje e aquelas que gritavam *Crioulo!* ontem – esse abismo é a experiência, a experiência americana. O termo lançado nas minhas costas hoje expressa, acima de tudo, espanto: sou um estranho aqui. Mas não sou um estranho nos Estados Unidos, e o mesmo termo, quando percorre o ar americano, expressa a hostilidade que a minha presença provoca na alma americana.

Pois este vilarejo me faz lembrar do seguinte fato: de que houve uma época, e não faz muito tempo, em que os americanos não eram exatamente americanos, mas europeus descontentes diante de um continente vasto e que não haviam dominado, que chegavam, digamos, a uma feira e viam homens negros pela primeira vez. O choque desse espetáculo era claramente sugerido pela rapidez com que eles concluíam que aqueles homens negros não eram realmente homens, mas gado. É verdade que a necessidade dos pioneiros do Novo Mundo de conciliar seus pressupostos morais com o fato – e a necessidade – da escravidão aumentava imensamente o fascínio dessa ideia, e também é verdade que ela expressa, com uma rispidez genuinamente americana, a atitude que, com algumas variações, todos os senhores tinham diante de todos os escravos.

Mas, entre ex-escravos e ex-senhores e o drama que começa para os americanos 300 anos atrás em Jamestown, existem pelo menos duas diferenças a serem observadas. O escravo negro americano não podia supor, por exemplo, que conseguiria, como escravos em épocas anteriores supuseram e muitas vezes conseguiram, tirar o poder das mãos de seu senhor. Essa foi uma suposição que os tempos modernos, com mudanças tão vastas nos objetivos e nas dimensões do poder, aniquilaram; ela só começa a ser ressuscitada nos dias de hoje, de maneira nunca vista e com temíveis implicações. Mas, ainda que essa suposição persistisse sem perder força, o escravo negro americano não poderia usá-la para conferir dignidade à sua própria condição, pois essa suposição se baseia em uma outra: a de que o escravo, no exílio, continua ligado a seu passado, de que ele possui – ainda que apenas na memória – meios de reverenciar e sustentar as formas de sua vida anterior, de que é capaz, em suma, de manter sua identidade.

Não era esse o caso do escravo negro americano. Ele é único entre os negros do mundo, pois seu passado lhe foi arrancado, quase literalmente, de um só golpe. Imagine o que a primeira escrava terá dito à primeira criança mestiça que gerou. Disseram-me que há haitianos que remontam a própria ascendência até chegar aos reis africanos, mas, se um negro americano quiser voltar tanto assim em sua viagem no tempo, acabará abruptamente na assinatura do termo de venda que serviu de documento de entrada de seu ancestral. Na época – sem falar nas circunstâncias – da escravidão do negro cativo que se tornaria o negro americano, não havia a mais remota possibilidade de ele tomar o poder da mão de seu senhor. Não havia nenhum motivo para supor que essa situação um dia mudaria, tampouco havia, em suma, nada que indicasse que essa situação um dia tivesse sido diferente. Era uma necessidade para ele, nas palavras de E. Franklin Frazier, encontrar "um motivo para viver na cultura americana ou morrer". A identidade do negro americano emerge dessa situação extrema, e a evolução dessa identidade foi uma fonte das angústias mais insuportáveis para as mentes e as vidas de seus senhores.

Pois a história do negro americano também é única pelo seguinte: a questão de sua humanidade, e, portanto, de seus direitos como ser humano, tornou-se candente para várias gerações de americanos, uma questão tão candente que acabou sendo usada, entre outras, para dividir o país. É dessa discussão que deriva o veneno do epíteto *Crioulo!* Trata-se de uma discussão jamais cogitada na Europa e, portanto, a Europa francamente não consegue entender como ou por que ela surgiu em primeiro lugar, por que seus efeitos são muito frequentemente desastrosos e sempre tão imprevisíveis, ou por que até hoje não foi inteiramente resolvida. As possessões negras da Europa ficavam – e ainda ficam – nas colônias da Europa, em um isolamento que não representava nenhuma ameaça à identidade europeia. Se representava algum problema para a consciência europeia, era um problema sempre confortavelmente abstrato: na prática, o negro, *enquanto homem*, não existia para a Europa. Mas, na América, mesmo enquanto escravo, ele fazia parte inevitável do tecido social geral, e nenhum americano podia evitar de ter alguma atitude em relação a ele. Os americanos tentam até hoje fazer uma abstração do negro, mas a própria natureza dessas abstrações revela os tremendos efeitos da presença do negro no caráter americano.

Quando se considera a história do negro nos Estados Unidos, é da maior importância reconhecer que as crenças morais de uma pessoa ou de um povo nunca são realmente tão tênues quanto a vida – que não é moral – muitas vezes faz com que pareçam; são elas que criam para as pessoas uma estrutura de referência e uma esperança necessária, a de que, quando passarem pelo pior da vida, serão capazes de se superar e triunfar. A vida dificilmente seria suportável se essa esperança não existisse. Mais uma vez, mesmo quando o pior já foi dito, trair uma crença não significa, de maneira nenhuma, estar imune ao seu poder de influência; trair uma crença não significa deixar de acreditar nela. Se não fosse assim, não haveria nenhum tipo de padrão moral no mundo. Embora se deva também reconhecer que a moralidade se baseia em ideias, e que todas as ideias são perigosas – já que as ideias só podem levar à ação, e ninguém sabe qual será o resultado dessa ação. E são perigosas também pelo seguinte: diante da impossibilidade de permanecer fiel às próprias crenças e da igual impossibilidade de se libertar delas, qualquer um pode ser levado aos excessos mais desumanos. Contudo, as ideias nas quais as crenças americanas se baseiam não são, embora os americanos muitas vezes aparentemente pensem ser, originadas na América. Elas vieram da Europa. E o estabelecimento da democracia no continente americano não teria sido uma ruptura tão radical com o passado não fosse a necessidade, que os americanos enfrentaram, de ampliar este conceito para incluir o negro.

Essa foi, literalmente, uma necessidade severa. Antes de mais nada, era impossível que os americanos abandonassem suas crenças, não só porque elas pareciam capazes de justificar por si só os sacrifícios que tiveram de fazer e o sangue que derramaram, mas também porque essas crenças lhes forneciam a única fortaleza contra o caos moral tão absoluto quanto o caos físico do continente que tinham como destino conquistar. Mas, na situação em que os americanos se encontravam, essas crenças ameaçavam uma ideia que, gostemos ou não de pensar, é a própria trama do tecido da herança ocidental, a ideia da supremacia branca.

Os americanos se tornaram notórios pela estridência e pela brutalidade com que insistiram nessa ideia, mas não foram eles que a inventaram; e o mundo não percebeu que esses mesmos excessos de que os americanos foram culpados implicam um incômodo sem precedentes com relação à vida e à força dessa ideia, quiçá, a bem dizer, com relação à sua própria validade. A ideia da supremacia branca se baseia simplesmente no fato de que os brancos são os criadores da civilização (a atual civilização, que é a única que importa; todas as civilizações anteriores foram apenas "contribuições" para a nossa), e são, portanto, os guardiões e os defensores dela. Assim, para os americanos, era impossível aceitar o negro como um igual, pois isso equivalia a pôr em risco seu próprio status de branco. Mas não o aceitar como tal era negar ao negro sua realidade humana, seu peso e sua complexidade, e o esforço de negar o inapelavelmente inegável obrigou os americanos a racionalizações tão fantásticas que beiravam o patológico.

Na raiz do problema do negro americano está a necessidade de o branco americano encontrar uma maneira de viver com o negro que lhe permitisse conseguir viver consigo mesmo. E a história desse problema pode ser reduzida aos meios usados pelos americanos – o linchamento e a lei, a segregação e a aceitação legal, a intimidação e a concessão – de lidar com essa necessidade, ou de se desviar dela, ou (geralmente) de fazer as duas coisas ao mesmo tempo. O espetáculo que daí resultou, ao mesmo tempo tolo e pavoroso, levou alguém a fazer o preciso comentário de que "o-negro-na-América é uma forma de insanidade que acomete homens brancos".

Nessa longa batalha, que está longe de chegar ao fim e cujos efeitos imprevisíveis serão sentidos no futuro por muitas gerações, a motivação do homem branco era proteger sua identidade, e a do homem negro, estabelecer uma identidade. E apesar de todo terror que o negro na América sofreu e esporadicamente sofre ainda hoje, apesar da ambivalência cruel e totalmente inevitável de seu status em seu país, a luta pela sua identidade foi vencida há muito tempo. Ele não é um visitante no Ocidente, mas um cidadão do Ocidente, um americano; tão americano quanto os americanos que o desprezam, os americanos que têm medo dele, os americanos que o adoram – americanos que se diminuíra, ou os que se superaram diante do inescapável desafio representado por ele. Ele é talvez o único negro no mundo cuja relação com os brancos é mais terrível, mais sutil e mais significativa do que a relação entre o dominado rancoroso e o dominador hesitante. Sua sobrevivência e seu desenvolvimento dependem de sua capacidade de converter seu status peculiar no mundo ocidental a seu favor e, talvez, em grandes benefícios para o mundo. Cabe ainda a ele extrair de sua experiência aquilo que lhe dará sustento, e uma voz.

A catedral de Chartres, como eu disse, significa para as pessoas desse vilarejo algo que não significa para mim. Talvez elas fiquem impressionadas com a altura das torres, a glória dos vitrais; mas elas, afinal, conheceram Deus há muito mais tempo que eu, e em circunstâncias diferentes, enquanto eu fico aterrorizado com o poço sem fundo e escorregadio que há na cripta onde os hereges eram lançados para morrer, e com as gárgulas obscenas, inevitáveis, projetadas da pedra e que parecem dizer que Deus e o diabo não poderão jamais se separar. Duvido que os moradores deste vilarejo pensem no diabo quando veem uma catedral, porque eles nunca foram identificados com o diabo. Mas devo aceitar o status que o mito, na falta de outra coisa, confere a mim no Ocidente, e não ter esperança de conseguir mudar esse mito.

Se o negro americano chegou à sua identidade graças à absoluta alienação de seu passado, o branco americano ainda alimenta a ilusão de que existe algum meio de recuperar a inocência europeia, ou de voltar a uma condição em que o negro não exista. Esse é um dos maiores erros que um americano pode cometer. A identidade que eles lutaram tão arduamente para proteger sofreu, em virtude dessa luta, uma transformação: os americanos são diferentes de todos os outros brancos do mundo. Não creio, por exemplo, que seja exagero sugerir que a visão de mundo americana – que, em linhas gerais, dá tão pouca concretude às forças mais obscuras da vida humana, e até hoje tende a pintar questões morais em preto e branco inequívocos – deve muito à batalha travada pelos americanos para manter entre eles e os negros uma separação humana intransponível. Só recentemente estamos começando a nos dar conta – muito difusamente, devemos admitir, muito lentamente, e muito contra a nossa vontade – de que essa visão do mundo é perigosamente imprecisa e totalmente inútil. Pois protege nossa estatura moral à custa de um terrível enfraquecimento de nossa apreensão da realidade. As pessoas que fecham os olhos para a realidade simplesmente estão pedindo pela própria destruição, e qualquer um que insista em permanecer em estado de inocência tanto tempo depois da morte da inocência acaba sendo um monstro.

Chegou a hora de nos darmos conta de que o drama inter-racial encenado no continente americano criou não apenas um novo homem negro, mas também um novo homem branco. Nenhuma estrada levará os americanos de volta à simplicidade deste vilarejo europeu onde o branco ainda pode se dar ao luxo de me ver como um estranho. Na verdade, não sou mais visto como um estranho por nenhum americano vivo. Uma das coisas que distingue os americanos dos outros povos é que nenhum outro povo se envolveu tão profundamente na vida do negro, e vice-versa. Diante desse fato, com todas as suas implicações, pode-se dizer que a história do problema do negro americano não é apenas vergonhosa, mas é também uma espécie de conquista. Pois, mesmo depois que o pior já foi dito, também devemos acrescentar que o perpétuo desafio imposto por esse problema sempre foi, de alguma forma, perpetuamente enfrentado e vencido. É justamente essa experiência negro--branco que pode vir a ser um valor indispensável para nós no mundo de hoje. Este mundo não é mais branco, e nunca mais voltará a ser branco outra vez.

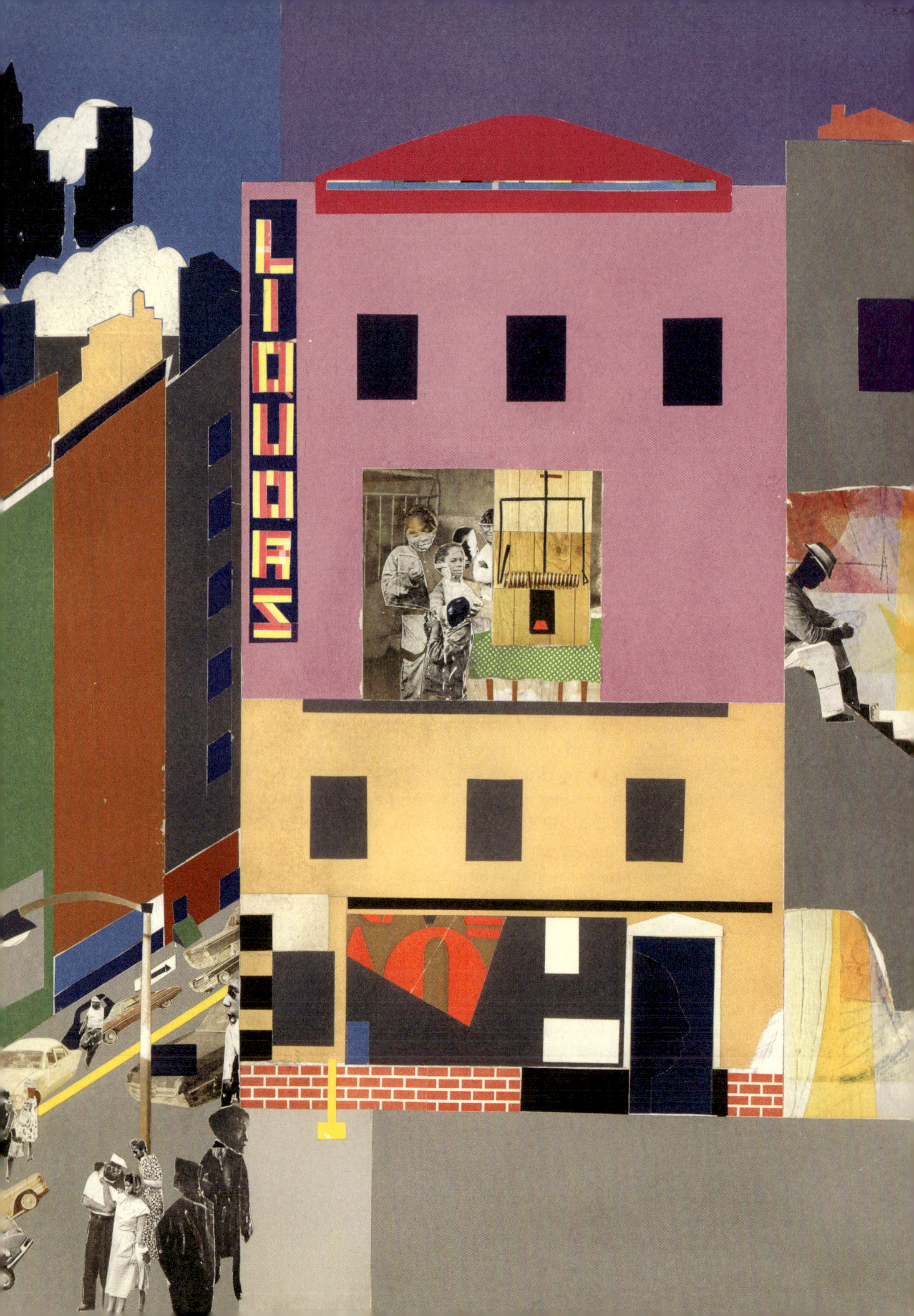
LIQUORS

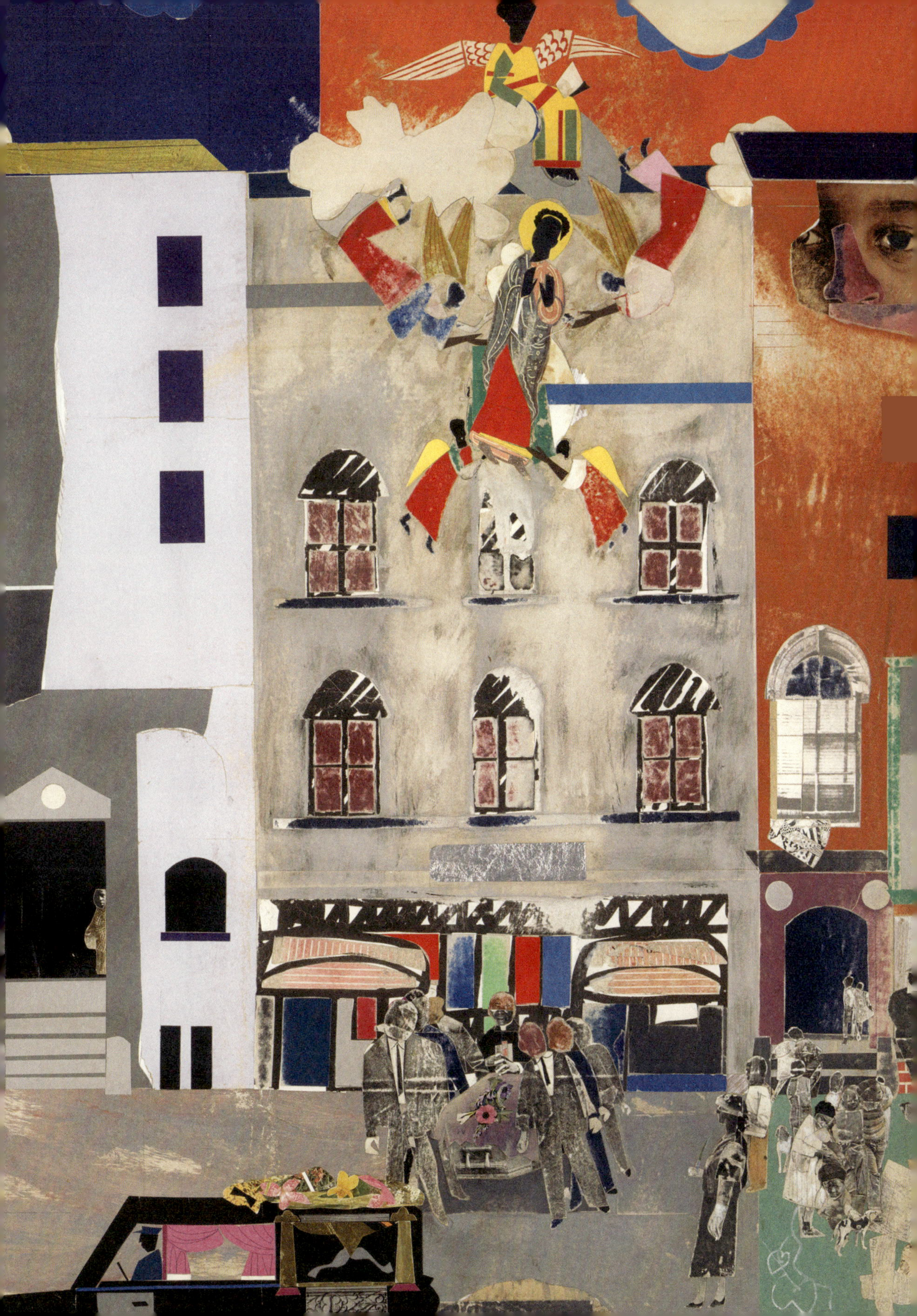

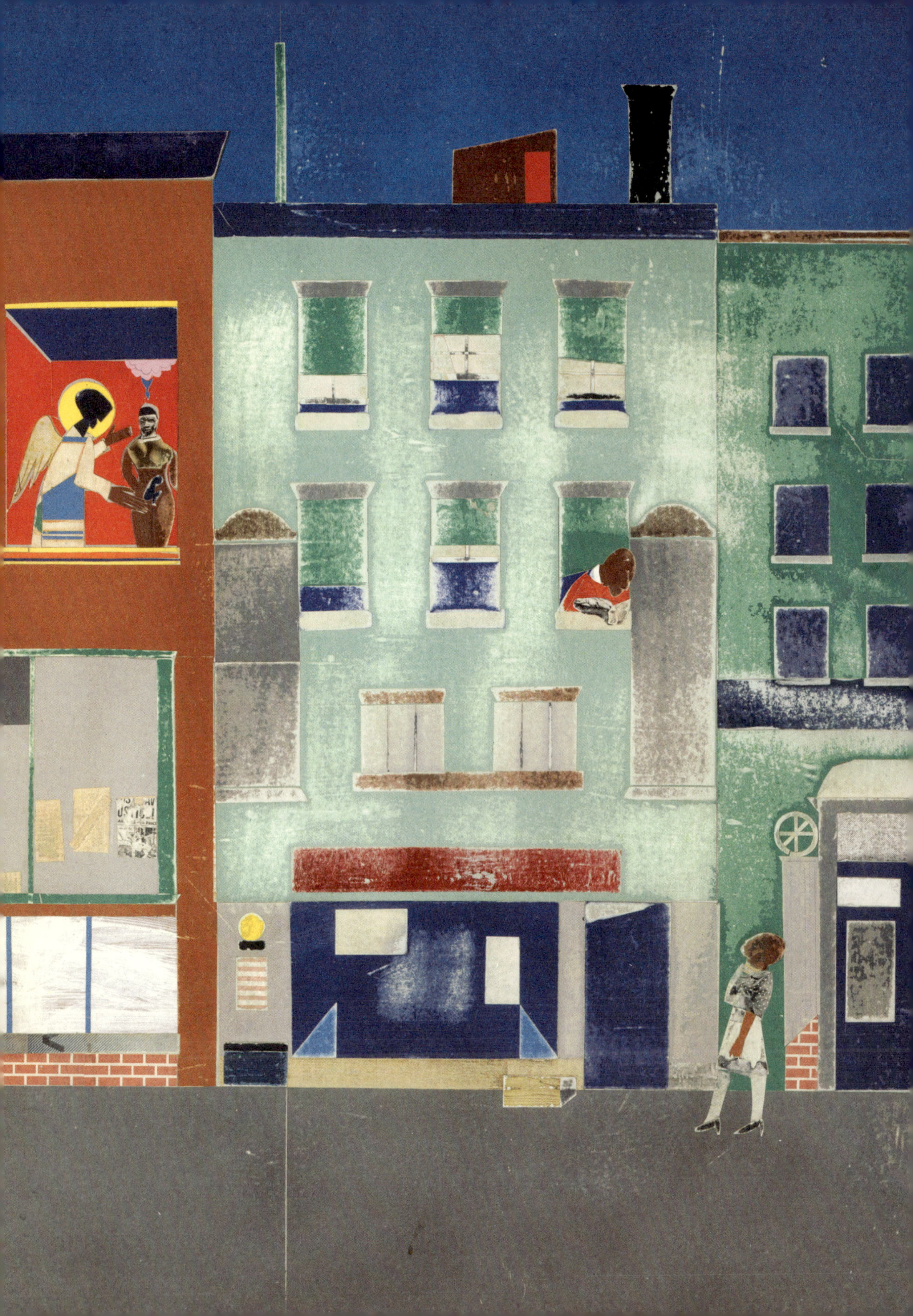

SUNRISE BAPTIST

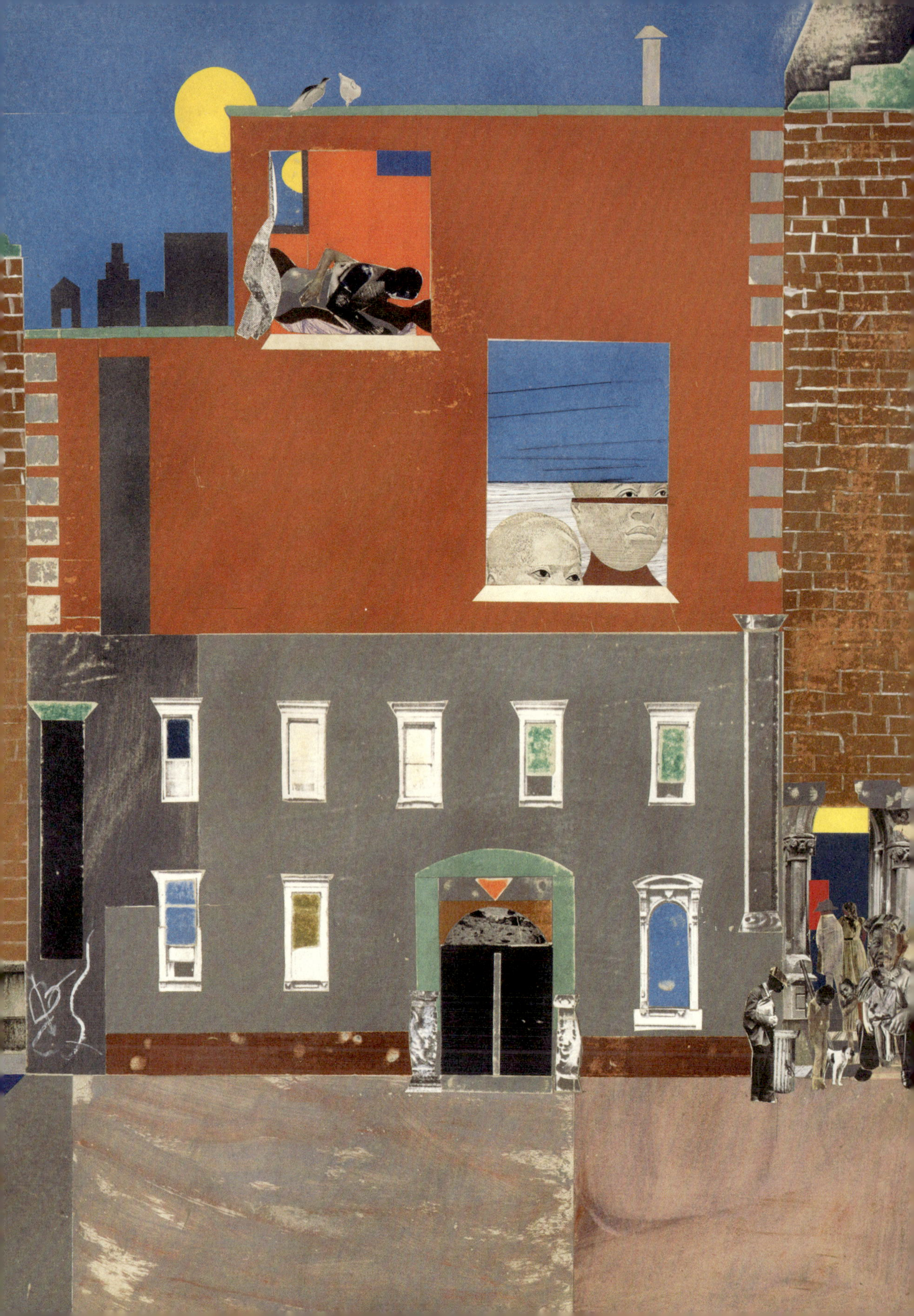

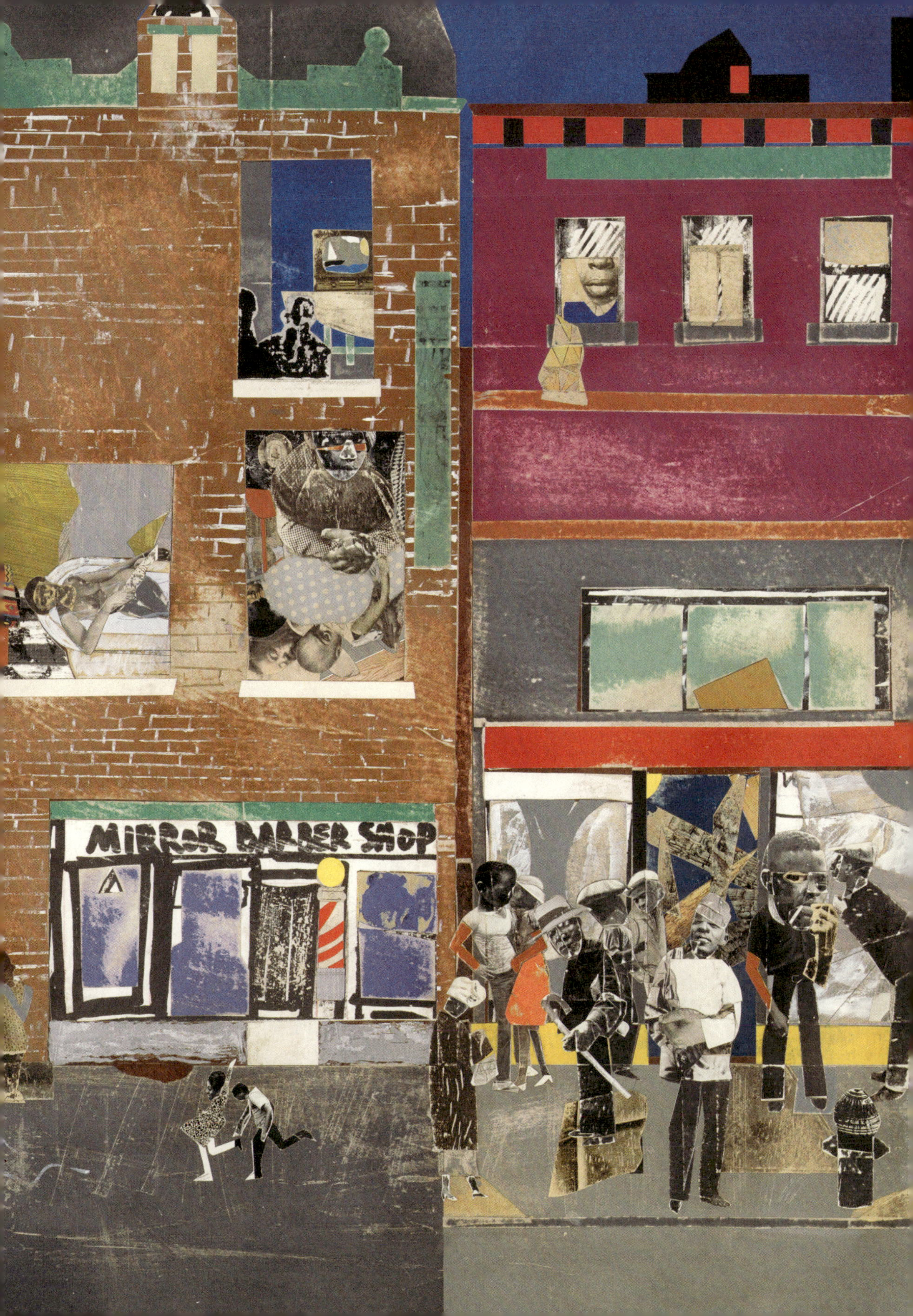
MIRROR BARBER SHOP

Um corpo negro

Teju Cole

Então o ônibus começou a passar por dentro de nuvens, e entre uma nuvem e outra vislumbramos a cidadezinha lá embaixo. Estava na hora do jantar, e ela era uma constelação de pontos amarelos. Chegamos 30 minutos depois de sair da outra cidadezinha, que se chamava Leuk. O trem para Leuk viera de Visp, o trem de Visp viera de Berna, e o trem anterior era de Zurique, de onde eu havia saído à tarde. Três trens, um ônibus, uma breve caminhada, tudo isso atravessando uma bela região, e então chegamos a Leukerbad quando estava escuro. Afinal, Leukerbad, que não era longe em termos de distância absoluta, não era tão acessível assim. Dois de agosto de 2014: era aniversário de James Baldwin. Se ele estivesse vivo, estaria completando 90 anos. Ele é uma daquelas pessoas que estão no limite do contemporâneo, deslizando para o histórico – John Coltrane estaria fazendo 88 neste ano; Martin Luther King Jr. faria 85 –, pessoas que ainda poderiam estar conosco, mas que, às vezes, parecem muito distantes, como se tivessem vivido há séculos.

    James Baldwin saiu de Paris e veio a Leukerbad pela primeira vez em 1951. A família de seu namorado, Lucien Happersberger, tinha um chalé em um vilarejo no alto das montanhas. E então lá foi Baldwin, que na época estava deprimido e disperso, e o vilarejo (que também tem o nome de Loèche-les--Bains) acabou sendo um refúgio para ele. Essa primeira viagem aconteceu no verão e durou duas semanas. Depois, para sua surpresa, ele voltou em outros dois invernos. Seu primeiro romance, *Go Tell It on the Mountain*, encontrou sua forma final aqui. Ele vinha lutando com o livro havia oito anos e, finalmente, o concluiu nesse retiro improvável. Também escreveu outra coisa, um ensaio chamado "O estranho no vilarejo"; foi esse ensaio, até mais do que o romance, que me trouxe a Leukerbad.

"O estranho no vilarejo" foi publicado pela primeira vez na *Harper's Magazine* em 1953, e depois na coletânea *Notes of a Native Son*, em 1955. O texto relata a experiência de ser negro em um vilarejo só de brancos. Começa com a atmosfera de uma viagem radical, como a de Charles Darwin a Galápagos ou a de Tété-Michel Kpomassie à Groenlândia. Mas então se abre para outras preocupações e para uma voz diferente, passando a olhar a situação racial americana nos anos 1950. A parte do ensaio que trata do vilarejo suíço é tão confusa quanto triste. Baldwin atenta para o absurdo de ser um escritor nova-iorquino que, de alguma maneira, é considerado inferior pelos suíços daquele vilarejo, muitos dos quais jamais saíram dali. Porém, adiante no ensaio, quando escreve sobre raça nos Estados Unidos, ele não é nem um pouco confuso. É iracundo e profético, escreve com clareza dura, conduzido por uma eloquência vertiginosa.

Hospedei-me no Hotel Mercure Bristol na noite em que cheguei. Abri as janelas para a escuridão, mas eu sabia que nela se escondia a montanha Daubenhorn. Abri a torneira da banheira e afundei até o pescoço na água quente, com meu velho exemplar barato de *Notes of a Native Son*. O som baixo do meu laptop era Bessie Smith cantando "I'm Wild about That Thing", um blues picante e uma obra-prima da dissimulação: "Don't hold it baby when I cry/ Give me every bit of it, else I'd die/ I'm wild about that thing". A letra que ela canta poderia se referir a um trombone. E foi ali, na banheira, com as palavras dele e a voz dela, que tive meu momento dublê de corpo: ali estava eu em Leukerbad, com o canto de Bessie Smith vindo de 1929, atravessando os anos; e sou negro como ele; e sou magro; e também tenho os dentes da frente espaçados; e não sou especialmente alto (não, escreve: baixo); e sou frio no papel e caloroso pessoalmente, a não ser quando sou justamente o contrário; e fui também um fervoroso pastor na adolescência (Baldwin: "Nada que já me aconteceu a partir de então iguala o poder e a glória que eu às vezes sentia quando, no meio de um sermão, sabia que era, de alguma maneira, por algum milagre, realmente o portador, como eles dizem, da 'Palavra' – quando a igreja e eu éramos um só"); e também eu abandonei a igreja; e considero Nova York meu lar, mesmo quando não estou morando lá; e me sinto em toda parte, da cidade de Nova York à Suíça rural, o guardião de um corpo negro, e preciso encontrar a linguagem para tudo o que isso significa para mim e para as pessoas que olham para mim. O ancestral brevemente tomou posse do descendente. Foi um momento de identificação e, nos dias seguintes, esse momento foi um guia.

"A julgar por todas as evidências disponíveis, jamais um homem negro pôs os pés neste minúsculo vilarejo suíço antes de mim", Baldwin escreveu. Mas o vilarejo cresceu razoavelmente desde a sua visita, mais de 60 anos atrás. Agora eles já tinham visto negros; eu não era uma atração. Notei alguns olhares discretos no hotel, quando me registrei, e no restaurante elegante da mesma rua, mas as pessoas sempre olham. As pessoas olham em Zurique, onde estou passando o verão, assim como olham em Nova York, onde moro há 14 anos. Há olhares por toda a Europa e na Índia, e em qualquer outro lugar fora da África. O teste é ver quanto duram esses olhares, se eles se tornam olhares fixos, com que intenção ocorrem, se contêm algum grau de hostilidade ou zombaria, e até que ponto meus contatos, meu dinheiro ou modo de vestir me protegem nessas situações. Ser um estranho é ser olhado, mas ser negro é ser olhado de uma forma especial. ("As crianças gritam *Neger! Neger!* quando passo na rua.") Leukerbad mudou, mas de que maneira? Não havia, de fato, bandos de crianças na rua, havia poucas crianças em geral. Provavelmente as crianças de Leukerbad, como as crianças do mundo todo, estavam dentro de casa, vidradas em jogos de computador, checando o Facebook ou assistindo a vídeos de música. Talvez alguns dos velhos que vi na rua fossem as mesmas crianças que haviam ficado tão surpresas ao verem Baldwin, e sobre quem, no ensaio, ele se esforça para falar em um tom sensato: "Em tudo isso, ainda que seja preciso reconhecer o encanto de um genuíno deslumbramento, sem qualquer crueldade intencional, nada sugeria que eu fosse humano: eu era apenas uma curiosidade ambulante". Agora, porém, os filhos ou netos daquelas crianças estão conectados ao mundo de um modo diferente. Talvez certa xenofobia ou certo racismo façam parte da vida deles, como também o fazem Beyoncé, Drake e Meek Mill, a música que ouço pulsar nas boates suíças nas noites de sexta-feira.

Nos anos 1950, Baldwin teve que trazer seus discos, como se fossem remédios escondidos, e precisou subir com seu toca-discos até Leukerbad, para que o som do blues americano pudesse mantê-lo em contato com um Harlem espiritual. Ouvi algumas dessas músicas enquanto estive lá, como um modo de estar com ele: Bessie Smith cantando "I Need a Little Sugar in My Bowl" ("I need a little sugar in my bowl/ I need a little hot dog on my roll"), Fats Waller cantando "Your Feet's Too Big". Ouvi também minha própria seleção: Bettye Swann, Billie Holiday, Jean Wells, *Coltrane Plays the Blues*, The Physics, Childish Gambino. A música que ouvimos durante uma viagem nos ajuda a criar nosso clima interior. Mas o mundo também participa: quando almocei no restaurante Römerhof certa tarde – naquele dia, todos os fregueses e funcionários eram brancos –, a música tocando acima de nossas cabeças era "I Wanna Dance with Somebody", de Whitney Houston. A história é hoje, e a América é negra.

Na hora do jantar, em uma pizzaria, mais olhares. Uma mesa de turistas ingleses ficou me encarando. Mas a garçonete era de origem negra, e um dos funcionários do spa do hotel era um senhor negro. "As pessoas estão presas na história, e a história está presa dentro delas", Baldwin escreveu. Porém, também é verdade que pequenos pedaços de história se movem pelo mundo a uma velocidade tremenda, validando uma lógica nem sempre clara, e raramente válida por muito tempo. E talvez mais interessante do que eu não ser a única pessoa negra no vilarejo seja o simples fato de muitas outras pessoas que vi também serem estrangeiras. Essa foi a maior mudança de todas. Se, na época, o vilarejo tinha um ar piedoso e convalescente, uma espécie de "pequena Lourdes", hoje é muito mais próspero, cheio de visitantes de outras partes da Suíça, Alemanha, França, Itália e de toda a Europa, da Ásia e das Américas. Tornou-se o maior balneário termal dos Alpes. Os banhos municipais estavam cheios. Há hotéis em todas as ruas, de todos os preços, e há restaurantes e lojas de luxo. Hoje, quem quiser pode comprar um relógio pelos olhos da cara a 1.400 metros acima do nível do mar.

Os melhores hotéis possuem suas próprias piscinas termais. No Mercure Bristol, peguei um elevador, desci até o spa e entrei na sauna seca. Minutos depois, entrei na piscina e boiei sobre a água quente. Havia outros hóspedes, mas não muitos. Caía uma chuva fina. Estávamos cercados por montanhas e suspensos naquele azul imortal.

—

Em seu brilhante romance *Harlem Is Nowhere*, Sharifa Rhodes-Pitts escreve:

> Em quase todos os ensaios que James Baldwin escreveu sobre o Harlem, há um momento em que ele faz um truque literário tão peculiar que, se ele fosse um atleta, os locutores acabariam codificando a manobra e diriam que ele "fez o Jimmy". Penso nisso em termos cinematográficos, porque seu efeito me faz lembrar de uma técnica em que a câmera se afasta de um detalhe para uma panorâmica enquanto a lente permanece com o foco em um determinado ponto distante.

Esse movimento, essa súbita abertura do foco, está presente até mesmo em seus ensaios que não tratam do Harlem. No ensaio "O estranho no vilarejo", há um trecho de umas sete páginas em que se pode sentir a retórica se avolumar, enquanto Baldwin se prepara para deixar para trás a atmosfera calma, fabular, da abertura. Sobre os moradores do vilarejo, ele escreve:

Essas pessoas não poderiam ser, do ponto de vista do poder, estranhos em nenhum lugar do mundo; na verdade, elas fizeram o mundo moderno, mesmo que não saibam disso. O mais iletrado deles é próximo, de uma maneira que eu não sou, de Dante, Shakespeare, Michelangelo, Ésquilo, Da Vinci, Rembrandt e Racine; a catedral de Chartres lhes diz alguma coisa que não diz a mim, como também diria o Empire State de Nova York, se alguém aqui um dia o visse. De seus hinos e danças, saíram Beethoven e Bach. Volte alguns séculos, e eles estão em plena glória – mas eu estou na África, assistindo à chegada dos conquistadores.

O que essa lista quer dizer? Será que Baldwin realmente se incomoda que as pessoas de Leukerbad estejam familiarizadas, ainda que difusamente, com Chartres? Que uma linhagem genética remota as associe aos quartetos de Beethoven? Afinal, como ele defende adiante no ensaio, ninguém pode negar o impacto da "presença do negro no caráter americano". Ele entende a verdade e a arte no trabalho de Bessie Smith. Ele não considera, e não poderia considerar – quero crer –, o blues inferior a Bach. Mas havia certa limitação na recepção das ideias sobre a cultura negra nos anos 1950. A partir de então, houve uma quantidade suficiente de realizações culturais para se compilar uma seleção de astros negros: houve Coltrane e Monk e Miles, e Ella e Billie e Aretha. Toni Morrison, Wole Soyinka e Derek Walcott aconteceram, assim como Audre Lorde e Chinua Achebe e Bob Marley. O corpo não foi abandonado em detrimento do espírito: Alvin Ailey, Arthur Ashe e Michael Jordan aconteceram também. A fonte do jazz e do blues também deu ao mundo o hip-hop, o afrobeat, o dancehall e o house. E, sim, quando James Baldwin morreu, em 1987, ele também foi reconhecido como um astro.

Pensando ainda na catedral de Chartres, na grandeza daquela realização e em como, para ele, ela incluía negros apenas no negativo, como demônios, Baldwin escreve que "o negro americano chegou à sua identidade graças à absoluta alienação de seu passado". Mas o remoto passado africano se tornou muito mais acessível do que era em 1953. A mim não teria ocorrido pensar que, séculos atrás, eu estaria "na África, assistindo à chegada dos conquistadores". Mas desconfio de que, para Baldwin, isso seja, em parte, uma jogada retórica, uma cadência severa para terminar um parágrafo. Em "A Question of Identity" (outro ensaio incluído em Notes of a Native Son), ele escreve: "A verdade sobre o passado não é que ele seja recente demais, ou superficial demais, mas apenas que nós, tendo desviado os olhos tão decididamente para longe dele, jamais exigimos dele o que tem para dar". Os artistas da corte de Ifé, no século 14, fizeram esculturas de bronze usando um complicado método de moldes perdido na Europa desde a Antiguidade, só redescoberto no Renascimento. As esculturas de Ifé se igualam a obras de Ghiberti ou Donatello. Por sua precisão e suntuosidade formal, podemos extrapolar traços de uma grande monarquia, uma rede de ateliês sofisticados e um mundo cosmopolita de comércio e conhecimento. E não era só em Ifé. Toda a África Ocidental era uma efervescência cultural. Do governo igualitário dos Ibos à ourivesaria das cortes de Ashanti, das esculturas em latão do Benin às conquistas militares do império Mandinka e aos músicos que louvaram esses heróis guerreiros, essa foi uma região do mundo que investiu profundamente na arte e na vida para ser reduzida à caricatura de "assistir à chegada dos conquistadores". Hoje sabemos mais do que isso. Sabemos pelas pilhas de trabalhos acadêmicos que corroboram tal pensamento e sabemos implicitamente, de modo que a própria ideia de fazer uma lista de realizações parece um tanto entediante, servindo apenas como forma de se contrapor ao eurocentrismo.

Eu jamais trocaria, sob nenhuma condição, a intimidante beleza da poesia iorubá por, digamos, sonetos de Shakespeare, ou as koras do Mali pelas orquestras de câmara de Brandemburgo. Sou feliz por dispor de tudo isso. Essa confiança despreocupada é, em parte, uma dádiva do tempo. É um dividendo da luta de pessoas das gerações anteriores. Eu não me sinto excluído nos museus. Mas essa questão da filiação atormentava bastante Baldwin. Ele era sensível ao que havia de grande no mundo da arte e sensível à sua própria sensação de exclusão daquele mundo. Ele fez uma lista parecida em *Notes of a Native Son* (aqui começamos a achar que esse tipo de lista lhe ocorria em meio a discussões): "Em certo sentido sutil, de maneira realmente profunda, tratei Shakespeare, Bach, Rembrandt, as pedras de Paris, a catedral de Chartres e o edifício Empire State com uma atitude especial. Não são criações minhas na verdade, não contêm minha história; posso procurar para sempre e não encontrarei nelas nenhum reflexo meu. Eu era um intruso; aquele não era meu patrimônio." As linhas latejam de tristeza. Aquilo que ele ama não o ama de volta.

É aí que me distancio de Baldwin. Não discordo da sua tristeza particular, mas da abnegação que o levou a ela. Bach, tão profundamente humano, é meu patrimônio. Não sou um intruso olhando um retrato de Rembrandt. Eu me importo com essas coisas mais do que algumas pessoas brancas, assim como algumas pessoas brancas se importam mais com alguns aspectos da arte africana do que eu. Posso me opor à supremacia branca e, ainda assim, adorar arquitetura gótica. Nisso, estou com Ralph Ellison: "Os valores do meu povo não são 'brancos' nem 'negros', são americanos. Nem posso ver como poderiam ser outra coisa, uma vez que somos um povo envolvido na textura da experiência americana." E, no entanto, eu (nascido nos Estados Unidos mais de meio século depois de Baldwin) continuo a entendê-lo, porque experimentei no meu corpo a fúria incontida que ele sentia do racismo que lhe impunha limites por todos os lados. Em seus escritos, há uma fome de viver, uma fome de tudo o que existe, e um forte desejo de não ser considerado um nada (um mero crioulo, um mero *neger*), logo ele, que sabia tão bem o próprio valor. E esse *tão bem* não tem a ver com egocentrismo no que escreve nem com algum tipo de ansiedade em relação à sua fama em Nova York ou Paris. São os princípios incontestáveis de uma pessoa: prazer, tristeza, amor, humor, luto e a complexidade da paisagem interior que sustenta esses sentimentos. Baldwin ficava perplexo que alguém, em algum lugar, questionasse esses princípios, oprimindo-o assim com a suprema perda de tempo que é o racismo, e oprimindo em tantas outras pessoas em tantos outros lugares. Essa capacidade incansável de se chocar exala como fumaça de suas páginas. "A fúria do menosprezado é pessoalmente infrutífera", ele escreve, "mas é absolutamente inevitável".

Leukerbad deu a Baldwin um modo de pensar sobre a supremacia branca a partir de seus princípios originais. Era como se ali ele os encontrasse em sua forma mais simples. Os homens que sugeriram que ele aprendesse a esquiar para que pudessem zombar dele, os moradores que o acusaram pelas costas de ser ladrão de lenha, aqueles que quiseram tocar seu cabelo e sugeriram que o deixasse crescer para fazer um casaco pesado, e as crianças que, tendo aprendido "que o diabo é um homem negro, gritam com uma angústia genuína" quando ele se aproximava: Baldwin viu neles protótipos (preservados como celacantos) de atitudes que evoluiriam para as formas mais íntimas, intrincadas, familiares e obscenas de supremacia branca americana que ele conhecia tão bem.

———

É um belo vilarejo. Gostei do ar da montanha. Mas quando voltei dos banhos termais para o meu quarto, depois de um passeio pelas ruas com a minha câmera, li as notícias na internet. Encontrei uma sequência infindável de crises: no Oriente Médio, na África, na Rússia e em toda parte, realmente. Era uma dor geral. Mas naquela aflição maior havia um conjunto de histórias interligadas, e pensar sobre "O estranho no vilarejo", pensar com sua ajuda, foi como injetar um contraste em meu encontro com o noticiário. A polícia americana continuava atirando em homens negros desarmados ou matando-os de outras maneiras. Os protestos que se seguiam, nas comunidades negras, eram enfrentados com violência por uma força policial que vem se tornando praticamente a mesma coisa que um exército invasor. As pessoas começavam a ver a conexão entre os vários acontecimentos: os tiros, os estrangulamentos fatais, as histórias de quem não recebeu o remédio que salvaria uma vida. E as comunidades negras transbordavam de indignação e luto.

Em tudo isso, uma história menor, menos significativa (mas que ao mesmo tempo significa muito), chamou minha atenção. O prefeito de Nova York e seu chefe de polícia têm uma obsessão por políticas públicas de limpeza, por higienizar a cidade, e decidiram que prender integrantes de companhias de dança que se apresentam em vagões do metrô em movimento é uma maneira de limpar a cidade. Li as desculpas para que isso se tornasse uma prioridade: algumas pessoas têm medo de se machucar com algum chute imprevisto (ainda não aconteceu, mas elas já estão com medo), algumas pessoas consideram aquilo um incômodo, alguns políticos acham que perseguir essas pequenas infrações é uma maneira de prevenir crimes mais graves. E assim, para combater a ameaça dos dançarinos, a polícia interveio. Ela começou a perseguir, a assediar, a algemar. O "problema" eram os dançarinos, e os dançarinos eram, em sua maioria, meninos negros. Os jornais adotaram o mesmo tom do governo: total desdém pelos dançarinos. E, no entanto, esses mesmos dançarinos são um raio de luz em pleno dia, um momento de beleza sem controle, artistas com talentos inimagináveis para aquele público. Que tipo de pensamento consideraria que bani-los é uma melhoria para a vida da cidade? Ninguém considera o doces ou travessuras do Dia das Bruxas uma ameaça pública. A lei não interfere com as bandeirantes que vendem seus biscoitos ou com as testemunhas de Jeová. Mas o corpo negro vem prejulgado e, como resultado, é tratado com preconceitos desnecessários. Ser negro é enfrentar o peso seletivo dos agentes da lei e viver na instabilidade psíquica de não ter garantia nenhuma da segurança pessoal. Antes de mais nada, você é um corpo negro, antes de ser um menino andando na rua ou um professor de Harvard que não encontra as chaves.

William Hazlitt, em ensaio de 1821 intitulado "The Indian Jugglers", escreveu palavras que me ocorrem quando vejo um grande atleta ou dançarino: "Homem, és um animal maravilhoso, e teus modos estão além do entendimento! Fazes coisas grandiosas, mas como se não fossem grandes coisas! – Conceber o esforço de tal extraordinária destreza distrai a imaginação e deixa sem fôlego a admiração." Na presença do admirável, há quem fique sem fôlego não de admiração, mas de fúria. Fazem-se objeções à presença do corpo negro (um menino desarmado na rua, um homem comprando um brinquedo, um dançarino no metrô, um passante) tanto quanto à presença do intelecto negro. E simultaneamente a esses apagamentos ocorre a infindável coleta dos lucros obtidos do trabalho negro. Em toda nossa cultura, existem imitações dos passos, do porte e dos trajes do corpo negro, uma cooptação vampiresca de "tudo menos o fardo" da vida negra.

—

Leukerbad é rodeada de montanhas: a Daubenhorn, a Torrenthorn, a Rinderhorn. Um passo de montanha chamado Gemmi, 850 metros acima do vilarejo, conecta o cantão de Valais com o Oberland Bernês. Por essa paisagem – escarpada, nua em alguns lugares, verdejante em outros, um caso exemplar do sublime –, movemo-nos como por um sonho. O passo de Gemmi é famoso por bons motivos, e Goethe esteve lá, assim como Byron, Twain e Picasso. O passo é mencionado em uma aventura de Sherlock Holmes, quando ele o atravessa para o fatídico encontro com o professor Moriarty nas cataratas de Reichenbach. O tempo estava ruim no dia em que subi até lá, com chuva e neblina, mas foi uma sorte, porque assim pude ir sozinho pela trilha. Enquanto estava lá, lembrei-me de uma história que Lucien Happersberger contou de quando Baldwin saiu para caminhar por essas montanhas. Na subida, ele se desequilibrou, e por um instante a situação ficou tensa. Mas Happersberger, que era um alpinista tarimbado, estendeu a mão, e Baldwin se safou. Foi desse momento de pavor, desse momento de apelo bíblico, que Baldwin tirou o título para o livro que vinha tentando escrever: *Go Tell It on the Mountain*.

Se Leukerbad foi seu púlpito na montanha, os Estados Unidos eram seu público. O vilarejo remoto lhe deu uma visão mais precisa de como as coisas estavam em casa. Ele era um estranho em Leukerbad, Baldwin escreveu, mas não era possível para os negros serem estranhos nos Estados Unidos, nem para os brancos realizarem a fantasia de um país totalmente branco, expurgado dos negros. Essa fantasia da vida negra como algo descartável é uma constante na história americana. As pessoas ainda custam a entender que essa descartabilidade permanece. Os brancos custam a entender; pessoas não negras de cor custam a entender; e alguns negros, seja porque sempre viveram nos Estados Unidos, seja porque são retardatários como eu, nutridos em outras fontes de outras lutas, custam a entender. O racismo americano possui muitas engrenagens e já teve séculos suficientes para desenvolver uma impressionante camuflagem. É capaz de acumular sua maldade por muito tempo quase sem se mover, o tempo todo fingindo olhar para o outro lado. Como a misoginia, é atmosférico. A princípio, você não o vê. Mas depois você entende.

"As pessoas que fecham os olhos para a realidade simplesmente estão pedindo pela própria destruição, e qualquer um que insista em permanecer em estado de inocência tanto tempo depois da morte da inocência acaba sendo um monstro." As notícias do dia (notícias velhas, mas sangrentas como uma ferida recente) dizem que a vida negra americana é descartável do ponto de vista da polícia, da Justiça, da política econômica e de inúmeras formas terríveis de desprezo. Há uma animada encenação de inocência, mas não sobrou mais nenhuma inocência de fato. A conta moral continua tão no negativo que ainda nem conseguimos começar a tratar da questão das reparações. Baldwin escreveu "O estranho no vilarejo" há mais de 60 anos. E agora?

A extensa produção literária e ensaística de **James Baldwin** (1924-
-1987) é indissociável da questão racial e da luta pelos direitos civis.
Nascido e criado no Harlem, exilou-se na França aos 24 anos, e lá
escreveu boa parte de uma obra que inclui romances, contos, poesia,
teatro e ensaios. Homossexualidade e racismo foram temas constantes em sua vida pública e privada e em livros como *Giovanni*
(romance, 1956) e *Da próxima vez, o fogo* (ensaios, 1963). Em 2016,
o roteiro inacabado *Remember This House* resultou no documentário
I'm Not Your Negro, dirigido por Raoul Peck. Inédito no Brasil, "O estranho no vilarejo" é parte de *Notas de um filho nativo*, coletânea de
1955 cujo ensaio-título foi publicado na **serrote** 15.
Tradução de **Alexandre Barbosa de Souza**

Romare Bearden (1911-1988) nasceu na Carolina do Norte e também passou sua infância e juventude no Harlem, onde estabeleceria
seu primeiro ateliê. A efervescência criativa do período conhecido
como Renascença do Harlem, de meados da década de 1910 ao início dos anos 1930, marcou decisivamente os anos de formação de
um artista que seria reconhecido por sofisticadas colagens em que
retrata a chamada "experiência negra americana". Amigo de James
Baldwin, que conheceu em Paris, homenageou o bairro nova-iorquino em que os dois viveram em *The Block* (1971), conjunto de seis
painéis que procura sintetizar, num quarteirão, personagens e lugares arquetípicos de sua vida.

Romancista e fotógrafo, **Teju Cole** (1975) nasceu nos Estados Unidos
e foi criado na Nigéria. É escritor residente do Bard College e crítico
de fotografia da *New York Times Magazine*. É autor do celebrado romance *Cidade aberta* (Companhia das Letras, 2012) e de *Known and
Strange Things*, coletânea de ensaios de 2016 que inclui "Um corpo
negro", publicado originalmente na *New Yorker*.
Tradução de **Alexandre Barbosa de Souza**

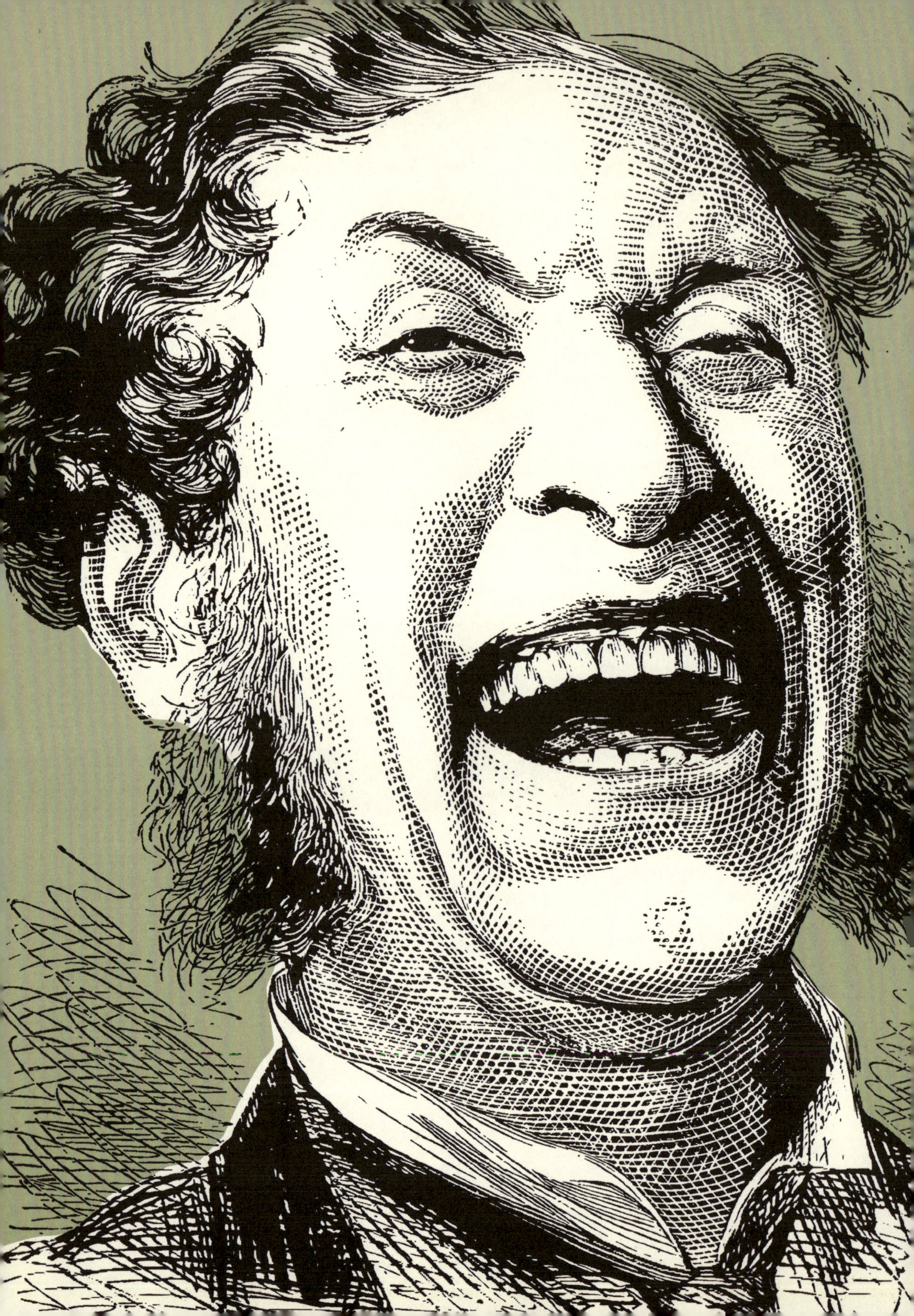

O riso, antigo e moderno

Mary Beard

De Plínio, o Velho, a Freud, as teorias sobre o riso falham quanto mais tentam explicar e tipificar o que seria essa faculdade exclusivamente humana

Irmãos Taylor
Gravuras para livro de George Vasey, *Philosophy of Laughter and Smiling*. Londres: J. Burns, 1875

A gargalhada superlativa ou o mais alto grau do riso

Marco Túlio Cícero – o mais famoso orador do mundo romano (e também um dos seus mais famigerados piadistas) – tinha curiosidade sobre a natureza do riso. "O que é o riso?", perguntava. "O que o provoca? Por que afeta tantas partes do corpo ao mesmo tempo? Por que não podemos controlá-lo?" Mas ele sabia que as respostas eram esquivas, e confessava alegremente sua ignorância. "Não há vergonha", disse ele no tratado *Sobre o orador*, de meados da década de 50 a.C., "em ignorar aquilo que nem mesmo os que se declaram especialistas entendem realmente."

Ele não era o único interessado no assunto. Alguns séculos depois, Galeno, o prolífico escritor e médico pessoal dos imperadores Marco Aurélio e Cômodo, entre outros, admitia sua perplexidade ante a causa psicológica do riso. No ensaio *Sobre movimentos problemáticos*, ele admitiu ser capaz de explicar outros tipos de movimentos corporais involuntários. A imaginação, por exemplo, explicaria por que um homem tem uma ereção ao vislumbrar sua amada (ou ao apenas pensar nela). Mas o riso – e ele estava disposto a aceitar isso – o derrotava.

Há muito mais de 2 mil anos, o riso tem nos confundido e intrigado. Ambiciosas teorias e engenhosas especulações sobre sua natureza e suas causas andaram de mãos dadas com francas expressões da impossibilidade de resolver seu mistério. Além daquilo que desencadeia cada acesso de riso em particular ("por que você está rindo?" ou "*quid rides?*"), o riso como fenômeno também exige explicação, ainda que aparentemente sempre derrote qualquer explicação proposta. De fato, quanto mais ambiciosas as teorias, mais esmagadora é a vitória do riso sobre os que pretendem controlá-lo, sistematizá-lo e explicá-lo.

Estudar o riso na Roma Antiga é refletir sobre quando, por que e como os romanos riam, mas também sobre como eles tentavam dar sentido ao riso, o que eles – ou pelo menos aqueles que tinham tempo para pensar e escrever – achavam que era, e o que poderia causá-lo. Assim, este ensaio começa explorando algumas das inúmeras teorias romanas sobre o tema, bem como algumas fontes das ideias romanas. Em quem se baseavam quando queriam explicar por que riam? Teria sido mesmo Aristóteles (em especial sua discussão sobre a comédia, no desaparecido segundo livro da *Poética*) a origem das reflexões mais antigas sobre o tema? Teria existido uma "teoria clássica do riso", como frequentemente se tem afirmado desde então?

O texto continua com a apreciação das teorias modernas do assunto, em parte para mostrar suas relações com os predecessores na Antiguidade (porque praticamente toda teoria social ou psicológica moderna – e não me refiro aqui à neurociência – sempre tem algum precedente no mundo greco--romano). Mas há ainda outras perguntas mais essenciais a debater. Que recursos estão a nosso dispor quando tentamos dar algum sentido ao riso, hoje ou no passado? A que propósitos culturais mais amplos servem as teorias do riso? Quando perguntamos, por exemplo, "cachorros riem?", sobre o que é a pergunta? Normalmente, e acho que posso afirmar isso com segurança, não é de cachorros que se trata.

Mas primeiro vamos experimentar um gostinho da especulação romana sobre o riso – e sua diversidade –, começando por algumas das teorias e observações espalhadas por toda a vasta enciclopédia (a *História natural*) de um obsessivo polímata romano, Caio Plínio Segundo, ou Plínio, o Velho, como em geral é conhecido.

PERGUNTAS ROMANAS – E NOSSAS

Plínio fez muitas perguntas sobre o riso – e também se questionava sobre praticamente tudo o que há no mundo. (De certa forma, foi sua curiosidade científica que o matou, quando se aproximou fatalmente das fumarolas do Vesúvio na erupção de 79 d.C.) Nos 37 volumes da *História natural*, que continha, como ele apregoava, "20 mil fatos dignos de conhecimento", ele volta ao assunto diversas vezes. Com que idade as crianças começam a rir?, ele se perguntava. Em que parte do corpo se origina o riso? Por que as pessoas riem quando lhes fazem cócegas debaixo dos braços?

São perguntas bastante conhecidas, e que ainda hoje desafiam estudiosos do riso. Menos conhecidas são algumas respostas de Plínio. As crianças, ele afirma com segurança a seus leitores, não riem até os 40 dias, com exceção de Zoroastro, o antigo profeta iraniano, que riu no mesmo dia em que nasceu – supostamente um indício de suas características supra-humanas. Plínio também identifica vários órgãos do corpo humano que seriam responsáveis pelo riso. Um deles seria o diafragma, ou, como ele dizia, "a principal sede da hilaridade" ("*præcipua hilaritatis sedes*"). Sua importância na produção do riso se prova, ele explica, pelas cócegas nas axilas. Isso porque, na versão de Plínio da anatomia humana, o diafragma se estende até os braços; coçar as axilas, "onde a pele é mais fina do que em qualquer outra parte do corpo", estimula diretamente o diafragma e causa riso. Mas o baço também tem seu papel. Ou pelo menos "há quem pense que se o baço de um homem for extirpado (ou reduzido), sua capacidade de rir desaparece de imediato, e que o riso excessivo é causado por um baço grande".

Em outros pontos da enciclopédia de Plínio encontra-se uma série de histórias fantásticas sobre o riso – contadas a sério, por mais estranhas que pareçam. Existe, por exemplo, o curioso fato sobre Crasso (avô do mais famoso Marco Licínio Crasso, morto na batalha de Carras em 53 a.C.), que, "conforme se diz", não riu uma só vez em toda a sua vida. Sua história leva a uma longa discussão sobre pessoas com estranhas peculiaridades corporais: de Sócrates, que sempre tinha a mesma expressão facial e nunca parecia feliz ou triste, a Antônia (filha de Marco Antônio), que nunca cuspiu, passando por um certo Pompônio, "poeta e homem da hierarquia consular", que nunca arrotou.

As plantas e muitas outras estruturas naturais também têm seu papel. Plínio fala da maravilhosa *gelotophyllis* (folha do riso), que existe na Báctria, região que fica na fronteira entre os modernos Afeganistão e Uzbequistão, e ao longo das margens do rio Borysthenes (atual Dniepre). Ingerida com uma mistura de mirra e vinho, a *gelotophyllis* produz alucinações e riso, que só podem ser controlados com um antídoto feito "de polpa de pinhão, pimenta e mel diluídos em vinho de pinheiro". Seria ela a *cannabis*, como pensaram alguns leitores modernos de Plínio? Ou talvez fosse algo mais prosaico, como diz um dicionário, "provavelmente uma variedade de ranúnculo"?

Também no Império Romano do Oriente, na parte central da atual Turquia, Plínio situa duas fontes extraordinárias, nomeadas pelos termos gregos que designam os efeitos decorrentes de seu consumo: Clæon (Pranto) e Gelon (Riso). Para os antigos, a água das fontes era explicitamente associada ao riso. Por exemplo, Pompônio Mela, geógrafo romano contemporâneo a Plínio, refere-se a outro par de fontes nas "Ilhas Afortunadas" (provavelmente as Canárias): a água de uma delas fazia a pessoa rir até morrer; a da outra, felizmente, era um antídoto eficaz. Mas foi a história de Plínio a que causou maior impressão em sir William Ramsay, intrépido escocês de Aberdeen, que explorou a Ásia Menor no século 19 e levou tão a sério a questão das fontes que tentou localizá-las na Frígia rural. Em 1891, tendo resolvido, como escreveu, "experimentar todas as fontes da Apameia", ele encontrou duas que claramente satisfaziam as condições – embora, curiosamente, ele as tenha identificado pelo som emitido pela água. ("Podíamos ouvir o som claro, brilhante, delicioso com que corre a Água do Riso [...]. Nenhuma pessoa que vá até essas duas fontes e as ouça vai ter a menor dúvida de que elas são as fontes 'do Riso' e 'do Pranto'.") Plínio, por sua vez, se referia aos poderes da água: uma fonte faz rir, a outra leva ao choro.

Nem sempre fica claro de onde Plínio tirava suas informações. Ocasionalmente (e talvez com mais frequência do que os críticos modernos costumam reconhecer), vinham da observação pessoal ou de perguntas. É quase certo ser o caso de parte de sua discussão sobre o papel do diafragma na produção do riso, que termina com uma versão muito mais mórbida do fenômeno das cócegas nas axilas. Tanto no campo de batalha quanto nos espetáculos de gladiadores, diz ele, pode-se ver que, quando o diafragma é perfurado, em vez de simplesmente coçado, a consequência pode ser a morte – acompanhada de riso. A ideia de que um ferimento no diafragma provocasse risos nos mortos em combate tinha uma longa história nos escritos científicos gregos, que nos remete pelo menos ao século 4 a.C. Mas pode ter sido o próprio Plínio, a partir de sua experiência como espectador na arena romana, quem fez a ligação com a morte de gladiadores.

Em geral, Plínio se orgulhava de ter colhido informações dos autores que o precederam – tanto que, no início da *História natural*, afirma ter pesquisado cerca de dois mil volumes, escritos por 100 autoridades, para compilar seus 20 mil fatos, e relaciona sistematicamente o que usou para cada livro de sua enciclopédia. Mas são raros os casos em que conseguimos apontar a origem de seu material sobre o riso. A história das duas fontes, "Pranto" e "Riso", quase certamente deriva da obra do cientista e filósofo grego Teofrasto, do século 4 a.C., discípulo de Aristóteles, ou pelo menos decorre diretamente da lenda de outra nascente extraordinária na mesma região (a que "vomitava uma massa de pedras"), porque Plínio faz referência explícita a Teofrasto. No entanto, na maior parte das vezes, detectar a origem de uma teoria ou de alguma informação, em meio aos textos citados por Plínio e à rica tradição grega e romana de especulações sobre o riso, é questão de conjectura. Trata-se de localizar as semelhanças e propor ligações. Assim, por exemplo, a julgar pela similaridade com uma discussão que aparece no tratado *Partes dos animais*, de Aristóteles, do século 4 a.C., muitas das observações de Plínio (gladiadores à parte) sobre a importância do diafragma na produção do riso quase com certeza remetem ao próprio Aristóteles ou a um de seus discípulos.

Certamente existia uma rica e variada tradição especulativa, principalmente em Roma – os escritores romanos bebiam de predecessores clássicos e helenísticos, refinando e adaptando suas teorias, e acrescentando algumas contribuições especificamente romanas. Mesmo se deixarmos de lado, por um momento, suas discussões sobre a ética do chiste e do riso (quando é adequado rir, de que e com que objetivo), as observações de Plínio são apenas um pequeno vislumbre da opinião romana sobre as causas e características desse fenômeno, que vão desde a franca expressão de perplexidade, como já vimos, a teorias ainda mais engenhosas e cultas.

É possível que Galeno tenha desistido de revelar as raízes fisiológicas do riso, mas ele tinha muitas teorias sobre a natureza cômica dos macacos. Era comum que esses animais suscitassem riso entre os romanos, e Galeno os conhecia muito bem, por uma simples razão: dada a impossibilidade, ou a não aceitação, da dissecção de cadáveres humanos na época, muito de sua teoria anatômica e fisiológica foi baseada na dissecção de macacos. Para ele, o riso que esses animais suscitavam era uma questão de imitação, ou, em outras palavras, de caricatura. "Rimos especialmente", escreveu ele, "das imitações que são muito semelhantes em algumas partes, mas que são completamente equivocadas nas mais importantes." Assim, rimos do macaco, afirma Galeno, como caricatura do ser humano: suas "mãos", por exemplo, são muito parecidas com as nossas em quase todos os aspectos, exceto no mais importante – o polegar do macaco não é opositor, tornando essa mão inútil e "absolutamente risível" (*pantē geloios*). É uma rara reflexão antiga sobre o que torna uma coisa visualmente risível.

Há os que fizeram outras considerações. Plutarco, escrevendo no início do século 2 d.C. sobre o papel do riso e das piadas em jantares, destaca o que chamaríamos de determinantes sociais do riso. Aquilo de que as pessoas riem, insiste ele, depende da companhia com as quais se encontram (a pessoa pode, com os amigos, rir de uma piada que vai preferir não ouvir perto de seu pai ou de sua mulher). E ele chama a atenção para o modo pelo qual a hierarquia social influencia o riso. O sucesso de uma piada depende de quem a faz: as pessoas rirão de um homem modesto que brinca com a origem pobre de outro; a mesma piada vinda de um aristocrata seria tomada como insulto.

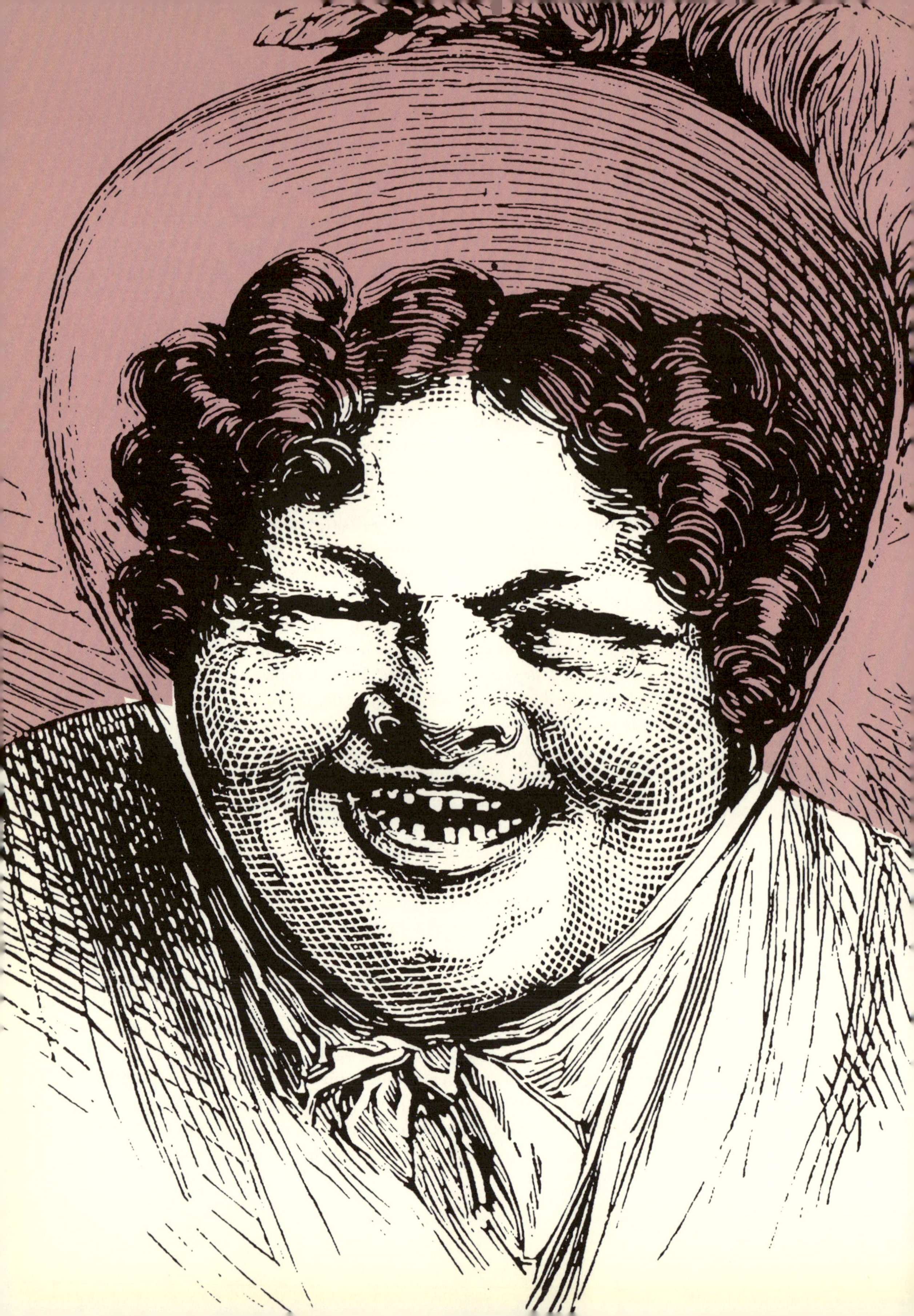

A pergunta sobre o motivo pelo qual as pessoas riem de piadas também foi formulada e respondida por teóricos da retórica, como Cícero. Depois de tratar superficialmente a questão do riso em *Sobre o orador*, ele aborda – na voz de Júlio César Estrabão, o principal personagem dessa parte do longo diálogo – as maneiras específicas como um orador pode explorar o riso, o que faz rir e por quê. "O principal fator desencadeante do riso, se não o único", diz ele, "são os ditos que destacam e apontam para algo inaceitável, mas de uma maneira aceitável." Ou, como diz Quintiliano de forma mais positiva, quase um século depois, "o riso não está distante do ridículo" (melhor em latim: "*A derisu non procul abest risus*"). Mas a investigação que se segue no diálogo de Cícero (como também no livro de Quintiliano sobre a oratória) é mais variada e matizada do que esse resumo pode indicar. Analisando a retórica da piada, Cícero identifica tudo o que pode provocar riso – desde a mímica e as caretas até o inesperado e o "incongruente" (*discrepantia*). E é Cícero a mais antiga fonte de algo próximo ao moderno clichê no estudo do riso, segundo o qual "nada é menos divertido do que a análise de uma piada": "'Minha opinião', disse César, 'é que um homem, mesmo que não seja avesso ao humor, é capaz de discutir qualquer coisa no mundo com mais graça do que a graça em si'".

As teorias e observações dos romanos nos conduzem àquela intrigante terra de ninguém intelectual que fica entre o totalmente familiar e o estranhamento que nos desconcerta – entre, por exemplo, a simples pergunta "o que faz as pessoas rirem?" (e quem de nós nunca fez essa pergunta?) e as inacreditáveis lendas sobre fontes mágicas e baços hiperativos. No entanto, mesmo essa dicotomia parece menos estável do que poderíamos imaginar a princípio. Isso é, até certo ponto, o problema de como ideias aparentemente familiares podem ser evasivas e enganosas. Quando Cícero diz que a "incongruência", que é como traduzi o termo latino *discrepantia*, era uma das causas do riso, a que distância estaria das modernas teorias da incongruência (que veremos em breve)? Ou, se identificarmos a *gelotophyllis* de Plínio com a *cannabis*, que, como acreditamos atualmente, é uma boa fonte química de risos, isso fará de Plínio uma testemunha mais familiar e confiável do que se optarmos pela definição do dicionário que nos conduz ao "ranúnculo" (o qual, ao que parece, não tem nenhuma propriedade indutora do riso)? Ainda mais desconcertante talvez seja a

O riso cordial da mulher gentil

maneira como essas extravagantes e implausíveis opiniões dos antigos nos fazem rever algumas de nossas "verdades" científicas sobre o assunto. Qual seria a explicação plausível para o motivo do riso? Afinal, seria a teoria da neurociência moderna, segundo a qual o riso estaria localizado "na parte anterior da área motora suplementar" no lobo frontal esquerdo do cérebro, mais aceitável, ou pelo menos mais útil, para a maior parte das pessoas do que as ideias malucas de Plínio sobre o diafragma e o baço?

ARISTÓTELES E A "TEORIA CLÁSSICA DO RISO"

É surpreendente, dada a extraordinária diversidade das especulações dos romanos sobre o riso e suas causas, que os estudos modernos se refiram com tanta frequência a uma teoria clássica do riso, assim, no singular. Ela ficou definitivamente associada a Aristóteles, que ainda hoje lança sua pesada sombra sobre os estudos modernos do assunto – ele foi, como se diz, o primeiro a empreender uma análise sistemática do riso, e o único que formulou canonicamente duas importantes afirmações (mesmo que não tenham sido originalmente dele). A primeira é que o homem é o único animal que ri, ou – dizendo de forma mais incisiva – que o riso é uma faculdade humana (e o homem, portanto, pode ser definido como "o animal que ri"). A segunda é que o riso é essencialmente ridicularizante, ou a expressão da superioridade e do desprezo da pessoa que ri em relação ao objeto do riso. Estudiosos posteriores, em geral, dão como certo que as especulações dos antigos sobre o riso seguiram essencialmente uma tradição mais ou menos definida por Aristóteles e seus discípulos, a tradição da chamada escola peripatética, fundada por ele. Na verdade, não é rara, mesmo entre os classicistas, a tentativa de identificar como fonte direta da maioria dos textos romanos sobre o riso as obras de Aristóteles ou de autores posteriores de sua escola (Teofrasto e Demétrio de Falero são candidatos bem cotados).

Portanto, todas as análises antigas do riso não seriam, em última instância, uma série de "notas de rodapé à obra de Aristóteles"?[1] Antes de avançar na exploração do que os escritores romanos têm a dizer sobre o assunto, precisamos lançar um olhar crítico e detalhado às contribuições de Aristóteles para as teorias do (e sobre o) riso, e avaliar em que medida

[1]. Para parodiar Alfred North Whitehead, com sua famosa alegação de que a "tradição filosófica europeia [...] consiste numa série de notas de rodapé a Platão".

foram claras e sistemáticas. Isso nos exige abordar algumas discussões da talvez mais famosa "obra perdida" da Antiguidade: o segundo livro da *Poética*, que constituía a continuação da análise de Aristóteles sobre a natureza da tragédia, e suas famosas ideias sobre catarse, piedade e terror. Foi nesse livro, como tradicionalmente se acredita, que Aristóteles abordou o tema da comédia.

Não digo que a obra de Aristóteles sobre o riso não tenha influenciado as opiniões romanas. Estudiosos romanos da ciência, da retórica e da cultura têm, sem dúvida, uma dívida com seus predecessores aristotélicos e dialogam com eles. Na verdade, notei que Plínio cita Teofrasto como uma de suas fontes autorizadas para a *História natural* e aparentemente reedita algumas observações aristotélicas quando discute o papel do diafragma no riso. Mas a atual concepção de que a obra de Aristóteles sobre o tema – até onde podemos recuperá-la – tenha representado uma posição teórica sistematizada de alguma coisa que pudesse ser chamada de "teoria clássica do riso" é, em última instância, uma drástica simplificação, ou, para ser clara, um erro. A verdade é que muitas das observações "clássicas" de Aristóteles citadas com mais frequência – por mais instigantes e inteligentes que pareçam – não passam de apartes, e não seções de uma teoria desenvolvida. Mesmo o segundo livro perdido da *Poética* – seja o que for que tivesse a dizer sobre a natureza, as causas e a ética do riso como ocorria no teatro de comédia – dificilmente justificaria a importância que lhe é atribuída pelos mais otimistas.

Esse livro foi uma das grandes controvérsias (ou um santo graal) dos estudos clássicos, objeto de muita mitificação. Poucos autores independentes negaram sua existência; muito mais numerosos foram os que se deixaram seduzir pelo atrativo das coisas perdidas, debatendo de que forma seu conteúdo poderia ser reconstituído. No caso mais famoso, o livro ganhou papel estelar num romance moderno de sucesso. *O nome da rosa*, a inteligente fantasia de Umberto Eco, reencena a destruição desse texto evasivo. No clímax da história de mistério (que também defende o poder "libertador, antitotalitário" do riso como arma contra a autoridade opressiva), a derradeira cópia manuscrita do precioso tratado de Aristóteles, guardada num mosteiro medieval em que grassam assassinatos, é literalmente consumida por um bibliotecário que odeia o riso – antes que o lugar todo ardesse em chamas.[2]

2. Nem todos os críticos admiraram *O nome da rosa*. Para Žižek, "há alguma coisa de errado com esse livro" ("estruturalismo *spaghetti*", é assim que ele sarcasticamente o define) e em suas opiniões sobre o riso. O riso, no entender de Žižek, de modo algum é simplesmente "libertador" ou "antitotalitário" (palavras dele), mas com frequência faz "parte do jogo" do totalitarismo (Slavoj Žižek, *Eles não sabem o que fazem: o sublime objeto da ideologia*. Rio de Janeiro: Zahar, 1992).

O romance de Eco dramatiza não somente a oposição ao riso pelas autoridades da Igreja medieval, mas também a crença, defendida por muitos estudiosos da cultura antiga e moderna, de que o segundo livro da *Poética* de Aristóteles teria sido o elo perdido que levaria à "visão clássica do riso". Como observou certa vez Quentin Skinner, na tentativa de responder à pergunta sobre o motivo pelo qual as estátuas da Grécia Antiga raramente estão sorrindo: "É estranho que o fenômeno que chamamos de riso afável pareça ser uma ideia totalmente alheia para os gregos antigos. É uma lástima que o tratado de Aristóteles sobre a comédia tenha se perdido porque *com certeza teria explicado isso.*"[3]

3. Quentin Skinner, "Why Is Laughter Almost Non-Existent in Ancient Greek Sculpture?", *Cogito*. Atenas, v. 8, p. 22.

Houve quem tentasse mostrar que o livro não está tão irremediavelmente perdido quanto se supõe, pinçando vestígios de seu conteúdo em outras obras de Aristóteles. De modo mais radical, Richard Janko fez uma ousada tentativa de reavivar, décadas atrás, uma ideia muito mais antiga: o breve tratado conhecido como *Tractatus coislinianus*, conservado num manuscrito do século 10 que se encontra hoje em Paris, não seria outra coisa que um esqueleto sumário do segundo livro da *Poética*. Se assim fosse, estaria confirmada a ideia de que o conteúdo do livro é uma análise literária da comédia e uma discussão sobre as fontes do riso (cômico), em palavras e atos – por exemplo, "usando danças vulgares" ou "quando alguém que tem o poder [de escolher] deixa escapar o mais importante e fica com o menos valioso".[4]

4. Richard Janko, *Aristotle on Comedy: Towards a Reconstruction of 'Poetics' II*. Londres, 1984. Atualmente parte da coleção de Coislin na Bibliothèque Nationale (daí seu nome moderno), o *Tratactus* no passado fez parte de uma biblioteca monástica no Monte Atos. As seções ligadas mais diretamente ao riso são as 5 e a 6; algumas de suas observações seguem de perto as encontradas no prefácio a manuscritos de Aristófanes e pertencem claramente à mesma tradição – seja ela qual for.

Essa ideia nunca foi bem aceita. A opinião que prevalece sobre o *Tractatus* é a de que ele não passa de uma obra medíocre, confusa, possivelmente bizantina, que conserva, na melhor das hipóteses, uns poucos traços indiretos das reflexões aristotélicas. Seja como for, a dúvida fundamental é se o livro perdido realmente continha a chave para a análise antiga da comédia – e se, como diz Skinner, ele com certeza explicaria o que queremos saber sobre o riso grego e suas teorias. Não há indícios claros de que fosse assim, e algumas pistas reveladoras indicam que não. Por que razão – pergunta Michael Silk (que fez mais do que qualquer outra pessoa para afastar a sombra de Aristóteles do riso na Antiguidade) – "essas pérolas de sabedoria aristotélica sobre a comédia" teriam primeiro se perdido e depois sido "ignoradas por toda a Antiguidade posterior?". Desconcertante como possa parecer, Silk supõe que "tudo ou a maior parte do que Aristóteles de fato disse sobre

5. Michael Silk, *Aristophanes and the Definition of Comedy*. Oxford, 2000, p. 44.

6. Uma "teoria do riso" implicaria também sua definição como um campo independente de investigação. A despeito de diversos tratados (perdidos) "sobre o risível" e de uma intensa especulação sobre muitos aspectos do riso, não está claro que ele fosse assim definido na Antiguidade. A distinção feita aqui entre "ideias (ou mesmo teorias) sobre" e uma "teoria do" é crucial, e minha escolha de expressão ao longo deste ensaio há de refletir essa importância.

o assunto foi superficial – talvez o *Tractatus coislinianus* reflita isso –, e, portanto, não havia pérola alguma a ser ignorada".[5]

Quem pode saber? Esse descarte radical talvez seja injusto com Aristóteles. Mas de fato é difícil contradizer a conclusão de que a perda do segundo livro da *Poética* (supondo-se, é claro, que ele tenha existido) contribuiu para sua fama moderna e exagerou sua antiga importância. Aqui estamos tratando da poderosa combinação de nosso próprio investimento emocional nesses livros tentadores que escaparam por nossos dedos e – sejamos sinceros – a conveniência (por falta de uma evidência concreta) de sermos capazes de reconstruir uma visão aristotélica que sirva a nossos propósitos diversos. Com efeito, bem poderia ocorrer, como Silk mais de uma vez insinuou, que a "teoria da comédia" na *Poética* se deva muito mais ao zelo inventivo dos aristotélicos modernos do que ao saco de gatos de observações e *aperçus* que o próprio Aristóteles nos oferece. O fato irrefutável é que eles se perderam.

No entanto, se nos prendermos às observações aristotélicas sobre o riso que chegaram até nós, teremos uma impressão bem diferente da que é normalmente apresentada, algo mais parecido com uma colcha de retalhos. Isso porque elas contêm muitas ideias *sobre* o riso, mas nada que se aproxime nem remotamente de uma teoria *do* riso – no sentido de um modelo explicativo coerente, uma metodologia definida e um conjunto de afirmações voltadas para esse assunto. Com certeza, Aristóteles tinha teorias sistemáticas e robustas sobre outros tópicos, mas não há sinal disso no caso do riso.[6] Sua discussão mais longa sobre o assunto ocupa umas poucas páginas das edições modernas da *Ética a Nicômaco*, na qual ele preconiza, como sempre, um virtuoso meio-termo entre dois extremos. Ser "bem-falante" ou "espirituoso" (*eutrapelos*) é uma característica desejável em um "cavalheiro" (a tradução convencional, mas inadequada, de *eleutheros*). Fazer graça demais é a característica do "bufão" (*bōmolochos*); fazer quase nenhuma, a do "rude" (*agroikos*): ambos devem ser evitados. Mas os dois elementos principais daquilo que ficou conhecido como "a teoria clássica do riso" encontram-se em outro lugar.

A afirmação de que os seres humanos são os únicos animais que riem é um argumento subsidiário na discussão de Aristóteles sobre o corpo humano, em particular sobre a função do diafragma. Numa arriscada explicação circular, ele afirma que o fato de "só os seres humanos serem suscetíveis a cócegas

O sorriso alegre pela dose animadora, mas não embriagante

deve-se (a) à pouca espessura de sua pele e (b) a serem os únicos seres vivos que riem". Não há qualquer sugestão de que o riso seja uma faculdade distintiva do ser humano. Apesar do que se diz hoje sobre esse aspecto de sua "teoria", ele com certeza não definiu o homem como "o animal que ri".

A outra afirmação, de que o riso é uma forma de ridicularização e uma exibição de superioridade, é mais complicada. Deriva em parte de uma discussão na *Ética a Nicômaco* em que Aristóteles se refere a algumas formas de piada (*skōmma*) como "uma espécie de abuso" ou uma recriminação (*loidorēma ti*). Entretanto, em sua forma popular, ela é tirada principalmente de duas passagens, em dois tratados diferentes. No primeiro, o livro conhecido da *Poética*, ele diz algumas breves palavras sobre o tema da comédia:

> Uma representação de pessoas piores que nós, não no sentido pleno de mau, mas aquilo de que rimos, é uma subdivisão do feio/vergonhoso [*tou aischrou*]. O risível é uma espécie de erro e feiura/vergonha [*aischos*] que não implica dor ou dano – assim como, obviamente, uma máscara cômica [literalmente, "um rosto risível", *geloion prosōpon*], que é feia [*aischron*] e distorcida, mas sem sofrimento.

Essa passagem normalmente está ligada a um trecho da *Retórica* em que Aristóteles discute a personalidade dos diversos grupos que compõem a possível plateia de um orador (porque sem saber como são seus ouvintes, o orador nunca vai ter êxito em persuadi-los). Os jovens, explica Aristóteles, são volúveis, apaixonados, argumentativos e fiéis a princípios; são também "chegados ao riso e portanto espirituosos [*eutrapeloi*]. Porque a graça é a insolência educada [*pepaidumenē hubris*]."

É difícil saber como exatamente traduzir essas passagens, ou entender aonde Aristóteles pretendia chegar. A pista extraída da *Poética* levanta todo tipo de dúvida. Que erro – moral ou físico (vergonha ou feiura?) – fundamentaria o risível? De quem era o sofrimento, ou a ausência dele, que Aristóteles tinha em mente? Que implicações tem essa discussão sobre o teatro cômico para o riso fora do palco?[7] A outra passagem, a da *Retórica*, é ainda mais enigmática, em grande parte por causa do estranho oximoro, ou do "chiste", na expressão "insolência educada" (*pepaidumenē hubris*). Porque, como os críticos com frequência perceberam, *hubris* (que pode significar qualquer coisa desde "excesso", passando por "ofensa", até "violência" e "estupro") não

---

7. A própria natureza do teatro levanta um problema concernente à localização da possível dor. A presunção tácita parece ser que a dor seria a dos atores com suas máscaras cômicas, dos quais a plateia ri. No entanto, por que eles, cuja missão consiste em provocar o riso, estariam sujeitos à *dor* para cumprir esse objetivo?

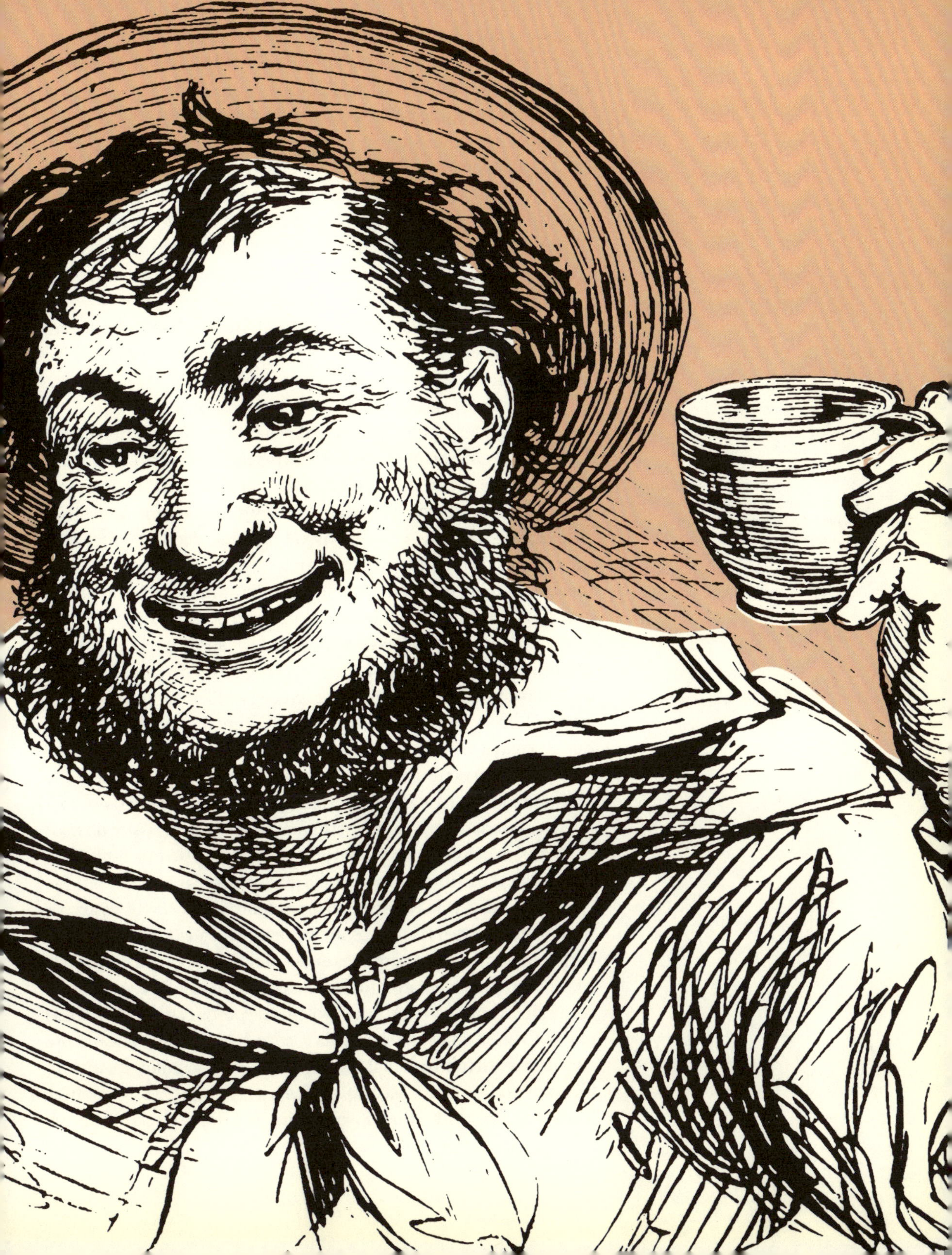

pode ser educada, mas a própria palavra *pepaidumenē* tem, de qualquer maneira, uma raiz ambígua, *paid-*, que significa tanto "educação" quanto "infantilidade" ou "jogo". O que Aristóteles estava querendo dizer sobre a graça, além de ser ele mesmo engraçado?

Fica claro o que ele não está dizendo. Em primeiro lugar, diz muito menos sobre o ridículo do que normalmente se espera. É verdade que uma tradução criativa pode mudar a definição de graça para "*abuso* educado", mas a famosa passagem da *Poética* – embora se refira ao objeto do riso como "uma espécie de erro" e, portanto, sugira um elemento de ridículo – rejeita explicitamente a ideia de sofrimento; não há nisso razão para escárnio.

Em segundo lugar, mesmo que algumas dessas passagens tenham em comum um interesse pelo riso motivado pelo ridículo (ou riso à custa de outrem), Aristóteles certamente não sugere que essa seja a única causa, função ou registro estilístico do riso. Se o tivesse feito, teria sido um leitor deficiente da literatura e da cultura gregas, em que (*a despeito* da afirmação de Skinner de que lhe era uma ideia totalmente "estrangeira") havia muito "riso afável".[8] Na verdade, o próprio Aristóteles, em outra passagem da *Retórica*, situa explicitamente o riso e o risível na categoria das "coisas agradáveis". Seja lá o que quis dizer com isso, é tão incompatível com a ideia de ridículo que muitos editores rejeitaram-no como um acréscimo posterior, feito por outra pessoa, e não por Aristóteles.

O fato é que Aristóteles teve muitas ideias sobre o riso, não necessariamente compatíveis entre si. Um comentário do século 6 de um texto filosófico de Porfírio, *Introdução*, chega a afirmar que Aristóteles, em sua *História dos animais*, diz que o homem não é o único animal que ri: a garça-real também ri. Verdade ou não (e o riso da garça-real não se acha em nenhum texto de Aristóteles conhecido), ele abordou o assunto de diversos ângulos, e suas opiniões não podem ser reduzidas, ou elevadas, a uma única e sistematizada "teoria clássica do riso".

Também é importante destacar que é quase certo que tenha existido uma ligação muito mais frouxa do que normalmente se admite entre essas diversas teorizações aristotélicas e os textos romanos posteriores sobre o riso. Os teóricos romanos não eram totalmente dependentes do que Aristóteles dissera antes deles, ou das obras de seus discípulos imediatos. Aliás, no caso dos textos de seus sucessores, nos defrontamos com um problema de perda numa escala ainda maior do que a do segundo livro da *Poética*. Não sobrou praticamente nenhum texto fundamental dos peripatéticos discípulos de Aristóteles do período entre os séculos 4 a.C. e 2 a.C., a não ser umas poucas frases e alguns títulos duvidosos. Assim, fica impossível provar que

---

8. Como se sabe, a imagem do riso na literatura grega é muito mais variada, matizada e (às vezes) gentil do que escarnecedora. Um exemplo clássico é o riso de Heitor e Andrômaca quando o pequeno Astianax se assusta ao ver a pluma no elmo do pai.

esses textos não são fonte de qualquer afirmação que se possa encontrar em discussões romanas. Mas há indícios de que – tanto no riso quanto em muitas outras áreas – houve uma contribuição romana importante para o diálogo com o pensamento grego anterior. A afirmação segundo a qual o riso é uma faculdade do homem pode até mesmo ter sido uma inovação dos escritores do período romano, um desdobramento da observação aristotélica quase casual de que (deixando de lado a possível exceção da garça-real) o homem é o único animal que ri. Pelo menos, encontramos regularmente essa teoria em autores da Roma imperial – e nunca na literatura mais antiga de que temos conhecimento.

Nas palavras de Porfírio, por exemplo, que escrevia em grego no século 3 d.C., "mesmo que um homem nem sempre ria, diz-se que ele ri não porque esteja sempre rindo, mas porque o riso está em sua natureza – e isso permanece sempre com ele, sendo-lhe tão natural como o relincho o é para os cavalos. E diz-se que essas são faculdades em estrito senso, porque a recíproca é verdadeira: se é cavalo, relincha; se relincha, é cavalo." Ora, como diz Porfírio, se é homem, ri; se ri, é homem. Por motivos óbvios, essas ideias tornaram-se prenhes de significados nas controvérsias da teologia cristã primitiva, porque concluir que Jesus ria traria graves implicações para os debates cruciais sobre sua natureza – divina ou humana. Com efeito, essa é uma questão que entusiasma e divide os monges ficcionais de Eco em *O nome da rosa*: Jesus ria ou não?

De modo geral, as discussões dos romanos sobre o riso pouco casam com as teorias de Aristóteles que chegaram a nós por meio de suas obras. É bem claro, por exemplo, que as opiniões de Plínio sobre as cócegas são aristotélicas em sentido amplo, centradas no papel do diafragma na produção do riso. Mas é igualmente claro que o relato de Plínio é bem diverso do que diz Aristóteles sobre as cócegas em *Partes dos animais*. Segundo Plínio, o que faz rir é a estimulação direta do diafragma; Aristóteles, pelo contrário, diz que é o calor gerado pela estimulação que realmente produz o riso. Plínio e Aristóteles têm também opiniões divergentes sobre a questão da primeira ocorrência do riso no bebê (os bebês de Plínio não riam de jeito nenhum até os 40 dias, enquanto os de Aristóteles riam e choravam durante o sono), e foi certamente em outro lugar que Plínio pescou a história sobre Zoroastro, encontrada, novamente, em fontes iranianas. Afirmar que todas as variantes de Plínio derivam de algum desconhecido discípulo peripatético de Aristóteles seria um mero ato de fé.

Mais ou menos a mesma coisa pode-se dizer da discussão de Cícero a respeito do riso em *Sobre o orador*. É quase certo que o livro contém algum material derivado da tradição aristotélica (Aristóteles já tinha destacado, por exemplo, a "incongruência" como causa do riso). Entretanto, pesquisas mais recentes sobre esse diálogo identificaram nele muito menos Demétrio de Falero (e seu tratado *O risível*, inacessível, talvez inexistente) do que se supunha e muitos outros elementos, temas e teorias romanos. Na verdade, uma das principais distinções que estruturam a argumentação de Cícero – a que ele faz entre *cavillatio* (humor estendido) e *dicacitas* (graça imediata) – pouco tem a ver, ao que parece, com qualquer coisa que se possa encontrar nas primeiras obras gregas sobre o tema ou que se possa reconstruir a partir delas: eram, nas palavras de Elaine Fantham, "termos romanos à moda antiga" fazendo "uma distinção romana".

Gostaria de destacar dois importantes princípios que fundamentam esta pesquisa. O primeiro: não existe nada parecido a uma "teoria aristotélica do riso", pelo menos não nesses termos precisos. Aristóteles teve muitas ideias sobre o riso, toda uma hierarquia de especulações e *aperçus* sobre aspectos do tema, tão diversos quanto cócegas, mecanismos das piadas, da comédia, do ridículo, o papel do riso na vida social e a importância do jogo. Mas não há razão para supor que ele tenha desenvolvido uma teoria sistemática sobre o riso, ou que tenha necessariamente visto o riso como fenômeno unitário e campo de investigação.

O segundo: por mais influentes que algumas opiniões de Aristóteles tenham sido, e certamente o foram, elas não resumem todas as abordagens antigas sobre o riso, e menos ainda constituem algo que pudesse ser chamado de "abordagem clássica do riso". Tanto na Grécia quanto em Roma, as opiniões sobre o riso se multiplicaram e se arraigaram – algumas com mais força que outras – em muitos contextos diversos, das escolas filosóficas (porque não eram só os peripatéticos que tinham algo a dizer sobre o assunto) à mesa do jantar do imperador, das salas de aulas de retórica à taberna e ao bordel. Para simplificar, havia – como já percebemos – muitas e variadas conversas sobre esse tema na Antiguidade.

O mesmo ocorre no mundo moderno. E é para isso que vamos nos voltar agora, e para a outra sombra que se lança pesadamente sobre os estudos mais recentes do riso: as chamadas três teorias do riso. De certa forma, elas são irmãs mais novas da "teoria clássica" e, como aquela, também precisam ser delicadamente desbancadas antes que sigamos em frente.

"AS TRÊS TEORIAS DO RISO"

A variedade de textos modernos sobre o riso é realmente impressionante. A biblioteca de minha universidade tem cerca de 150 livros com a palavra *riso* em algum lugar do título, publicados em inglês na primeira década do século 21. Deixando de lado memórias, romances e coletâneas de poesia que deram um jeito de espremer a palavra na página de rosto (*Amor, riso e lágrimas na mais famosa escola de culinária do mundo* e coisas assim), esses livros vão da psicologia popular e dos manuais de autoajuda, passando pela filosofia do humor e pela anatomia do chiste, à história do sorriso, do riso, da risada e da gargalhada em praticamente todos os tempos e lugares que se possa imaginar (inclusive as origens do riso nas cavernas do homem primitivo).

Por trás dessas monografias – tanto as de peso quanto as mais populares –, repousa uma bateria ainda mais ampla de artigos de especialistas e pesquisas que investigam outros aspectos do tema, em detalhes cada vez mais afunilados: do uso do riso em filmes educativos sobre a saúde na Java colonial holandesa, ou do som das risadas nos romances de James Joyce, aos paradigmas do riso entre entrevistador e entrevistado em pesquisas feitas por telefone, além da velha e clássica lenga-lenga de quando e como os bebês começam a rir ou a sorrir. Isso para não mencionar todas as celebrações filosóficas radicais, políticas e feministas do riso que sem dúvida confirmaram os piores terrores do circunspecto lorde Chesterfield – cujo famoso conselho ao filho, nos idos da década de 1740, era que um cavalheiro deve evitar a todo custo rir alto. Wyndham Lewis e outros, por exemplo, no Manifesto Vorticista de 1914, recomendavam trazer o riso à tona "como uma bomba". E o feminismo francês moderno pôs muitas vezes o riso sob os holofotes, resgatando da mitologia clássica as monstruosas e gargalhantes górgonas de cabelos de serpentes (em vez de desfilar a beleza e o riso delas), para o desespero de Sigmund Freud, fazendo do riso uma característica definidora do complexo amálgama de corpo e texto que ficou conhecido como *l'écriture féminine* (expressão impropriamente traduzida como "escrita feminina"). O texto é "o ritmo que ri de você" (*"le rythme qui te rit"*) – como memoravelmente escreveu Hélène Cixous, ainda que de forma um tanto mística.

Há coisas demais escritas sobre o riso – e que continuam a ser escritas – para que uma só pessoa dê conta de conhecê-las. E de todo modo, sejamos francos, o trabalho não valeria a pena. Mas, confrontados com o resultado de séculos de análises e pesquisa, que remontam, como vimos, até a Antiguidade, é tentador sugerir que não é bem o riso a faculdade definidora da espécie humana, mas sim o impulso para debater e teorizar sobre ele.

Foi até certo ponto em resposta a essa desorientadora profusão de opiniões e especulações sobre o riso, nos mais variados campos de pesquisa, que se firmou um nível de teorização de "segunda ordem" – que divide as teorias do riso em três vertentes principais, com importantes teóricos representando cada uma delas. Há poucos livros sobre o riso que não oferecem, logo de início, assim como estou prestes à fazer, uma breve explicação dessas teorias a respeito do que é o riso, o que ele significa e como é causado. Desconfio, mais do que a maior parte dos comentaristas, da simplificação que essa metateorização implica, mas me intriga perceber que cada uma dessas três vertentes – de forma mais ou menos diversa – reflete alguma tendência da teorização antiga (daí minha expressão *irmãs mais novas*). Continuamos a debater o riso de uma forma intimamente ligada à dos gregos e romanos da Antiguidade.

Falamos da primeira dessas vertentes quando discutimos Aristóteles. É a chamada teoria da superioridade, segundo a qual o riso é uma forma de ridicularização ou zombaria. Em outras palavras, o riso tem sempre uma vítima: rimos, mais ou menos agressivamente, do alvo de nossa troça ou do objeto de nossa hilaridade, e no processo afirmamos nossa superioridade sobre ele. Fora os escritores antigos (entre eles Quintiliano, com seu conciso aforismo sobre o

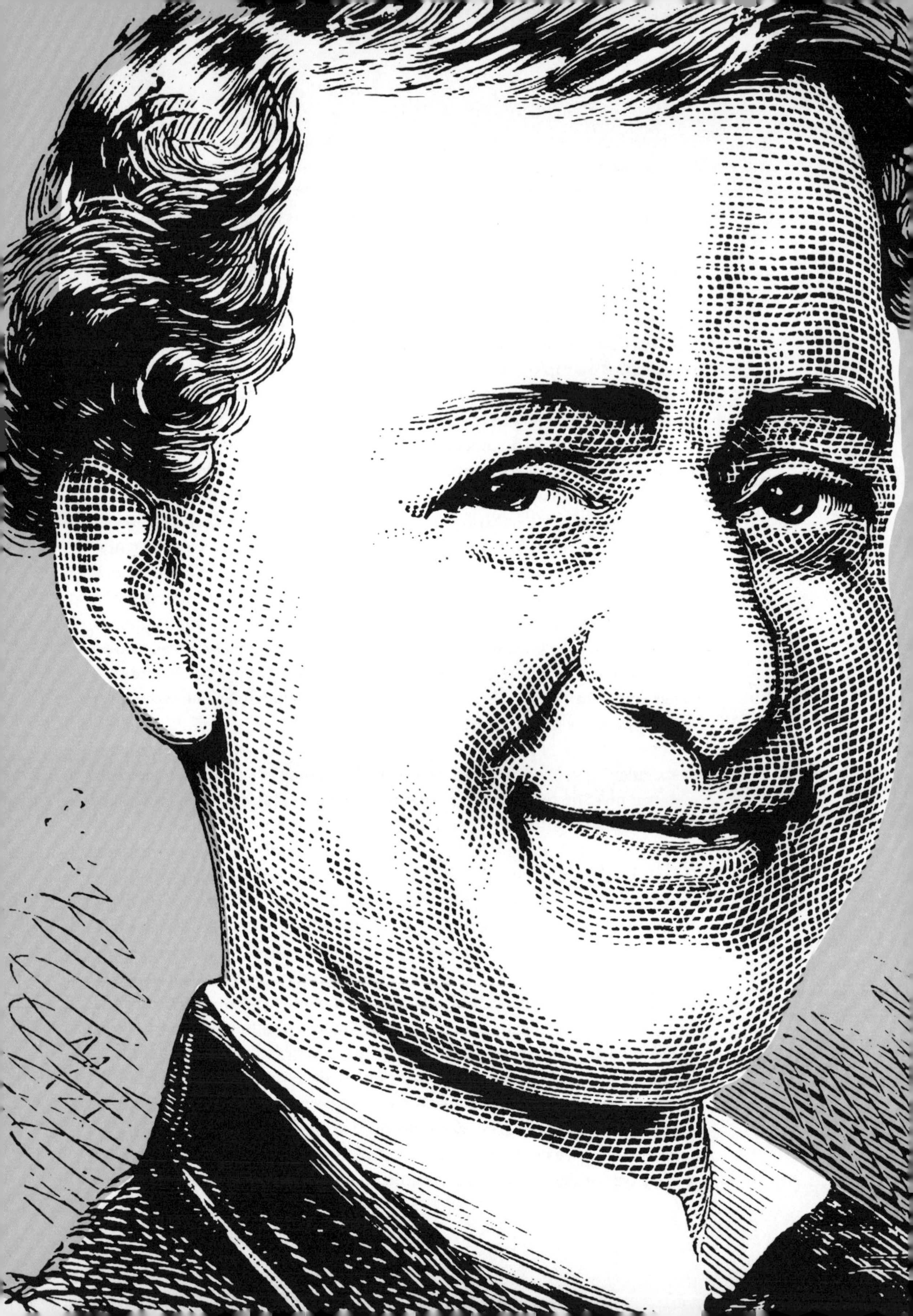

risus como próximo do ridículo, *derisus*), o mais celebrado teórico da superioridade é o filósofo Thomas Hobbes, do século 17. "A paixão do Riso", diz ele nos *Elementos da lei*, "não passa de uma Glória repentina que se ergue a partir de alguma repentina Concepção de alguma Eminência em nosso eu, em Comparação com as Debilidades de outros", uma frase muito citada da qual a expressão "Glória repentina" tem sido frequentemente reaproveitada, até mesmo no título de um livro recente sobre a história do riso.[9] Mas a teoria da superioridade não é o único aspecto da filosofia e da ética do riso. A biologia evolutiva contribuiu com alguma reconstrução das origens do riso entre os primeiros seres humanos: a ideia, por exemplo, de que o riso deriva diretamente do "rugido de triunfo num duelo primitivo na floresta" ou que o riso (ou o sorriso) originou-se de uma exibição agressiva dos dentes.[10]

A segunda é conhecida como teoria da incongruência e vê o riso como uma reação ao ilógico ou inesperado. Aristóteles dá um exemplo simples disso: "Quando entrou, trazia os pés calçados com suas... frieiras". Isso faz rir, explica Aristóteles, porque o ouvinte espera ouvir a palavra *sandálias*, não *frieiras*. Mas um número muito maior de filósofos e críticos modernos pode ser incluído entre os defensores dessa teoria, ainda que com um amplo espectro de nuances e ênfases. Immanuel Kant, por exemplo, dizia que "o riso é uma disposição que surge quando uma expectativa tensa se reduz a nada" (outro dos aforismos famosos no estudo do riso). Henri Bergson diz que o riso é provocado por seres vivos que agem como se fossem máquinas – de forma mecânica, repetitiva, rígida. Mais recentemente, as teorias linguísticas de Salvatore Attardo e Victor Raskin encontraram a vertente da incongruência no centro dos chistes verbais – como em "'quando uma porta não é uma porta?' 'Quando é um jarro'."[11]

As ciências experimentais também têm seu papel nisso. Um dos mais celebrados experimentos de laboratório da história dos estudos sobre o riso é o teste de discrepância de peso. Pede-se aos participantes que levantem uma série de halteres, semelhantes em aparência e tamanho, mas de pesos levemente diferentes, dispostos do mais pesado para o mais leve. Depois, um novo haltere é introduzido, semelhante em aspecto, mas muito mais pesado ou muito mais leve que os demais. As pessoas geralmente riem quando levantam o novo haltere – devido, afirma-se, à incongruência em relação aos demais. Na verdade, quanto mais pesado ou mais leve for o

[9]. Barry Sanders, *Sudden Glory: Laughter as Subversive History*. Boston, 1995.

[10]. Albert Rapp, *The Origins of Wit and Humor*. Nova York, 1951.

[11]. Para os que não conhecem a velha piada inglesa sobre a porta, ela joga com uma ambiguidade auditiva entre o substantivo *jar* (jarra, comumente de vidro) e o adjetivo e advérbio *ajar* (entreaberto).

O sorriso presunçoso ou sorriso de autoestima

novo haltere, mais as pessoas riem: em outras palavras, quanto maior a incongruência, mais intenso é o riso.

A última teoria do trio é a do alívio, mais conhecida pela obra de Sigmund Freud, ainda que não tenha sido inventada por ele. Em sua forma pré-freudiana mais simples, essa teoria entende o riso como indício físico do alívio da energia nervosa ou da emoção reprimida. É o equivalente emocional de uma válvula de segurança. Como a pressão interna numa máquina a vapor, a ansiedade reprimida com relação à morte se "solta" quando rimos, por exemplo, de uma piada sobre um agente funerário. (Cícero talvez apontasse para algo semelhante quando defendeu suas polêmicas piadas durante a guerra civil entre César e Pompeu.) A versão de Freud é bem mais complicada. Em seu livro *O chiste e sua relação com o inconsciente*, ele afirma que a energia liberada pelo riso não é a da emoção reprimida em si (como no modelo da válvula de segurança), mas aquela que deveria ter sido usada para reprimir pensamentos ou sentimentos caso o chiste não os tivesse deixado entrar na mente consciente. Em outras palavras, um chiste sobre um agente funerário permite que o medo da morte seja expresso, e o riso é o "escape" da energia psíquica suplementar que teria sido usada para reprimi-lo. Quanto mais energia é empregada para reprimir o medo, maior o riso.[12]

Essas três teorias podem representar um resumo conveniente, pois imprimem alguma ordem à complicada história da especulação sobre o riso e destacam certas semelhanças significativas entre os modos como ele foi entendido ao longo dos séculos. Ainda assim, incorrem em graves problemas, tanto em termos de teorias específicas sobre o riso quanto como esquema geral de classificação do campo de estudo como um todo. Para começar, nenhuma dessas teorias contempla o riso em seu sentido mais amplo. Elas tentam explicar por que rimos das piadas, mas não explicam por que rimos das cócegas. Nem exploram o riso social, convencional, domesticado, que permeia grande parte das relações humanas; elas se interessam mais pelo tipo de riso aparentemente espontâneo ou incontrolável. Em outras palavras, estão mais preocupadas com o riso de Dião Cássio do que com o de Gnato – e, na maior parte das vezes, sequer se preocupam com o ato de rir em si. As duas primeiras teorias não partem da explicação da causa pela qual a reação física que conhecemos como riso (o som, a contorção facial, o movimento do tórax) é desencadeada pelo reconhecimento da superioridade ou da incongruência.

12. "[...] O ouvinte do chiste se ri com a cota de energia psíquica liberada pela suspensão da catexia inibitória." Sigmund Freud, *O chiste e sua relação com o inconsciente*. Rio de Janeiro: Imago, 1995. A psicologia experimental não confirma o que o argumento de Freud parece implicar: que quanto mais reprimida for a pessoa, mais rirá de uma piada obscena.

A teoria do alívio enfrenta a questão diretamente, mas a ideia de Freud – segundo a qual a energia psíquica reservada para a repressão da emoção se transforma de alguma maneira em movimentos corporais – é em si mesma altamente problemática.

Na prática, grande parte das tentativas de teorizar o "riso" preocupa-se mais especificamente com as categorias a ele relacionadas, de administração um tanto mais fácil, como "comicidade", "chistes", "humor". Os títulos de alguns dos livros mais famosos sobre o assunto deixam isso claro: Freud escreveu explicitamente sobre chistes; o título completo do tratado de Bergson é *O riso: ensaio sobre a significação da comicidade*; mais recentemente, o excelente estudo de Simon Critchley, que fala bastante sobre o riso, intitula-se *On Humour* [Sobre o humor].

Mesmo dentro desses limites, é regra geral que quanto mais características e variedades do riso uma teoria pretenda explicar, menos plausível ela será. Provavelmente, nenhuma afirmação que comece pelas palavras "todo riso é..." será verdadeira (ou, caso contrário, será ao menos óbvia demais para despertar interesse). A teoria da superioridade, por exemplo, é uma boa explicação para alguns tipos de chiste e de riso. Mas quanto mais total e totalizante uma teoria pretenda ser, menos ela esclarece. É preciso muita criatividade para explicar, com base na superioridade, por que rimos de trocadilhos. Seria possível que o combate verbal que eles implicam nos remetesse a disputas ritualizadas pela supremacia no mundo do homem primitivo? Ou seria uma questão de mostrar a superioridade humana sobre a própria língua? Duvido muito.

E seja lá o que se faça da tentativa de Freud de descrever o mecanismo do riso gerado por uma piada obscena, quando os mesmos princípios são aplicados na tentativa de explicar, digamos, o riso gerado pelos movimentos exagerados de um palhaço, o resultado será, ele mesmo, um tanto risível. Insistindo no envolvimento de uma economia de energia psíquica, Freud diz que, quando observamos um palhaço, comparamos seus movimentos àqueles que faríamos para chegar aos mesmos resultados (caminhar por uma sala, por exemplo). É preciso energia psíquica para imaginar como reproduzir seus movimentos, e, quanto maiores os movimentos que imaginarmos, mais energia psíquica se produzirá. Mas quando finalmente fica claro o excesso em relação ao necessário – em comparação aos nossos movimentos mais econômicos – a energia extra é descarregada no riso.[13] Essa é, com

---

[13]. Talvez o aspecto mais problemático desse argumento muito problemático seja a afirmação de Freud, segundo a qual, *no processo de ideação* gasta-se mais energia num movimento grande do que num pequeno.

certeza, uma louvável tentativa de impor alguma consistência sistemática e científica a um amplo espectro de risos. Mas sua total implausibilidade nos leva a perguntar o que podemos esperar de uma teoria geral sobre como e por que as pessoas riem. Pois, como Aristóteles, os teóricos modernos – por mais grandiosos que sejam seus objetivos – são quase sempre mais reveladores e estimulantes em suas especulações, *aperçus* e teorias *sobre* o riso do que em qualquer teoria global *do* riso.

Há também um problema com o próprio esquema tripartite. Ele pode ser um resumo conveniente. Mas é também perigosamente simplificador, e nos estimula a espremer argumentações longas, complicadas, cheias de nuances e nem sempre coerentes em seus limites organizados, mas rígidos. A verdade é, claro está, que o cenário teórico nessa área é muito mais confuso do que "a teoria das três teorias" possa sugerir. Isso fica claro pelo fato de que os mesmos teóricos aparecem, nos textos sinóticos modernos, como representantes de teorias diversas. Bergson, por exemplo, é classificado tanto na incongruência quanto na superioridade: na incongruência porque afirma que o riso surge quando a ação dos seres humanos é percebida como "mecânica": em outras palavras, quando um ser humano se comporta como máquina; e na superioridade porque para ele a função social do riso é zombar, e assim desestimular a inelasticidade ("a rigidez é cômica, o riso é seu *corretivo*"). Mesmo Aristóteles pode ser encaixado em diferentes tendências. Com frequência, sua fugidia "teoria do riso" (ou comédia) normalmente é vista como um caso clássico de teoria da superioridade, mas ele também aparece como defensor da incongruência e, muito menos plausível, do alívio.

Na verdade, ao longo da história dos estudos sobre o riso, as obras de seus "pais fundadores" foram mais atacadas que lidas; e seletivamente resumidas de modo a se criar uma genealogia intelectual de diferentes afirmações, e os aforismos delas extraídos raramente refletem sua complexidade incipiente, incerta e por vezes contraditória. Pode ser chocante voltar aos textos originais e descobrir o que exatamente tinha sido escrito e em que contexto. A famosa citação de Hobbes, por exemplo, sobre o riso "que se ergue a partir de alguma repentina Concepção de alguma Eminência em nosso eu, em Comparação com as Debilidades de outros" soa diferente quando vemos que na continuação se lê "ou com a nossa própria no passado": é ainda uma teoria da superioridade, mas referida mais à autocrítica do que à zombaria de outros. E Quentin Skinner destacou que Hobbes, discutindo o riso no *Leviatã* em termos aparentemente semelhantes, sugere revelar, na verdade, um sentimento de inferioridade por parte de quem ri. O riso, diz Hobbes, "incide principalmente neles, que estão conscientes das capacidades inferiores em si mesmos; que são obrigados a ficar a favor de si próprios observando as imperfeições de outros homens. E, portanto, muito Riso diante de defeitos alheios é sinal de Pusilanimidade." É uma visão bem mais diversa a que está por trás da Glória Repentina do que qualquer versão simplificada da teoria da superioridade poderia indicar.

É provável que as centenas de páginas que Freud escreveu sobre chistes, humor e comicidade (inclusive as muitas sobre o riso) tenham sido apropriadas de forma mais seletiva e citadas de modo mais tendencioso que qualquer outra obra sobre o tema. A "teoria" de Freud é uma mistura fascinante e confusa: ele tenta chegar a uma abordagem consistente e científica (de modo bastante implausível, como vimos, em seus extremos) situando-se ao longo de um amplo espectro de especulações – algumas das quais têm pouco a ver com seu tema principal, e outras parecem claramente contraditórias. Talvez seja mesmo de Freud o exemplo mais conclusivo dos críticos e teóricos que prospectam a obra para extrair dela "pontos-chave" com os quais fundamentar as próprias afirmações. Assim, além da "teoria do alívio", um estudioso da sátira romana destacou a observação de Freud sobre a complexa dinâmica psicossocial do chiste (entre quem conta, quem ouve e sua vítima); outro, escrevendo sobre o riso teatral na Grécia, preferiu enfatizar a insistência de Freud em que "mal sabemos de que estamos rindo"; ainda outro, preocupado com a invectiva romana, invoca a distinção que Freud faz entre chistes inocentes e tendenciosos e sua discussão sobre o papel do humor na humilhação; e assim por diante. Todos esses aspectos estão lá. Mas seria interessante imaginar, se um dia o livro de Freud sobre os chistes se perdesse – assim como o segundo livro da *Poética* de Aristóteles –, que tipo de reconstrução poderia ser feita a partir desses vários resumos e citações. Meu palpite é que resultaria em qualquer coisa muito diferente do original.

NATUREZA E CULTURA?

Já deve estar claro, espero, que o que tem feito do riso um tema de pesquisa tão instigante e atraente por mais de dois mil anos é também o que o torna intrincado e às vezes inabordável. Uma das perguntas mais difíceis é se o riso deve ser pensado como um fenômeno unitário: devemos mesmo estar à procura de uma teoria que ponha no mesmo guarda-chuva explanatório as causas últimas (ou as consequências sociais) do riso produzido por umas cócegas feitas com vontade, um bom chiste ou um imperador maluco na arena brandindo uma cabeça de avestruz – para não falar naquela tantas vezes domesticada versão que regularmente pontua e reforça a conversa humana? A cautela extrema lembraria que são atitudes bem diferentes, com causas e efeitos diferentes. Contudo, seja como for, o riso como reação parece bem semelhante em suas várias manifestações, tanto para quem ri quanto para sua plateia. Além disso, muitas vezes é impossível traçar um limite claro entre os vários tipos de riso. O riso que pontua a conversa cortês pode deslizar imperceptivelmente para uma coisa muito mais ruidosa; a maior parte das pessoas, se estivesse na posição de Dião, não saberia dizer exatamente se estamos rindo de nervosismo ou da maluquice do imperador, e quando se faz cócegas em alguém é comum que observadores, a quem ninguém está fazendo cócegas, riam também.

Ainda mais crucial, porém, é entender até que ponto o riso é um fenômeno "natural" ou "cultural"; ou, melhor dizendo, até onde o riso desafia diretamente a simplicidade dessa visão binária. Como resumiu Mary Douglas, "o riso é a única erupção corporal que é sempre interpretada como comunicação". Diferentemente do espirro ou do peido, ao riso é atribuído algum significado. Essa é uma distinção que Plínio não faz em suas observações sobre o riso. Porque, embora ele reúna Crasso, "que nunca riu", e Pompônio, "que nunca arrotou", na verdade eles formam uma estranha parceria. Mesmo nesse aspecto negativo, "não rir" é um significante social de uma forma que "não arrotar" (provavelmente) não é.[14]

Essa ambiguidade entre natureza e cultura tem fortíssimo impacto em nossas tentativas de entender como o riso funciona na sociedade humana e, mais especificamente, até que ponto ele está sob nosso controle consciente. "Não consigo segurar o riso", costumamos dizer. Será verdade?

É certo que alguns risos parecem mesmo incontroláveis e são sentidos como tal – e não só aquele provocado por cócegas. Seja como Dião Cássio mastigando sua folha de louro na arena, ou como uma apresentadora da BBC que desanda a rir no ar, às vezes o riso escapa (ou quase isso), quer queiramos quer não, totalmente fora de nossa decisão consciente ou de nosso controle. Esses incidentes são supostamente os casos mais claros daquilo que Douglas tinha em mente quando escreveu sobre uma "erupção corporal" que também é "tomada como comunicação". Por mais indesejáveis que as erupções possam ser, o observador ou ouvinte ainda se perguntará de que a pessoa que ri está rindo e que mensagem está sendo transmitida.

Mas a ideia do descontrole de quem ri é muito mais complicada do que possam indicar esses casos simples. Já vimos diversas circunstâncias romanas em que o riso podia ser contido ou liberado mais ou menos à vontade, e pudemos observar o limite impreciso entre o riso espontâneo e o não espontâneo. Com efeito, mesmo a história de Dião Cássio na arena tem *nuances* mais sutis do que se possa perceber à

14. Mary Douglas, "Do Dogs Laugh? A Cross-cultural Approach to Body Symbolism". *Journal of Psychosomatic Research*, n. 15, 1971, pp. 387-390. As observações dela incluem também a presunção, padrão pelo menos desde Bergson, de que o riso é essencialmente social, que não se pode rir sozinho (daí os risos gravados em programas de televisão). Sobre Plínio, voltar às primeiras páginas deste ensaio. Digo *provavelmente* porque em certas circunstâncias e em algumas culturas, o arroto também pode transpor a divisão entre natureza e cultura e ser visto como significativo. O outro ato a que Plínio se refere nessa passagem, a cuspada, também é diferente: ela é sempre uma comunicação, e não uma erupção corporal natural.

O sorriso irônico ou sorriso "cuidado-com-o-que-deseja-pois-pode-conseguir"

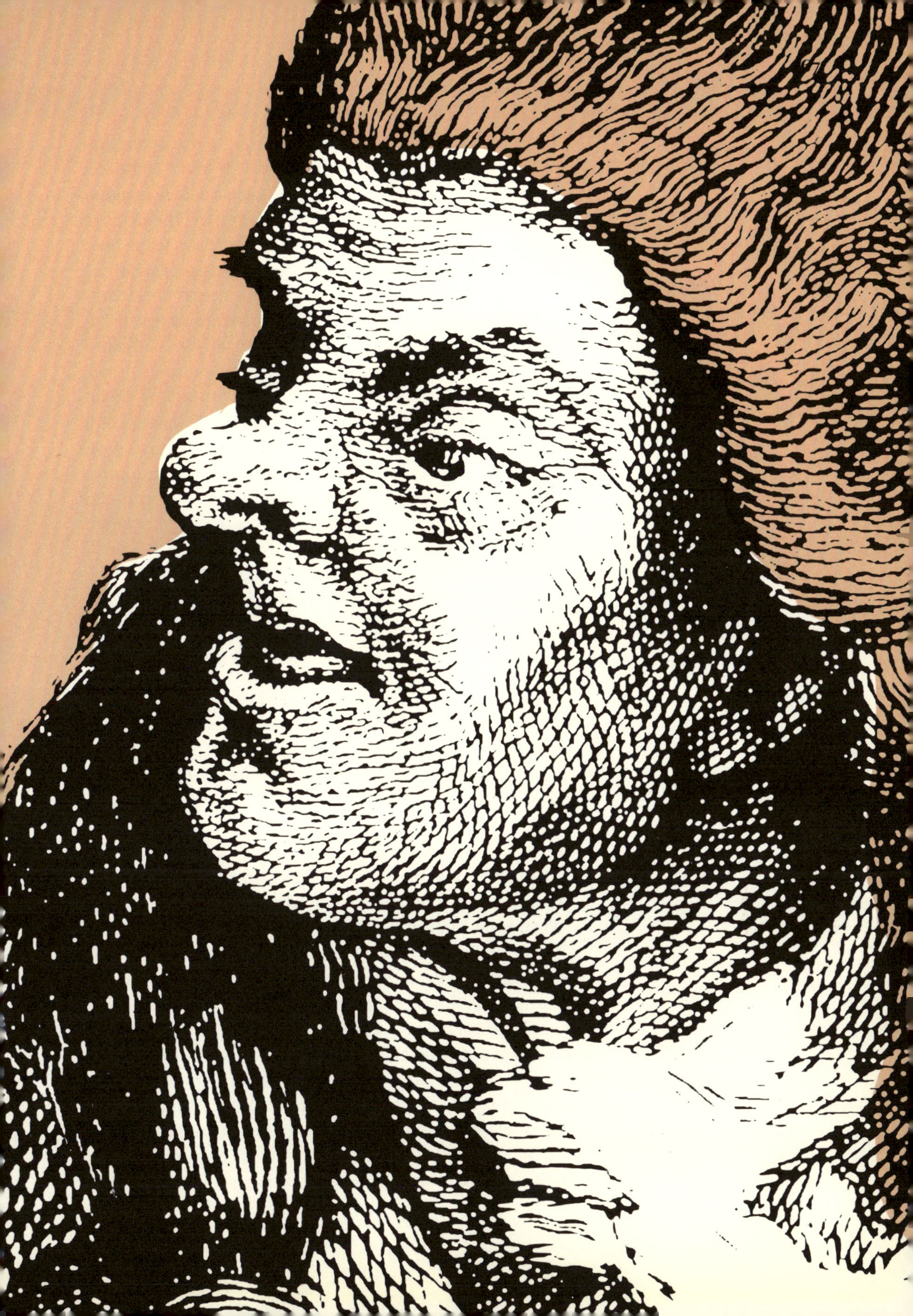

primeira vista. O fato é que grande parte do riso do mundo é relativamente fácil de ser controlado. Mesmo o efeito das cócegas está mais sujeito a condições sociais do que imaginamos: não se pode, por exemplo, provocar riso fazendo cócegas em si mesmo (tente só!), e se as cócegas são feitas num ambiente hostil e não divertido, não causam risos. Além disso, mesmo as áreas do corpo mais sensíveis a cócegas são identificadas de maneiras diversas pelas diversas culturas em épocas diversas. A axila é mais ou menos universal, mas enquanto nós destacaríamos as solas dos pés, um membro da escola de Aristóteles, responsável por uma seção importante de um grande compêndio científico conhecido como *Problemas*, tem uma ideia bem diferente: ele diria que sentimos mais cócegas "nos lábios" (porque, como explicou, os lábios ficam perto do "órgão dos sentidos"). Em outras palavras, as cócegas não causam, como às vezes imaginamos, uma reação totalmente espontânea e reflexa.

Não obstante, o mito da incontrolabilidade tem importante função em nossa visão do riso e em suas regras sociais. Porque a velha tradição de policiar e controlar o riso – que remonta à Antiguidade – normalmente se apoia na imagem de uma erupção natural selvagem, sem limites e potencialmente perigosa, que justifica todas as cuidadosas regras e regulamentações que com tanta frequência são propostas. Por um paradoxo, os mecanismos mais estritos de controle cultural são mantidos pelo mito persistente de que o riso é uma força incontrolável e destrutiva que distorce o corpo civilizado e subverte a mente racional. Na prática, a maioria das pessoas, na maior parte das vezes, consegue lidar com duas visões incompatíveis do riso: por um lado, o mito de sua incontrolabilidade, e, por outro, sua experiência cotidiana como reação cultural adquirida. Qualquer pessoa que tenha educado crianças se lembrará do tempo e do esforço necessários para lhes ensinar as regras comumente aceitas sobre o riso: em termos mais simples, do que rir e do que não rir (de palhaços, sim; de pessoas em cadeiras de rodas, não; de *Os Simpsons*, sim; da mulher gorda no ônibus, não). E parte da justiça severa que as crianças aplicam a seus pares está centrada nos usos próprios e impróprios do riso.[15] Esse é um tema da literatura também. Por exemplo, em seu fantástico poema em prosa *Os cantos de Maldoror*, o conde de Lautréamont nos dá uma imagem desconfortavelmente vívida das regras do riso – ou melhor, de

---

15. Em minha experiência, uma versão particularmente sádica envolve dar uma desculpa para afastar uma criança da sala. Quando ela volta, todas as outras crianças estão às gargalhadas. Daí a pouco a criança que voltou também começa a rir, e nesse ponto ela passa a enfrentar perguntas cada vez mais agressivas das outras sobre o motivo de seu riso, até que ela começa a chorar.

como seria uma compreensão equivocada dessas regras. No primeiro canto, Maldoror, o personagem-título, misantropo infeliz, quase inumano, vê gente rindo e quer fazer o mesmo, embora não entenda o significado do gesto. Então, numa imitação do que não compreende, ele tira um canivete do bolso e corta os cantos de sua boca para fazer "um sorriso", antes de entender que não tinha feito sorriso nenhum, apenas uma sangueira. Trata-se de uma reflexão inteligente sobre nossa capacidade de aprender a rir e sobre a ideia do riso como faculdade do ser humano (Maldoror seria humano?). E como sempre acontece nesses casos, somos deixados com a dúvida incômoda: os primeiros impulsos de Maldoror poderiam ter sido mais certos que errados, e talvez o riso não seja nada além de uma lâmina (metafórica) aplicada aos lábios.

RIR DE OUTRO JEITO

Outro aspecto do aprender a rir se encontra na especificidade cultural dos objetos, do estilo e da retórica do riso. Sejam quais forem as universalidades fisiológicas envolvidas, pessoas de diferentes comunidades, ou de diferentes partes do mundo, aprendem a rir de coisas diferentes, em diferentes ocasiões e diferentes contextos (qualquer pessoa que já tenha tentado fazer a plateia rir numa conferência fora de seu país prontamente vai concordar com isso). Mas é também uma questão de *como* as pessoas riem e dos gestos que acompanham o riso. Com efeito, faz parte de nossas expectativas e de nossos estereótipos sobre outras culturas que os estrangeiros riam de outra forma. Mesmo os teóricos mais sofisticados podem ter opiniões surpreendentemente improvisadas sobre essas diferenças étnicas. Para Nietzsche, a oposição de Hobbes ao riso (dando a quem ri uma "má reputação", ou, como em outra tradução, levando-o à "desonra") era exatamente o que se poderia esperar de um inglês.

O exemplo antropológico clássico dos diversos modos como as pessoas riem vem dos pigmeus da Floresta de Ituri, na atual República Democrática do Congo. Como relata Mary Douglas, os pigmeus não apenas "riem com facilidade" se comparados a outras tribos mais solenes e sisudas, como riem de uma forma diferente: "Eles deitam no chão e balançam as pernas no ar, ofegando e tremendo em paroxismos de riso". Para nós, talvez isso não passe de uma demonstração exibicionista e artificial, mas os pigmeus internalizaram de tal forma as convenções de sua cultura que para eles isso é bastante "natural".

No entanto, as coisas não são tão simples. O riso dos pigmeus e os paroxismos que o acompanham são um curinga dileto dos estudiosos do riso, um exemplo conveniente de diversidade cultural sobre a maneira como as pessoas riem. Mas qual é a prova disso? Até onde posso afirmar, a história provém de uma única fonte – um best-seller chamado *The Forest People*, de Colin Turnbull, conhecido divulgador de temas antropológicos. Turnbull fez o relato sob o impulso de sua visão romântica dos pigmeus como um povo feliz, aberto, gentil, dado a uma existência idílica, em alegre harmonia com seu exótico mundo da floresta pluvial (em forte contraste, como ele afirma num livro posterior, com os montanheses desagradáveis e sombrios do planalto central de Uganda). O riso exuberante era apenas um dos elementos do estilo de vida festivo dos pigmeus. Como diz Turnbull, "quando os pigmeus riem, é difícil não ser contagiado; eles se apoiam uns nos outros como que para se equilibrar, batem nos lados do corpo, estalam os dedos e enveredam por todo tipo de contorção física. Se alguma coisa lhes parece particularmente engraçada, eles chegam a rolar no chão." Turnbull era "subjetivo, parcial e ingênuo" e, quase certo, uma testemunha não confiável da cultura dos pigmeus. Em que medida, provavelmente nunca saberemos. Mas seja como for, a questão mais interessante é por que seu testemunho do riso dos pigmeus foi tão repetido, até mesmo por acadêmicos como Mary Douglas, que em outros aspectos teriam pouco tempo a dedicar ao tipo de antropologia praticado por Turnbull.

Isso se deve, indubitavelmente, ao fato de que mesmo as pessoas mais céticas relutam em duvidar da imagem alegre e colorida dos pequeninos pigmeus balançando as pernas no ar, apesar das reservas que a observação etnográfica de Turnbull demanda (e apesar de sua descrição não ter ido muito além do balançar de pernas). Mas aqui ocorrem também questões mais divagantes. Porque o comportamento dos pigmeus, como sempre se diz repetidamente, já não tem relação direta com o que o povo real da Floresta de Ituri faz ou fazia e ainda menos com o motivo de rirem daquela maneira e com que consequências. A história deles tornou-se um clichê literário, um resumo – em nossas reflexões de segunda ordem sobre o riso – que vem a calhar para o caso extremo de um povo exótico que ri de um modo particular. Em nossa calibragem cultural do riso, os pigmeus passaram a ocupar um dos extremos do espectro, com o não menos citado lorde Chesterfield, defensor do controle total ou da repressão do riso, no outro extremo. A visão de Nietzsche sobre os ingleses, todos situados no ponto que poderíamos chamar de extremo de Chesterfield do espectro, é um sinal de como essa calibragem pode ser culturalmente determinada. É difícil deixar de imaginar como os pigmeus teriam descrito a maneira de rir de Turnbull.

"OS CACHORROS RIEM?": RETÓRICA E REPRESENTAÇÃO

O estudo do riso – tanto no presente quanto no passado – está sempre ligado a representações literárias, práticas discursivas, imagens e metáforas. E repetidamente precisa identificar o limite entre o riso metafórico e o real, e a relação entre eles. Às vezes achamos um tanto simples adotar uma leitura metafórica. Se um poeta romano, por exemplo, escreve sobre águas cintilantes ou sobre braçadas de flores "risonhas" (*ridere*), isso normalmente é tomado como metáfora da esfuziante alegria da cena (e não de alguma pista letrada que remeta à etimologia do verbo ou de seu equivalente grego).[16] Mas os usos metafóricos de "risonho" também espreitam logo abaixo da superfície de análises aparentemente mais científicas e experimentais sobre o riso. Em nenhum lugar isso é mais impressionante (ou mais frequentemente negligenciado) do que na questão de Aristóteles sobre os seres humanos como os únicos animais que riem.

Isso já foi objeto de muita pesquisa científica inconclusiva que remonta pelo menos a Charles Darwin, este, por motivos óbvios, propenso a destacar que os chimpanzés parecem rir quando alguém lhes faz cócegas. Observadores científicos mais recentes identificaram uma característica "postura de boca aberta" ou "cara alegre" em primatas envolvidos em atividades não sérias – e ocasionalmente afirmaram ter descoberto chimpanzés e gorilas fazendo piadas e trocadilhos em sua rudimentar língua de sinais. Alguns biólogos, para não falar em dedicados donos de cachorros, concluíram que existe também algo como um riso canino (conclusão que deu origem ao famoso artigo de Mary Douglas "Do Dogs Laugh?"), enquanto alguns deles chegaram a interpretar como uma forma de proto-riso o chiado emitido pelos ratos quando alguém lhes faz cócegas (diz-se que a nuca é uma das áreas em que eles mais sentem cócegas, embora também chiem com entusiasmo com cócegas de corpo inteiro).

Não é de estranhar que essas interpretações tenham sido contestadas em muitos aspectos. O "riso" dos primatas, por exemplo, se articula de forma diferente do dos humanos. O padrão universal nos seres humanos é o do característico ha-ha-ha produzido numa única expiração, seguido de silêncio durante a inspiração. Não é assim entre os primatas. Seu riso ofegante é vocalizado igualmente na inspiração e na expiração. Será essa apenas uma variante do mesmo espectro de riso? Ou indica, como pensam outros, que estamos lidando com um tipo de reação bem diferente – e que os primatas não estão, em nossos termos, rindo, em absoluto? O chiado dos ratos (emitido numa frequência tão alta que é inaudível para o ouvido humano) é mais polêmico ainda, e muitos cientistas resistem a estabelecer qualquer relação entre essa reação e o riso humano. Mas mesmo que tivéssemos de admitir que caminhos neurais semelhantes estão envolvidos em todos esses fenômenos, e

---

16. A etimologia de *ridere* é incerta, porém o grego γελάν (rir) talvez tenha raiz na ideia de brilho e lustre, e não é inconcebível (ainda que improvável) que os poetas tenham feito uma alusão erudita a esse fato.

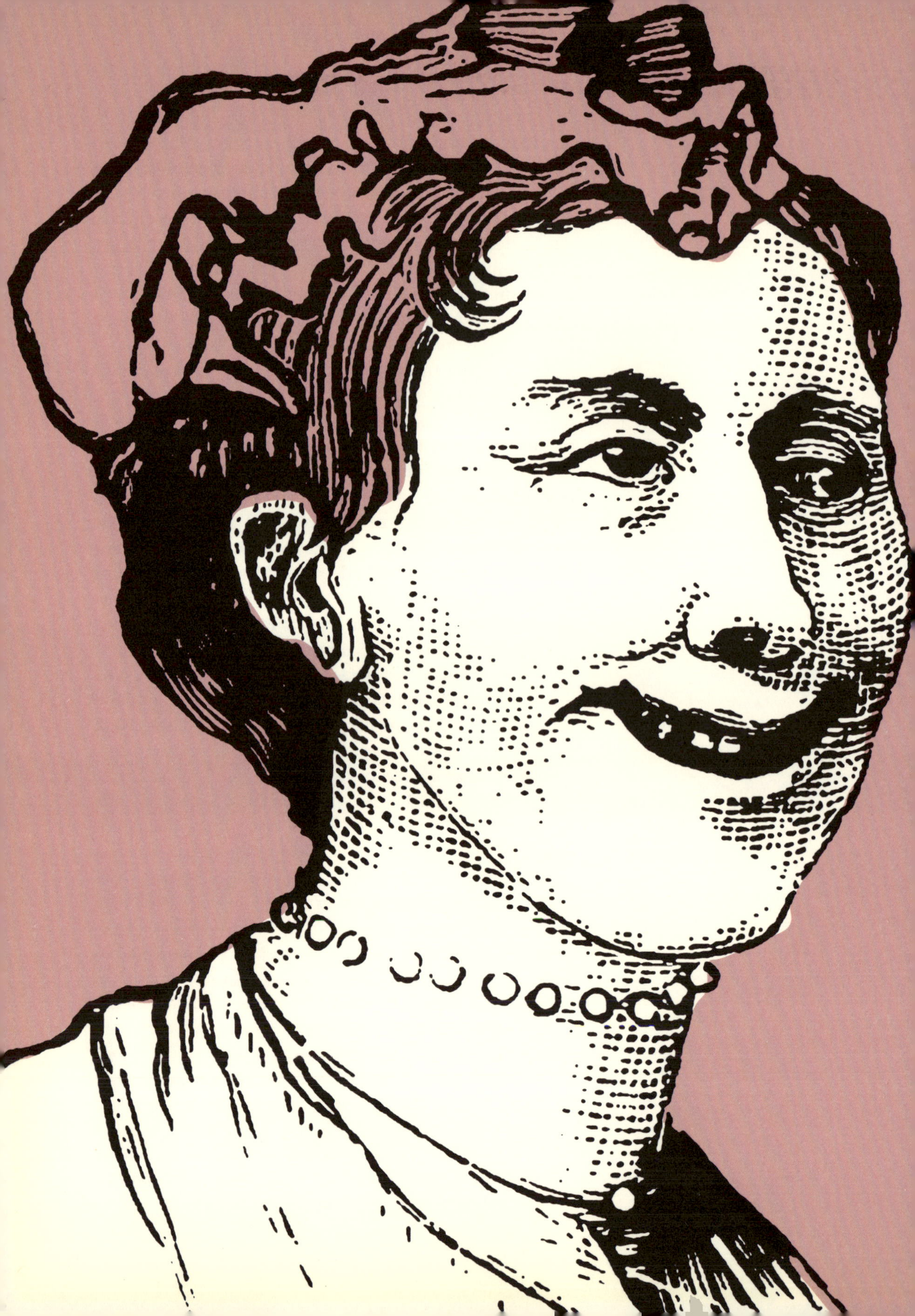

que existe pelo menos alguma relação evolutiva entre o chiado dos ratos e o riso humano, há questões muito mais urgentes que quase sempre são deixadas de lado: o que queremos dizer ao afirmar que cachorros, macacos ou ratos "riem"?

Muita gente admitiria que os dedicados donos de cachorros, ao detectar riso em seus animais de estimação, são levados por um desejo de antropomorfizar os animais e incorporá-los ao mundo da sociabilidade humana, projetando neles a característica humana que é a faculdade de rir. Ou, como observou Roger Scruton, com uma ênfase levemente diversa, quando ouvimos hienas (por exemplo) "rindo" umas para as outras, não se trata de uma expressão do divertimento *delas*, mas do *nosso*. Mas mesmo no discurso aparentemente mais rigoroso da ciência experimental, é complicado o limite entre o riso como metonímia de humanidade e o riso como reação física ou biológica. Mais uma vez encontramos aqui um importante turvamento da distinção simples entre natureza e cultura. Afirmar que um rato é capaz de "rir" sempre pode implicar algo mais a respeito daquela espécie e de nossa relação com ela, e não apenas do modo como seus neurônios funcionam. Qualquer estudo que se faça sobre o riso não pode se esquivar a levantar perguntas sobre a linguagem do riso e sobre o ordenamento de nosso mundo cultural e social, no qual o riso é um significante essencial.

A risadinha excitada pela diversão ruidosa e pelo nonsense

A rara mistura de erudição, inteligência e clareza marca o trabalho da clacissista inglesa **Mary Beard** (1959). Professora de Cambdrige e da Royal Academy of Arts, concilia pesquisa universitária com divulgação, tendo protagonizado documentários sobre história na BBC, além de ser uma das editoras e colaboradoras do *The Times Literary Supplement*. Vencedora do prêmio Príncipe de Astúrias para Ciências Sociais de 2016, é autora de livros como *Pompeia, a vida de uma cidade romana* (Record, 2016) e do recente SPQR: *uma história da Roma Antiga* (Crítica, 2017). Este ensaio faz parte de *Laughter in Ancient Rome: On Joking, Tickling, and Cracking Up* (2014).
Tradução de **Donaldson M. Garschagen**

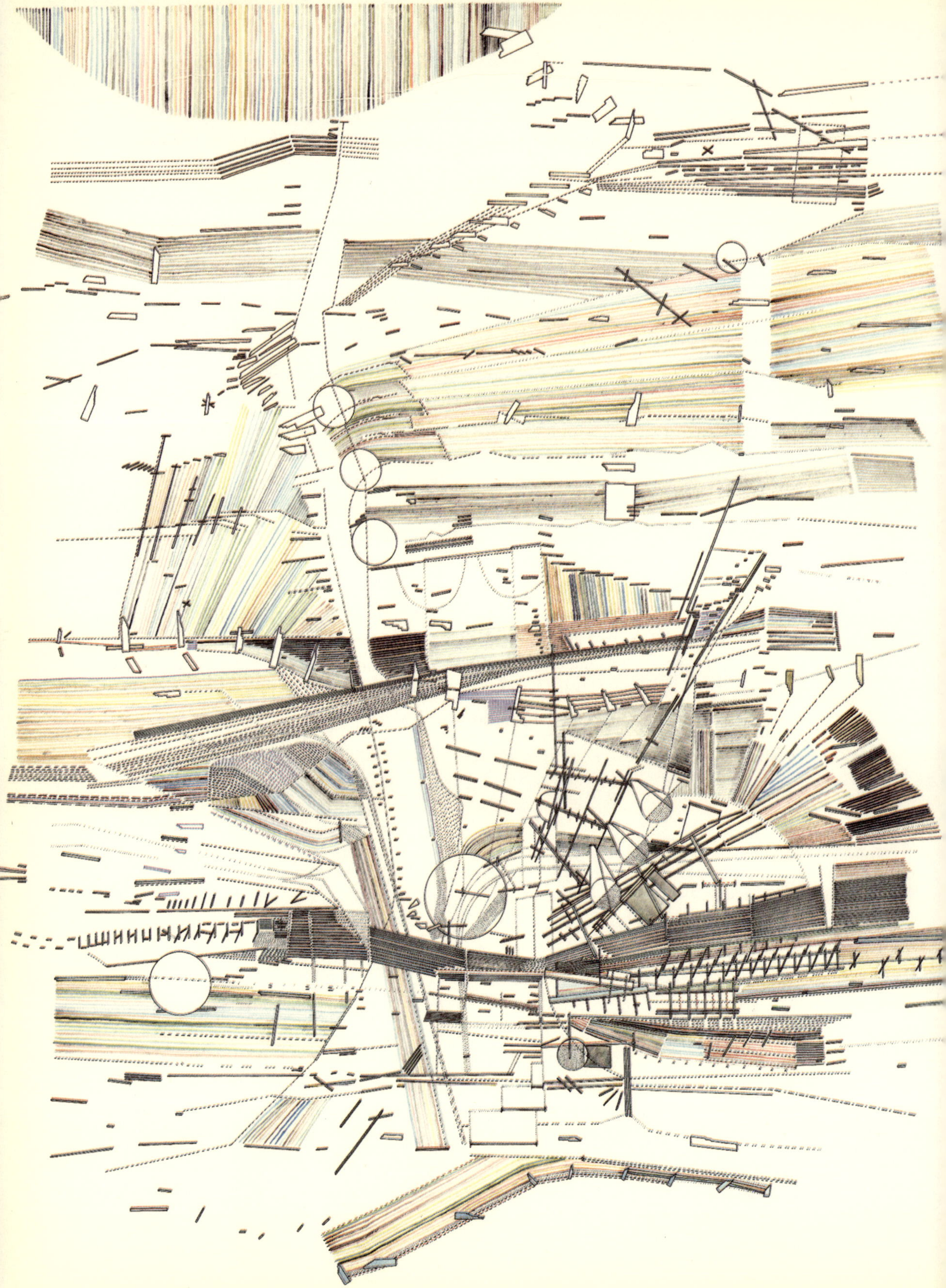

Retirar-se da cidade é, para toda uma linhagem de poetas, mais do que afrontar os excessos de civilização: o que nasce no campo é um outro "eu", integrado e até diluído em seu entorno

Um detalhe na paisagem

Leonardo Fróes

Nigel Peake
Desenhos do livro *In the Wilds*, 2011

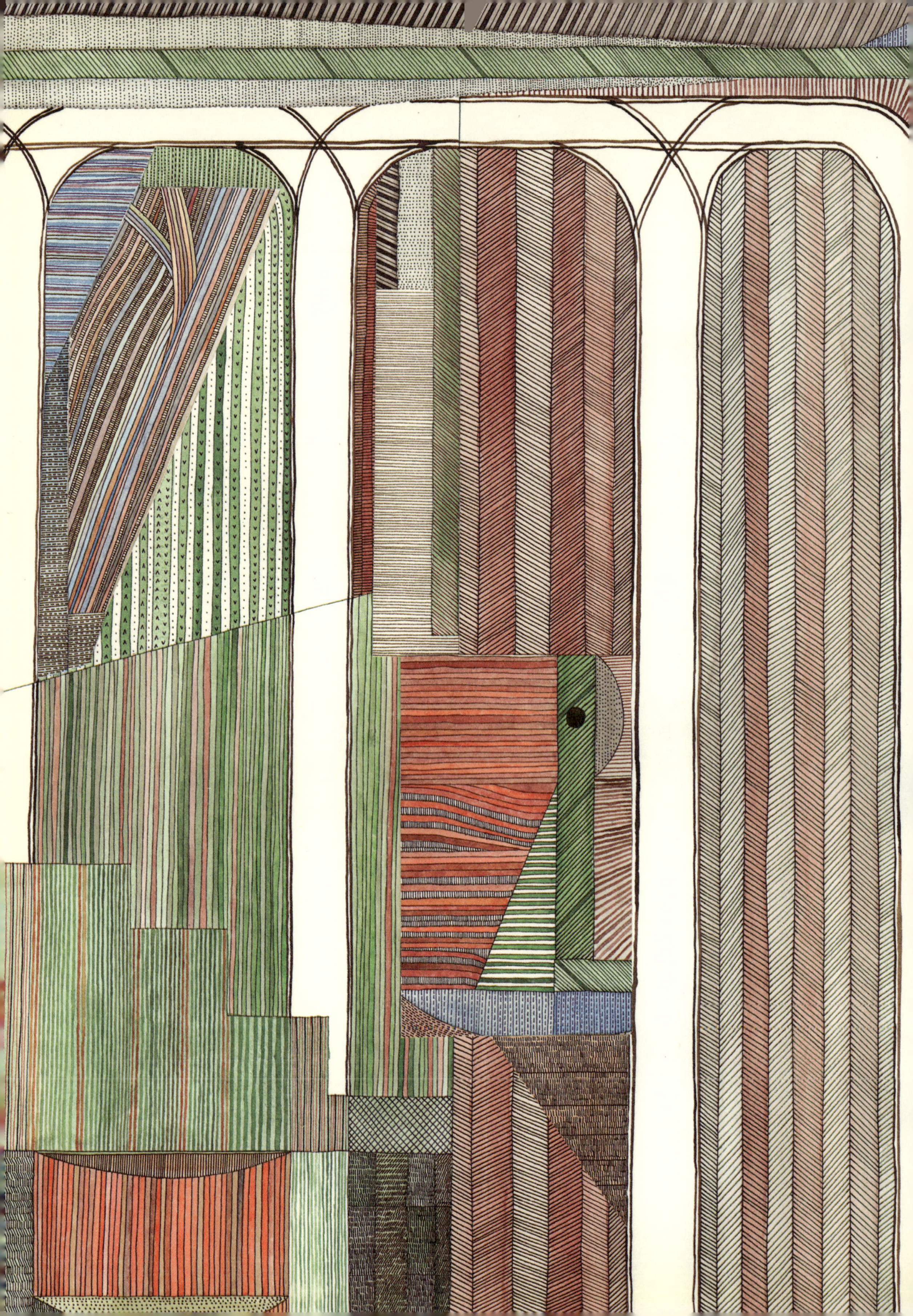

O contraste entre a tranquilidade do campo e a agitação da cidade já se fazia notar na antiga literatura latina, aflorando em poemas de alguns dos seus maiores autores, como Horácio e Virgílio. Na sátira 3 de Juvenal, uma das 16 que são tudo o que resta do poeta, o contraste entre a paz e o caos, tantas vezes esboçado em outras fontes, só pela superfície, é tratado com efeitos dramáticos de ruptura ou cisão definitiva.

Na sátira mordaz em questão, um cidadão chamado Umbrício, que se percebe ser alter ego do poeta, fala ao leitor no instante exato em que vai pondo numa carroça seus livros, seus poucos móveis e demais pertences rústicos para mudar-se para sempre de Roma, ainda então a capital do mundo, e se instalar numa aldeia à beira-mar. Nas palavras do português Francisco Antônio Martins Bastos, que em 1837 traduziu todas as sátiras de Juvenal, o retirante assim se justifica:

> Por que hei de em Roma estar? Mentir detesto;
> Maus livros não aprovo, nem os leio;
> Não sei de astrologia; menos quero
> Ou posso predizer de um pai a morte:
> Não vejo rãs para extrair venenos;
> Não sei levar de adúlteros recados;
> Ladrões não aconselho; eis os motivos
> Por que de Roma vou sem companhia,
> Qual corpo inútil, manco, inerte e coxo.

Muitos outros problemas da antiga Roma, metrópole febricitante e apinhada, atormentavam Umbrício, o sensível porta-voz do satirista, que os relaciona em detalhes, ao longo do texto em versos, entre as várias razões que o motivavam à fuga: a barulhada irritante e persistente, os trancos, empurrões e cotoveladas na desordem das ruas, os frequentes incêndios e desabamentos, a arribação cada vez maior de estrangeiros àquele centro de especulação e comércio, a penúria indigente da ralé, os cacos de louça que voavam por janelas abertas e as imundícies despejadas dos prédios sobre os desprevenidos passantes, que além do mais ficavam à mercê, se ousassem sair à noite, das ameaças e ataques desferidos por arruaceiros e bêbados.

Admite-se que Décimo Júnio Juvenal tenha nascido no ano 60 e morrido por volta de 130 da era cristã. No entanto os dados de sua quase inexistente biografia são deduzidos sobretudo de fracas evidências contidas no próprio corpo das sátiras. Sequer se sabe ao certo se ele fez ou não fez sucesso em vida. Em compensação, Juvenal varou os séculos como um dos poetas romanos mais copiados nos mosteiros, nos tempos medievais da reprodução por manuscritos, e certas máximas extraídas de seus versos passaram a ter lugar de destaque no rol universal das citações em latim, como *Mens sana in corpore sano* [Mente sã em corpo são], *Panem et circenses* [Pão e circo] e *Vitam impendere vero* [Dedicar a vida à verdade]. Esta, no século 18, se transformou na divisa de Rousseau.

Entre os séculos 17 e 19, à medida que as cidades ocidentais se expandiam e o descompasso entre urbanidade e natureza se tornava cada vez mais agudo, multiplicaram-se na Europa, principalmente em inglês e francês, as traduções e adaptações de Juvenal. Uma de suas imitações mais famosas é o poema "London", publicado sob anonimato em 1738, no qual Samuel Johnson se baseou naquela sátira 3, a do adeus a Roma, para atacar os vícios e as afetações em vigor na capital inglesa, onde o que mais saltava aos olhos, segundo ele, era a opressão dos pobres. Durante o século 20, com os Estados Unidos ascendendo a uma dominação global comparável à do antigo Império Romano, muitos poetas americanos preferiram se retirar das cidades, como Umbrício abandonara sua capital gloriosa, mas tão cheia de riscos e armadilhas, para viver e escrever na paz do campo.

Em 1994, um dos mais conhecidos desses retirantes modernos, Gary Snyder (nascido em 1930), escreve em seu livro de ensaios *A Place in Space* (1995): "Agora, no final do século 20, as sociedades, em sua maioria, nem de modo mediano estão funcionando. O que então faz a poesia? Há pelo menos um século e meio, os escritores socialmente engajados têm assumido que seu papel deve ser de resistência e subversão. A poesia é capaz de revelar o mau uso da língua por detentores do poder, é capaz de atacar arquétipos perigosos empregados para oprimir e é capaz de expor a fragilidade de falsas e surradas mitologias. Selvagemente, ela pode ridicularizar a pretensão e a pompa e também oferecer – de modos óbvios ou sutis – palavras e imagens mais elegantes, mais saborosas, mais admiráveis, mais profundas, mais extáticas e muito mais inteligentes."

Resistência e subversão foram atitudes de proa quando o jovem Snyder entrou na cena literária, em meados da década de 1950, como um membro destacado da *beat generation*. Ele e seus parceiros da época, entre os quais Ginsberg, Kerouac e Ferlinghetti, não só lançaram uivos possantes como também comportamentos anômalos para se opor com veemência aos padrões do "modo americano de vida". Na esteira dessa dissidência poética, grandes parcelas da juventude e da intelectualidade americana passaram a enviar mundo afora, nas décadas seguintes, mensagens e modelos de novas e esperançosas posturas de contestação ao sistema. As canções de protesto, os hippies e a contracultura, as marchas contra as guerras e por direitos civis, os

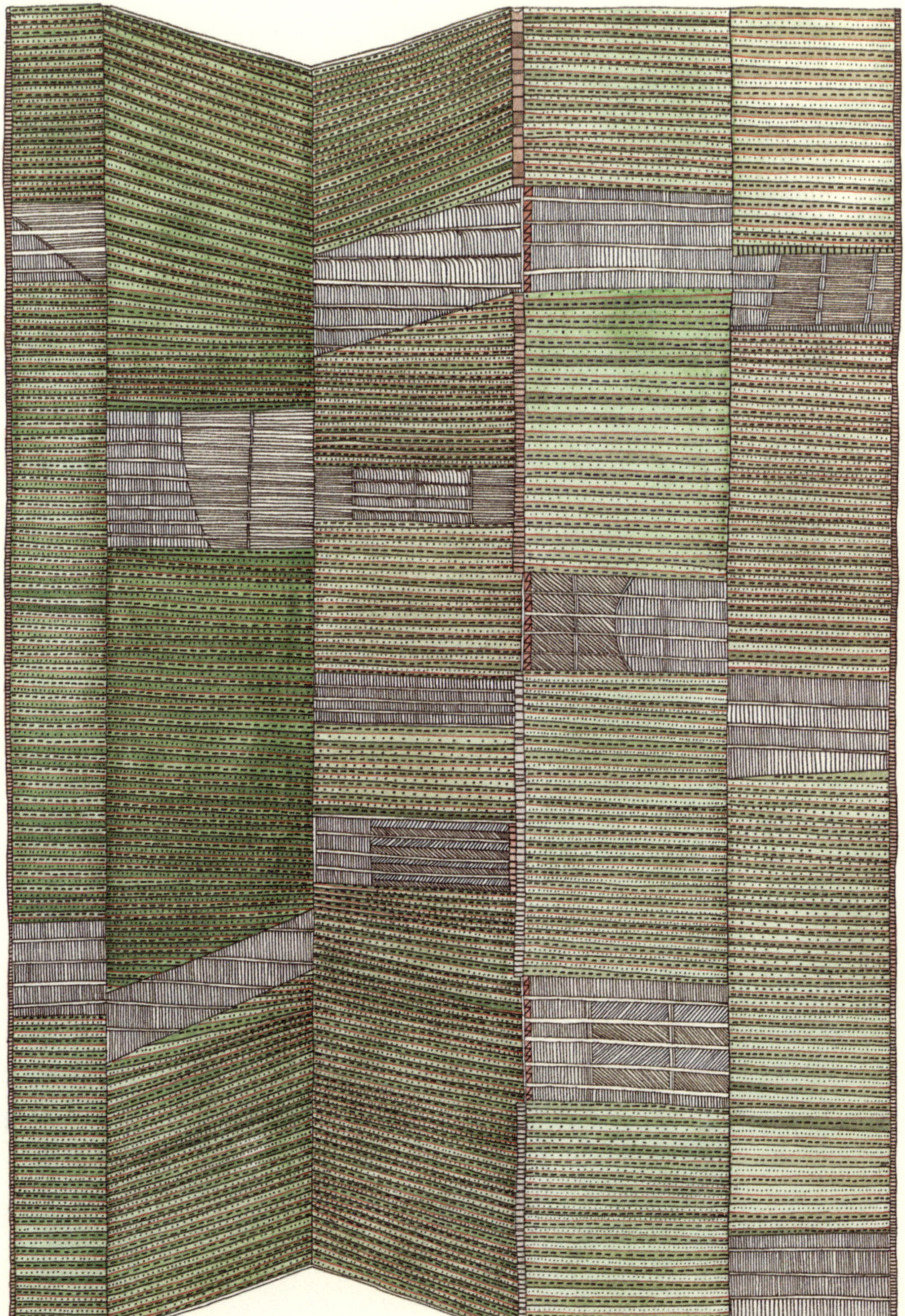

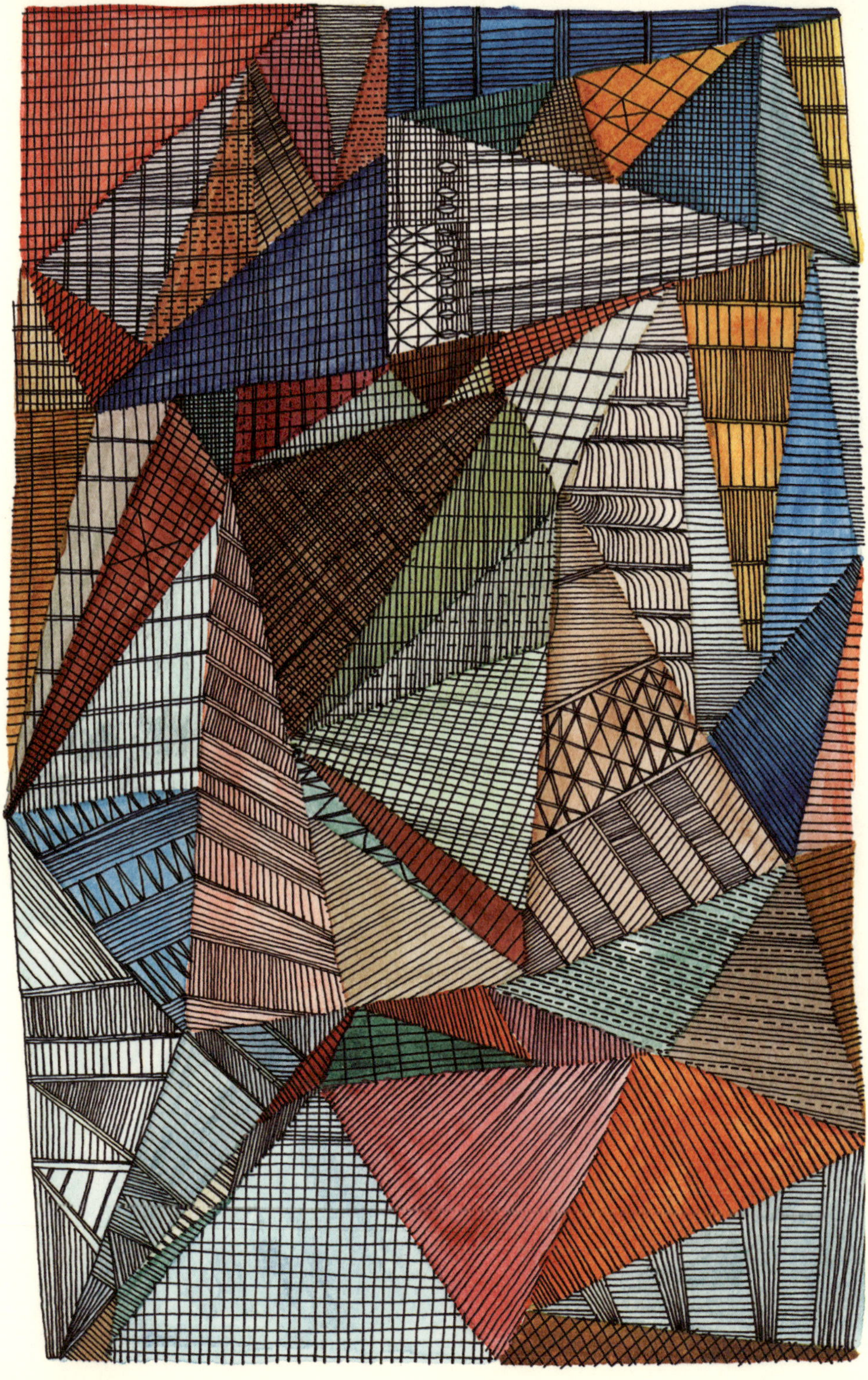

levantes das minorias, o alargamento das visões sobre sexo e o despertar da consciência ecológica hoje indicam que os Estados Unidos, no auge de seu triunfo militar e econômico, também criaram e exportaram as bases de uma poderosa discórdia.

Em 1956, Gary Snyder se distanciou da onda *beat* para se radicar no Japão, onde se consagrou ao zen-budismo, ao estudo de línguas e tradições orientais, ao desenvolvimento de sua própria poesia e à ordenação de uma imagem de serenidade e prazer que sempre seria associada à sua combativa pessoa. Doze anos depois, quando voltou para os Estados Unidos, esse poeta nascido em São Francisco, mas desde a infância ligado à natureza, por ter sido criado em fazendolas nos estados de Washington e Oregon, refugiou-se no extremo norte da Sierra Nevada, a cordilheira que avança pela Califórnia. Lá, construiu com as próprias mãos sua casa, dedicou-se à vida em família e nunca mais voltou a residir em cidades. Na poesia de Snyder, densa em sentidos e muito original pelas formas, e nos ensaios por ele publicados –, que em geral se concentram na necessidade de proteger o planeta, garantir a harmonia entre as espécies que o habitam e valorizar o conhecimento obtido na vivência praticada entre paisagens tranquilas –, o substrato trazido do Oriente se mescla a visões procedentes das culturas autóctones, porque ele também sempre se interessou pelos índios e seus saberes arrancados dos primeiros solos da América.

Entre os poetas americanos que no século 20 trocaram as "luzes da cidade" por uma "residência na terra", dois contemporâneos de Snyder sobressaíram-se igualmente pelo radicalismo e pela originalidade das opções que fizeram: Wendell Berry (nascido em 1934), que voltou às suas próprias raízes ao tornar-se fazendeiro no Kentucky, e John Haines (1924-2011), que sobreviveu por algum tempo como caçador de peles no Alasca, onde morou por mais de 20 anos. Nenhum dos dois participou de movimentos ou grupos. Ambos agiram motivados por razões e inclinações pessoais.

Berry, além de vários romances e da poesia em linguagem coloquial e sem adornos que o caracteriza, focalizando temas como a importância dos ciclos naturais, das pequenas comunidades e das "coisas silvestres" que o enchiam de admiração e respeito, escreveu também muitos artigos sobre agricultura, publicados originalmente em revistas especializadas como *New Farm Magazine* e *Organic Gardening and Farming*. Desistiu da carreira de professor, depois de nela ingressar ainda jovem, na Califórnia e em Nova York, para realizar sua obra e assumir em seu estado natal a administração das terras que recebeu como herança. Ativo em lutas pela preservação das matas, inimigo dos agrotóxicos e defensor das plantações em pequena escala, por métodos tradicionais, Wendell Berry se posicionou com vigor, quer em poemas, quer em ensaios, contra os ferozes apetites da guerra e os avanços do industrialismo no campo.

No texto em prosa "An Entrance to the Woods", incluído em seu livro *Recollected Essays 1965-1980* (1981), ele descreve um dos muitos dias em que, acampando feliz e solitário, passou por experiências assim na natureza:

> Hoje, como sempre quando eu caminho na mata, sinto a possibilidade, a razoabilidade, a praticabilidade de viver no mundo de um modo que venha a aumentar, e não diminuir, a esperança de vida. Sinto a possibilidade de um amor pela criação, frugal e protetor, que seria inimaginavelmente mais significativo e mais prazeroso do que nossa atual economia destrutiva e perdulária. A ausência de companhia humana, que ontem à noite me deixou tão intranquilo, começa agora a ser um alívio para mim. Vou a pé pela mata. Estou vivo no mundo, neste instante, sem a ajuda ou a interferência de qualquer máquina. Posso mover-me sem me referir a nada, a não ser à conformação do terreno e às habilidades de meu corpo. As exigências da locomoção a pé por esta região escarpada anularam todo o supérfluo. Eu simplesmente não poderia ingressar neste lugar e assumir sua quietude se trouxesse comigo os pertences de um chefe de família, de um proprietário de terras etc. Estou reduzido, por ora, à minha irredutível pessoa. Sinto a leveza de corpo que um homem que acaba de perder 20 quilos deve sentir. Quando saio da extensão de pedra nua para entrar outra vez embaixo das árvores, tenho consciência de me mover na paisagem como um de seus detalhes.

É por viver há mais de 40 anos no campo que o assunto sobre o qual estou escrevendo me interessa de perto. Como o personagem da sátira de Juvenal, pus meus livros e trastes num modesto veículo, um jipe usado e avariado, mas que avançou por estradinhas de barro que nem constavam do mapa, e me despedi da cidade. Como Snyder e Berry, também me entrego a caminhadas na mata (meu próprio sítio é uma pequena floresta, não uma área de lazer ajardinada) e, do silêncio procriador que aí me envolve, recebo a mesma sensação que eles descrevem de integração com o todo – de eu ser apenas um detalhe da paisagem, não uma cabeça que pensa estar sem consolação e perdida diante do mistério do mundo. Idênticas perspectivas parecem ter ocorrido a John Haines, que aborda esse entrosamento em *The Stars, the Snow, the Fire* (1989), belo livro de memórias sobre sua vida no Alasca, no qual as andanças que ele fazia por vastidões geladas espelham-se em passagens como esta: "Deixo algo de minha condição humana para

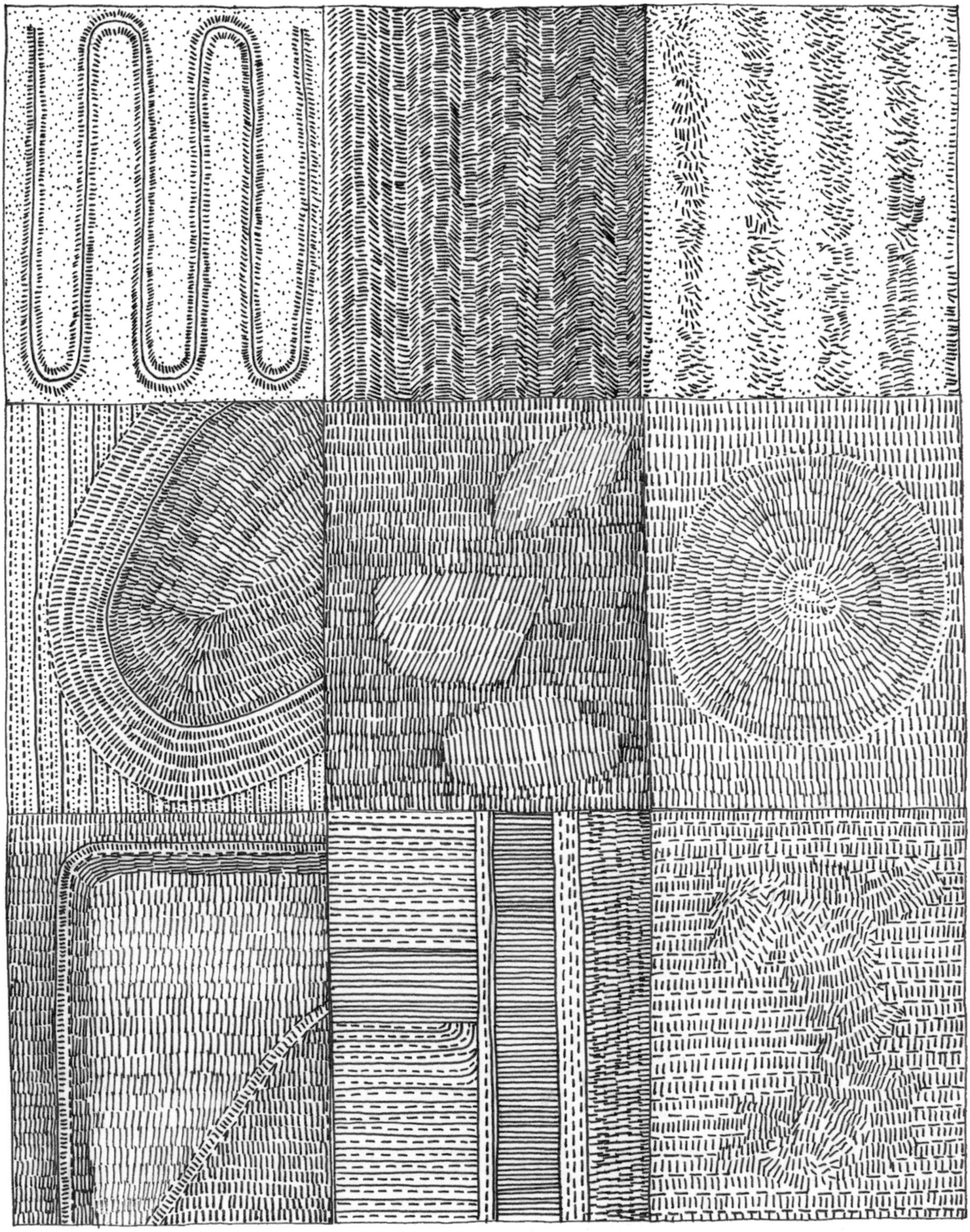

trás de mim, por um tempo, e em parte me torno árvore, uma criatura da neve. O caminho de volta é longo, quase sempre na escuridão. Ali eu enxergo um pouco, não muito, mas o que vejo jamais será destruído." Em alguns de meus poemas da mata, essa ideia de integração é tão forte que o próprio eu se dilui em seu entorno, surgindo então uma terceira pessoa que não sei bem mais quem é, como se o praticante ou autor da experiência fosse visto de fora por outros olhos ou outros elementos em cena. É o que acontece, por exemplo, no poema "Desencorpando":

> Sentado atento como um totem,
> um índio ou um animal que espreita
> a dança de movimentos da mata,
> pela própria concentração diluído
> em tranquilo despetalar de instintos,
> não perguntando coisa alguma e se dando
> à consciência regeneradora do todo.
> Não abrigando sequer um sentimento
> no iodo de decomposição que o circunda.
> Testemunhando o nascimento das folhas
> numa voracidade exaltada.

Em 1947, dois anos após terminar a grande guerra da qual participou no Pacífico, John Haines comprou uma propriedade no Alasca, onde se fixou com a intenção de dedicar-se à pintura. Nascido na Virgínia, estava então com 23 anos e contava com o aprendizado já realizado em escolas de arte de Nova York e Washington. Mas, ao notar que suas tintas congelavam nas baixíssimas temperaturas do Norte, Haines abandonou a pintura e começou a escrever. Aproveitando as madeiras de uma ponte ruída e desativada que havia por perto, construiu com as próprias mãos a cabana que lhe serviu de moradia no frio. Abriu trilhas, plantou hortas, rachou lenha, teceu redes para pescar salmão, venceu longas distâncias no trenó que seus cães puxavam e, para sobreviver, aprendeu com velhos nativos da região a caçar animais de pelo raro. A cacetadas certeiras na cabeça, porque peles com buracos de tiro valiam menos no mercado, matou arminhos, castores, martas e outros bichos para adorno, que por bobeira se enroscassem nas armadilhas que ele ocultava em locais estratégicos. Viveu sozinho a maior parte do tempo, mas às vezes contou com a companhia de alguma de suas cinco sucessivas mulheres ou de eventuais namoradas, que logo se cansavam do isolamento no ermo ou de seu temperamento difícil. Entre elas, deixou fama de rabugento.

Soa estranho que um artista se especializasse em trucidar seres vivos para obter os recursos que lhe permitiam manter-se e executar uma obra. Mas John Haines deixa claro, em suas memórias, que enfrentar condições tão adversas, como as prevalecentes no Alasca, fazia parte de um plano arquitetado para se livrar dos acréscimos que a civilização tinha imposto à sua índole. Resolvido a descondicionar-se no campo, a fim de sentir-se livre, espontâneo e autêntico, herculeamente ele regrediu às instâncias da nudez mais arcaica, como se pretendesse refazer, corpo a corpo ou carne a carne, todo o acidentado percurso do próprio gênero humano. Chegando em casa sonolento, ao voltar no fim do dia de uma das tantas e exaustivas caçadas que nem sempre tinham êxito, mas por norma o obrigavam a redobrar de esforço e atenção em quilômetros de buscas pelas trilhas nevadas, ele reflete sobre o cansaço que a situação lhe trazia: "Bem por dentro de mim estou feliz. Não é o cansaço mental do pensamento excessivo, das ideias que infinitamente se perseguem umas às outras nesta floresta de nervos, ansiedade e medo. É uma espécie de cansaço para se espreguiçar, o sossego e a satisfação do tempo bem gasto e da existência profunda renovada."

Além dos bichos de pelo que caíam nas armadilhas, sua fonte de renda no comércio então intensivo dos enfeites exóticos, o poeta matou outros a tiros, animais de maior porte, como os alces, para se alimentar de carne, congelada ao ar livre na temperatura ambiente, e dar comida aos cachorros. Ao rememorar essas matanças, que diz ter feito entre emoções conflitantes, no mesmo trecho ele as associa aos horrores por que teve de passar quando serviu na Marinha: "Vi uma guerra, um homem morto flutuando no mar, ao largo de uma ilha do Pacífico, e eu estava lá. Só por minha presença tomei parte em muitas mortes. Não posso pretender estar isento e sem culpa. A justiça nos escapa; a floresta ainda está dentro de nós, com toda sua antiga escassez e perigo, e pode ser que nunca venhamos a conhecer um mundo não assombrado por aquela noite do espírito em que o algoz ajusta seu laço e o carrasco afia à perfeição seu machado." A julgar pelo teor de seus relatos, Haines parece que tendia, naquele empenho por tornar-se um primitivo do gelo, a encarar a existência como uma forma depurada de prazer que requer algum sacrifício. Cada gesto que o envolve, seja para pôr a cabana em ordem, secando as roupas e lavando as vasilhas, seja para preparar armadilhas ou dissecar os animais abatidos, a fim de lhes retirar sem rasgões a pele inteira, é minuciosamente descrito como um ritual necessário à maior clareza do espírito. Sua identificação com a vida ao natural foi tão grande que, ao referir-se a uma coruja no poema "If the Owl Calls Again", ele fala o tempo todo na primeira pessoa do plural ("nós vamos roer os ossos de ratinhos desatentos" etc.), como se o observador que a vislumbra e a rapineira que cumpre seu destino de ave formassem no momento do encontro uma só e mesma entidade.

Se os poetas são "as antenas da raça", como Ezra Pound propôs, e se "a poesia é o registro dos melhores e mais felizes momentos dos melhores e mais felizes espíritos", como escreveu Shelley, em seu vibrante entusiasmo juvenil, os escritores em geral também são, segundo Sartre, a *conscience malheureuse* da espécie. Antenados, os *beats* de 1955 pressentiram a tempo as grandes mutações sociais do final do século 20, articulando uma escrita libertária que pudesse traduzir seus novos modos de vida, assim como os modernistas brasileiros de 1922 e anos seguintes notaram, premidos entre os ranços coloniais ainda fortes e o incerto imaginar de algum futuro – que a língua literária do Brasil não poderia continuar atrelada aos modelos já mofados que Portugal repassara. Enquanto consciência desditosa, não só os poetas americanos de meados do século, mas também muitos romancistas que marcaram com brilho sua primeira parte, como Sinclair Lewis (1885-1951), William Faulkner (1897-1962) e John Steinbeck (1902-1968), os três contemplados com o Prêmio Nobel, criaram obras de cunho dissidente, nas quais uma crítica arrasadora dos valores dominantes nos Estados Unidos é exposta em relevo pleno.

Admite-se que o canto humano, isto é, a poesia em seu estado larvar, como pura expressão individual de deleite, como estímulo cadenciado para corpos reunidos em trabalhos grupais ou como fórmulas propiciatórias de encantamento ou magia, tenha surgido nos primeiros tempos da espécie, quando a cisão entre a paz do campo e o estratagema defensivo da cidade murada ainda nem ameaçava existir. Apesar dessa origem presumida, é fato inquestionável que desde séculos bem recuados da escrita, como versículos do Velho Testamento ou as impiedosas sátiras de Juvenal atestam, a poesia também se ergueu como arma para se contrapor aos excessos que a própria civilização impunha às pessoas.

No Romantismo europeu e em suas ramificações enxertadas em literaturas ainda incipientes, como a nossa, a atração pelo campo inspirou não poucos poetas. "O coração polui-se nas cidades:/ Podem ser bons os homens isolados,/ Mas se o nó social num corpo os liga,/ Meu Deus! tornam-se atrozes!", escreveu Fagundes Varela (1841-1875), por exemplo, no poema "A filha das montanhas". Depois disso, e com ênfase cada vez mais visível durante o século 20, a poesia se manifestou sobretudo como fenômeno urbano. A princípio, muitas vezes ela aderiu às novidades e se empolgou com as miragens do progresso. À medida que os problemas sociais se avolumaram, sob os desatinos do autoritarismo e das guerras, as febres do consumismo, os espasmos da violência, os tiques da ostentação e os graves acessos de uma vulgaridade epidêmica, versos de subversão e resistência, para denunciar os rumos nefastos ou "ridicularizar a pretensão e a pompa", foram no entanto se tornando comuns na expressão poética.

Nas metrópoles motorizadas, o poeta sem função, longe de poder aspirar à integração com o todo, acabaria por sentir-se um marginal alijado. Como tantos confrades citadinos, o americano John Berryman (1914-1972) não encontrou senão um lenitivo, a bebida, para se aliviar de existir como desenquadrado. Trabalhou como professor e passou por três casamentos, mas nem o álcool o libertou da contínua depressão e da angústia. Ele próprio se incumbiu de exterminá-las quando pulou de uma ponte para morrer afogado nas águas do Mississippi. O tema do estranhamento no mundo surge bem orquestrado em seu poema "The Traveller", que numa série intitulada *Clones do inglês* (2005) eu traduzi como "O viajante":

Me apontaram na estrada, e aí disseram: "Que estranho é
Este sujeito, com seu jeito de andar de cabeça em pé".

Me apontando na praia, comentaram: "Por mais que tente,
Este camarada nunca será como a gente".

Me apontaram quando o guarda, na estação,
Espiou-me várias vezes, pensativo e durão.

Peguei o mesmo trem que outras pessoas pegavam,
Para o mesmo lugar. Não fosse por que me olhavam,
Não fosse por aquelas palavras, seríamos um só todos nós.
Consultei mapas, nada mais. Tentei fixar depois
Os efeitos dos trancos sobre os passageiros,
Vendo nos rostos de um casal, que eu via inteiros,
Sua graça e maldição, seu destino e coragem,
O logro que os deixou na estação em desvantagem.
Quando o trem parou e eles souberam que ali
Sua viagem terminava, eu também desci.

Entre os poetas americanos do campo, Robinson Jeffers (1887-1962) ocupa uma posição singular. Mal terminada a Primeira Guerra Mundial, em 1919, ele foi dos primeiros, no século 20, a se retirar das cidades para viver com sua esposa, a bela Una, numa quase indevassável solidão a

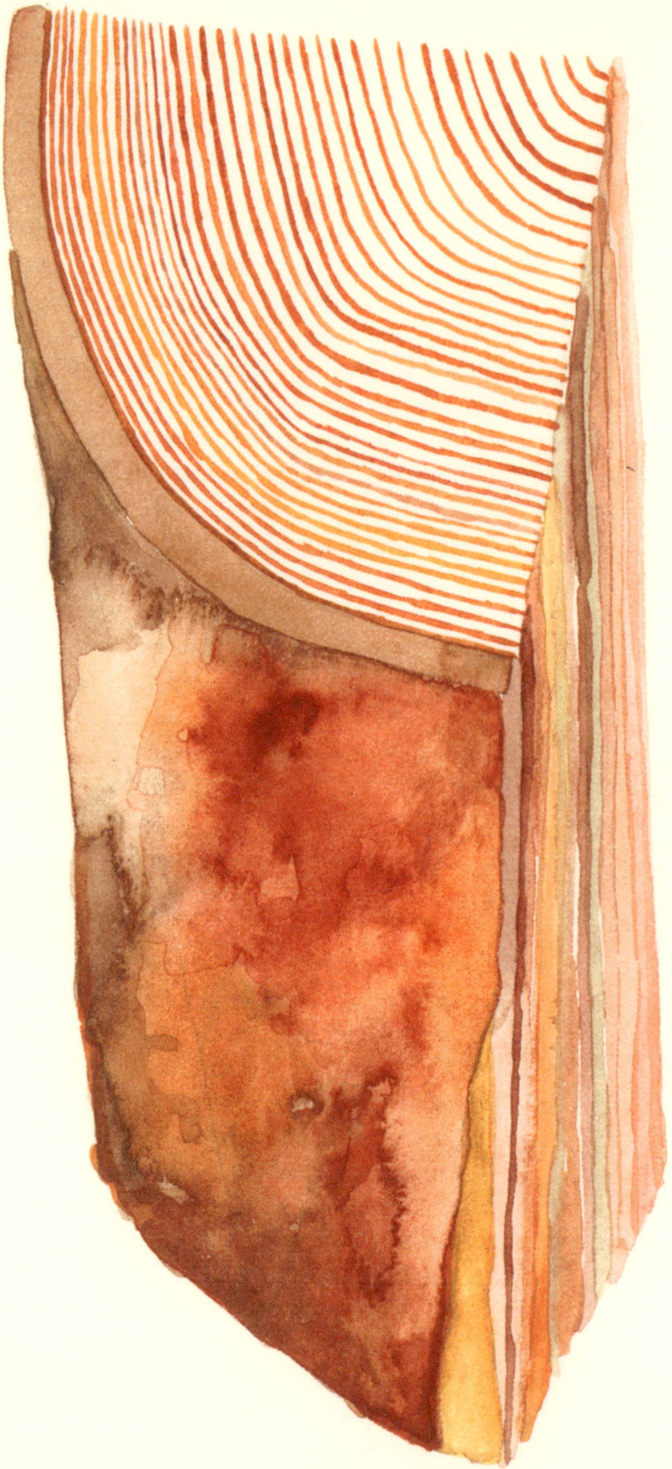

dois. Fixado perto de Carmel, na Califórnia, que era então uma aldeola deserta, mas já servindo de refúgio para escritores e artistas desgarrados, o casal teve uma história de companheirismo e amor que Jeffers celebraria em várias referências escritas. Em 1938, ao prefaciar a primeira edição de uma antologia de sua obra, já bem extensa a essa altura, ele disse que Una nunca tinha visto um poema dos seus antes de pronto, mas que só "pela presença e a conversa", ao longo de tantos anos, ela era na verdade "a coautora de todos".

Nascido na Pensilvânia e filho de um pastor presbiteriano, que foi também professor de história bíblica e de línguas antigas, Robinson Jeffers recebeu desde a infância uma educação extremada, condizente sobretudo a formar um príncipe da erudição. Tinha 11 anos quando o pai, rigoroso, o enviou para Leipzig, a fim de que aprendesse alemão enquanto estudava latim e grego. Logo em seguida ele ingressou numa escola na Suíça, onde avançou nos estudos clássicos, aprendendo então francês. Para as duas línguas estrangeiras vivas, e não para o inglês nativo, é que lhe davam para traduzir textos das línguas mortas.

Por volta dos 20 anos, de volta aos Estados Unidos, o estudante aplicado e inteligente se mostrava tão indeciso com seu capital de saberes que, segundo o biógrafo James Karman, em *Robinson Jeffers, Poet and Prophet* (2015), ele mais parecia transformado numa "alma perdida". Fazia um curso após o outro, passando por assuntos tão díspares como a introdução à filosofia e a história do Império Romano, a vida e a obra de Dante e a poesia espanhola, a literatura francesa dos mais recentes períodos e a literatura inglesa dos mais remotos primórdios, mas nunca se fixava num rumo capaz de prepará-lo para exercer profissões. Em 1907, Jeffers entrou em uma faculdade de medicina, que abandonou porém no terceiro ano, trocando-a logo por outra, de engenharia florestal, que também não concluiu. Um ano antes, o encontro com Una, sua colega num curso sobre o *Fausto* de Goethe, foi o farol que o iluminou para se consagrar à poesia.

Alguns dos contemporâneos de Jeffers, ligeiramente mais velhos ou mais novos que ele, como Ezra Pound, T.S. Eliot, Marianne Moore, Wallace Stevens, William Carlos Williams e e.e. cummings, tornaram-se poetas de primeira grandeza, não só pelo valor intrínseco de suas inovações modernistas, como também pela repercussão e influência que suas obras tiveram, dentro e fora dos Estados Unidos. Já o solitário de Carmel, que em geral circulava apenas pelas paragens idílicas da região de Big Sur, hoje uma das mais preservadas do país, teve uma carreira totalmente diversa, que o levou de uma ascensão repentina à queda mais fragorosa. Na década de 1930, durante a Grande Depressão provocada pela quebra da bolsa, Robinson Jeffers foi um dos nomes mais famosos da poesia americana, circunstância que sempre se ressalta pelo fato de ele ter sido, em 4 de abril de 1932, capa da *Time*. No período do pós-guerra, quando a vitória militar coincidiu com a aceitação cada vez maior dos postulados modernistas, sua voz deixou de agradar, seu estilo saiu de moda – sua poesia envelheceu.

As obras mais ambiciosas de Jeffers, alimentadas pela farta erudição que lhe foi incutida em tantos cursos, são imensos poemas narrativos, ou romances em versos, aparentados aos "poemas dramáticos" compostos, na era vitoriana, por ingleses como Robert Browning e sua esposa Elizabeth Barrett. Passagens e enredos bíblicos, nas ficções versificadas de Jeffers, entrelaçam-se com situações resgatadas das antigas tragédias gregas, da época medieval ou da Europa moderna, para criar conflitos violentos – traições, incestos, desesperos, estupros, crimes passionais e loucuras – que põem em cena personagens rudes que atuam, quase sempre em locais ermos, no dia a dia americano. Sempre oposto ao modernismo, cuja poesia ele afirmou na época que "estava se tornando fútil, fantástica, abstrata, irreal e excêntrica", Jeffers permaneceu fiel aos longos versos discursivos e à convicção de que sua literatura deveria "apresentar aspectos da vida que a poesia moderna tinha geralmente evitado e tentar a expressão de ideias filosóficas e científicas". Seguiu assim na contramão da ironia, da concisão, do dizer espontâneo, dos eventuais hermetismos e da inventividade formal que se impuseram à grande maioria dos poetas, em todo o mundo, como os caminhos mais promissores.

Apesar disso, em numerosos e ardorosos poemas líricos, curtos, não submissos ao encadear teatral das narrações, "ele falou repetidamente sobre a destruição do ambiente da Terra, advertindo, de modo às vezes rumoroso, quanto aos efeitos da superpopulação, da poluição e da exploração dos recursos naturais", como o biógrafo James Karman faz questão de lembrar ao defendê-lo. A imersão na natureza levou Robinson Jeffers a formular um conceito, o de inumanismo, imprescindível a seu ver para entendermos que o mundo não se fez para nós. Suas opiniões decorriam, quando o conceito tomou forma, da originalidade estampada em seu estilo de vida. Na torre de pedra que ele construiu para si à beira-mar, resolvendo questões práticas com as próprias mãos, depois de tanto trabalhar com a cabeça, o peso dos dissabores humanos lhe pareceu aumentado por um desvio de enfoque. Num texto de 1947, Jeffers escreveu que o inumanismo "se baseia num reconhecimento da beleza surpreendente das coisas em sua totalidade viva e numa aceitação racional do fato de que a humanidade não é central nem importante no universo; nossos vícios e crimes hediondos são tão insignificantes quanto nossa felicidade".

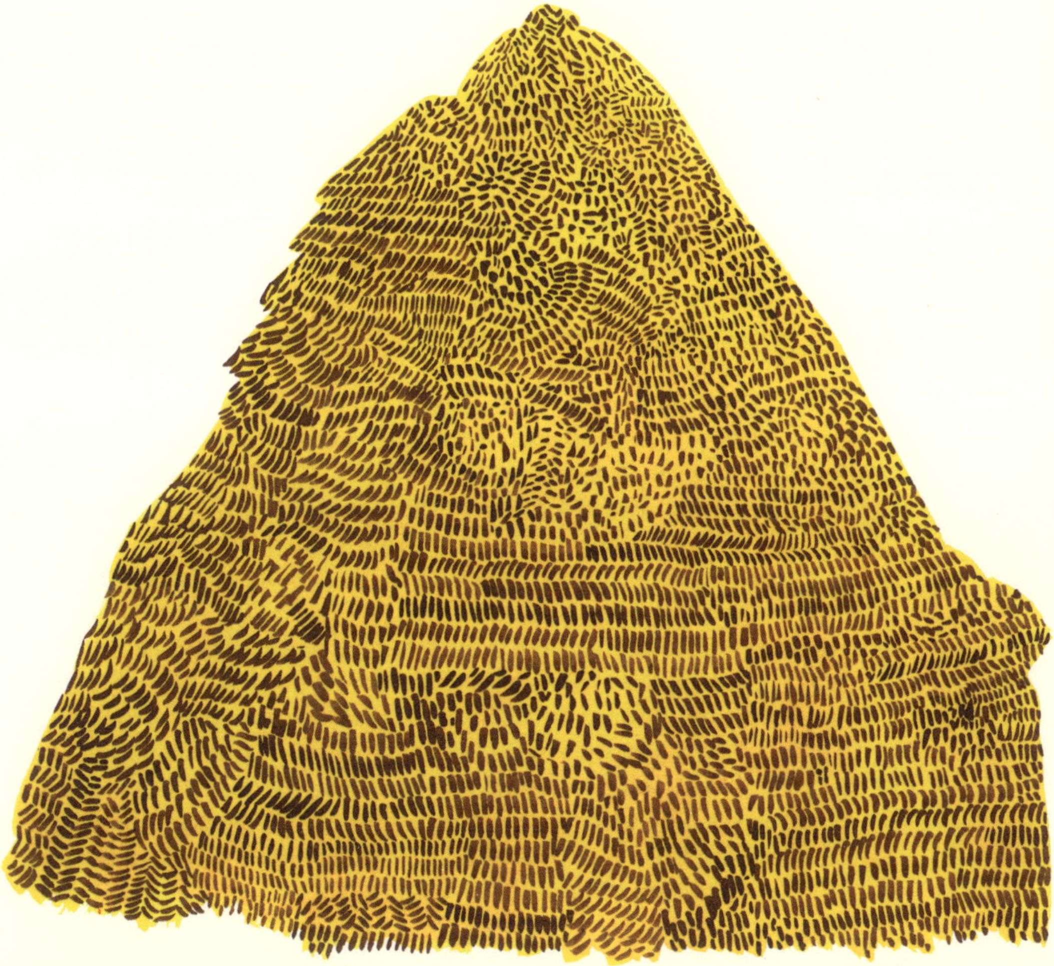

Embora eu goste, em especial, da poesia meio zen de Gary Snyder, não foi pelo valor literário, mas por me sentir atraído por suas experiências prosaicas, que ando agora nas pegadas desses poetas do campo. Seguindo-os, creio achar mais sentido em resumir-me a um "detalhe da paisagem" do que em viver amedrontado numa "floresta de nervos" onde eu talvez me perdesse, torturando-me com fabulações egocêntricas. Pelas trilhas que eles abrem, sinto o infinito prazer de estar no mundo, mas não ser apenas eu. Noto enfim que os trabalhos manuais, longe de me degradarem, me ajudam a manter o necessário equilíbrio entre corpo e mente. Pensando bem, lavar a louça que usamos talvez não seja um suplício.

REFERÊNCIAS

BATE, Jonathan. *The Song of the Earth*. [Retrospectiva histórica sobre natureza e civilização na literatura ocidental, contém análises da obra de Gary Snyder.] Cambridge: Harvard University Press, 2000.

CUNLIFFE, Marcus. *The Literature of the United States*. Harmondsworth: Penguin, 1966.

FAGUNDES VARELA, L.N. *Poesias completas*. Organização de Miécio Táti e E. Carrera Guerra. São Paulo: Companhia Editora Nacional, 1957.

FELSTINER, John. *Can Poetry Save the Earth? – A Field Guide to Nature Poems*. [Com capítulos sobre Robinson Jeffers, John Haines e Gary Snyder.] New Haven: Yale University Press, 2009.

FINCH, Robert e ELDER, John (org.). *The Norton Book of Nature Writing*. [Contém os ensaios "An Entrance to the Woods", de Wendell Berry, e "Moments and Journeys", de John Haines, além de grande variedade de textos em prosa sobre temas correlatos.] Nova York/Londres: W.W. Norton, 1990.

FISHER-WIRTH, Ann e STREET, Laura-Gray (org.). *The Ecopoetry Anthology*. [Contém poemas de Robinson Jeffers, Wendell Berry, John Haines e Gary Snyder.] San Antonio: Trinity University Press, 2013.

FRÓES, Leonardo. *Chinês com sono* seguido de *Clones do inglês*. Rio de Janeiro: Rocco, 2005.

HAINES, John. *The Stars, The Snow, The Fire – Twenty-five Years in the Northern Wilderness: A Memoir*. Saint Paul: Graywolf Press, 1989.

HAMILTON, Ian (org.). *The Oxford Companion to Twentieth-Century Poetry in English*. [Contém verbetes sobre todos os poetas americanos mencionados.] Oxford/Nova York: Oxford University Press, 1996.

HIGHET, Gilbert. *Juvenal the Satirist*. Londres: Oxford University Press, 1962.

JEFFERS, Robinson. *The Selected Poetry of Robinson Jeffers*. Organização de Tim Hunt. Stanford: Stanford University Press, 2001.

JUVENAL. *Sátiras completas*. Trad. [em versos, de 1837] Francisco Antônio Martins Bastos, intr. de José Pérez. 2. ed. São Paulo: Edições Cultura, 1945.

JUVENAL. *Satires*. Ed. bilíngue, latim-francês; trad. [em prosa], intr. e notas de Pierre de Labriolle e François Villeneuve. Paris: Les Belles Lettres, 1962.

KARMAN, James. *Robinson Jeffers, Poet and Prophet*. Stanford: Stanford University Press, 2015.

SNYDER, Gary. *A Place in Space – Ethics, Aesthetics and Watersheds*. Berkeley: Counterpoint, 2008.

_____. *The Practice of the Wild*. Berkeley: Counterpoint, 2010.

_____. *Turtle Island*. Nova York: New Directions, 1974.

WILLIAMS, Gordon. *The Nature of Roman Poetry*. Londres/Oxford/Nova York: Oxford University Press, 1970.

WILLIAMS, Raymond. *O campo e a cidade na história e na literatura*. Trad. de Paulo Henriques Britto. São Paulo: Companhia das Letras, 1989.

* Verbetes sobre John Berryman, John Haines, Wendell Berry e Gary Snyder foram também consultados em www.poetryfoundation.org.

Poeta e tradutor, **Leonardo Fróes** (1941) é autor de livros como *Língua franca*, *Sibilitz* e *Trilha* (Azougue), este último uma antologia que organizou a partir de toda sua produção poética. Traduziu, entre outros, Faulkner, Goethe, Swift e Le Clézio. Há mais de 40 anos mudou-se para um sítio em Secretário, a cerca de 100 quilômetros do Rio de Janeiro.

A oposição entre cidade e campo é tema recorrente no trabalho do desenhista e arquiteto irlandês **Nigel Peake** (1981), autor de livros como *In the City* (2013) e *In the Wilds* (2011), no qual foram publicados os desenhos reproduzidos nesta edição.

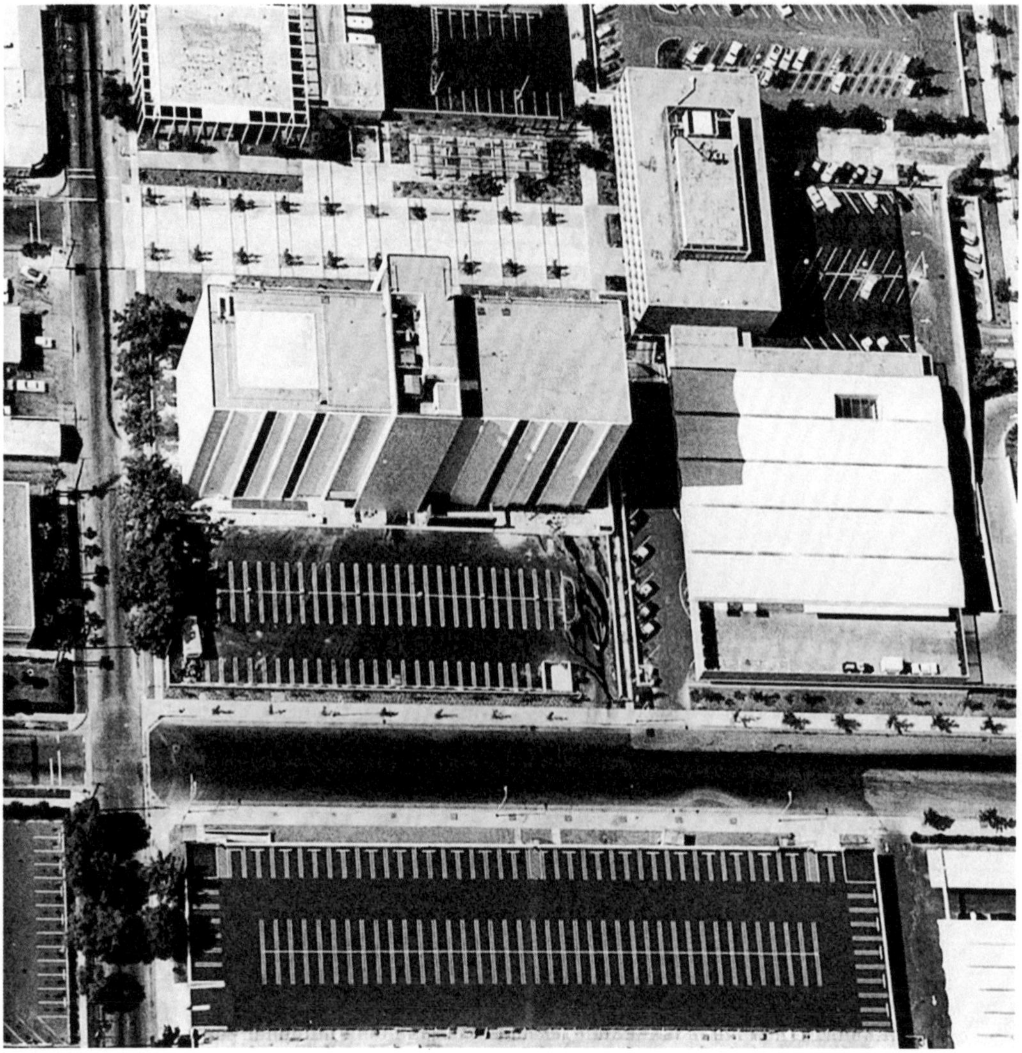

Jogo enganoso

No registro falsamente desinteressado das falas e modos de uma Los Angeles banal, Raymond Chandler faz do romance policial um dos grandes momentos do modernismo tardio

Fredric Jameson

Ed Ruscha
Fotos da série *Parking Lots*, 1967-1999

Há muito tempo, quando eu escrevia para revistas pulp, botei numa história uma frase assim: "Ele saiu do carro e andou pela calçada banhada de sol até que a sombra de um toldo bateu em seu rosto como um jato de água fria". Quando a história foi publicada, ela foi cortada. Seus leitores não gostavam desse tipo de coisa – só atrapalhava a ação. Eu me dispus a provar que eles estavam errados. Minha teoria é que os leitores *acham* que só se importam com a ação; que, na verdade, embora não saibam disso, o que importa para eles, e o que importa para mim, é a criação da emoção por meio do diálogo e da descrição.[1]

Que a literatura policial representava para Raymond Chandler algo mais que um produto comercial, moldado para fins de entretenimento popular, depreende-se do fato de ele ter chegado a ela já na idade madura, depois de uma longa e bem-sucedida carreira nos negócios. Ao publicar seu primeiro e melhor romance, *O sono eterno*, em 1939, ele tinha 50 anos e vinha estudando o formato havia mais de uma década. Os contos que escreveu durante aquele período são em sua maior parte esboços para os romances, episódios que mais tarde ele retomaria literalmente como capítulos do formato mais longo. Ele desenvolveu sua técnica imitando e retrabalhando modelos produzidos por outros escritores de literatura policial: um aprendizado deliberado e consciente numa época da vida em que a maioria dos escritores já encontrou seu estilo.

Dois aspectos de suas primeiras experiências parecem importantes para o tom pessoal de seus livros. Como executivo do ramo do petróleo, ele morou em Los Angeles durante 15 anos, até a Grande Depressão afastá-lo dos negócios, tempo bastante para perceber o que havia de singular na atmosfera da cidade, onde ocupava uma posição da qual podia ver o que era o poder e que formas ele assumia. E, embora nascido nos Estados Unidos, desde os oito anos estudou na Inglaterra, onde foi educado em uma escola de elite.

Chandler se via sobretudo como um estilista. E só usou o inglês americano do jeito que usou por manter dele um distanciamento. Nesse aspecto, sua situação não diferia muito da de Nabokov: o escritor numa língua de adoção já é um estilista por força das circunstâncias. Para ele, a linguagem nunca será espontânea; as palavras nunca poderão voltar a ser descomplicadas. A atitude ingênua e irrefletida quanto à expressão literária está a partir daí proscrita, e ele sente em sua linguagem

[1] Raymond Chandler, carta a Frederick Lewis Allen, 07.05.1948, publicada em: Dorothy Gardiner e Kathrine S. Walker (orgs.), *Raymond Chandler Speaking*. Berkeley/Los Angeles: University of California Press, 1962, p. 219.

uma espécie de densidade e resistência materiais: mesmo os clichês e lugares-comuns que para os falantes nativos não são propriamente palavras, mas comunicação instantânea, assumem em sua boca uma ressonância extravagante, são usados entre aspas, como quem expõe delicadamente algum espécime interessante: suas frases são colagens de materiais heterogêneos, de estranhos fragmentos linguísticos, figuras de linguagem, coloquialismos, nomes de lugares e expressões locais, tudo laboriosamente amalgamado numa ilusão de discurso contínuo. Nisso, a situação vivida pelo escritor num idioma emprestado já é emblemática da situação do escritor moderno em geral, para quem as palavras tornaram-se objetos. A literatura policial, como forma sem conteúdo ideológico, sem nenhuma questão explicitamente política, social ou filosófica, permite essa pura experimentação estilística.

O gênero proporciona também outras vantagens, e não é por acaso que os principais adeptos da arte pela arte no romance moderno tardio, Nabokov e Robbe-Grillet, quase sempre organizam suas obras em torno de um crime: pense em *Le Voyeur* e em *La Maison de rendez-vous*; pense em *Lolita* e *Fogo pálido*. Esses escritores e seus contemporâneos artísticos representam uma espécie de segunda onda do impulso modernista e formalista que produziu o grande modernismo das duas primeiras décadas do século 20.[2] Mas, nas primeiras obras, o modernismo foi uma reação contra a narrativa, contra o enredo: aqui, o acontecimento vazio e decorativo do crime serve como modo de organizar um material essencialmente sem enredo numa ilusão de movimento, em arabescos formalmente satisfatórios de um quebra-cabeça em desenvolvimento. No entanto, o conteúdo real desses livros é quase cênico: os motéis e as cidades universitárias da paisagem americana em *Lolita*, a ilha de *Le voyeur*, as monótonas cidades provincianas de *Les Gommes* ou de *Dans le labyrinthe*.

De forma bem parecida, pode-se defender que Chandler é um pintor da vida americana: não como o artífice daquelas réplicas da experiência americana que a grande literatura proporciona, mas principalmente através de retratos fragmentários de ambientes e lugares, percepções fragmentárias que, por algum paradoxo formal, são de certa forma inacessíveis à literatura séria.

Tomemos como exemplo uma experiência cotidiana perfeitamente insignificante, como o encontro casual de duas

---

2. Essas referências já não tão em voga devem ser explicadas pelo fato de que este texto – vamos chamá-lo estereoscópico em vez de sinóptico – é a síntese de diversas perspectivas sobre Chandler desenvolvidas ao longo de décadas. As primeiras versões apareceram em *The Southern Review* ("On Raymond Chandler", v. 6, 1970), *Littérature* ("L'Éclatementdu récit et la clôture californienne", v. 49, n. 1, 1983) e *Shades of Noir*, organizado por Joan Copjec ("The Synoptic Chandler". Verso, 1993).

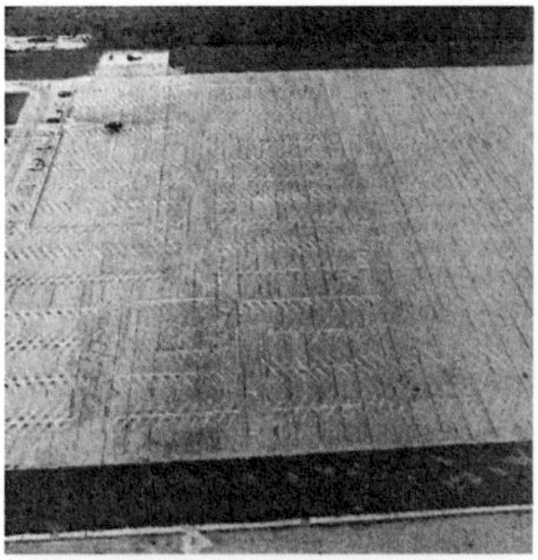
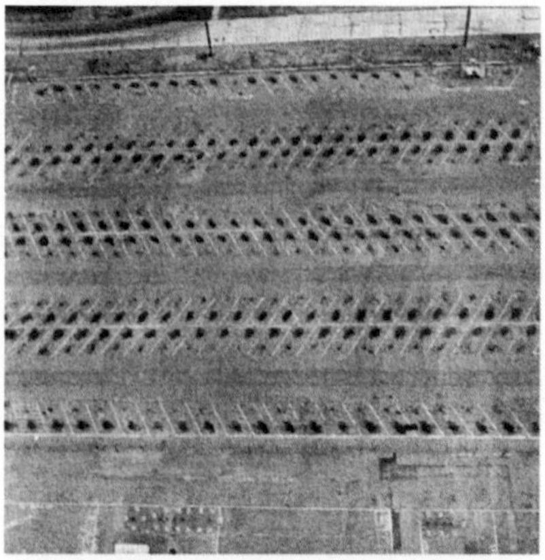
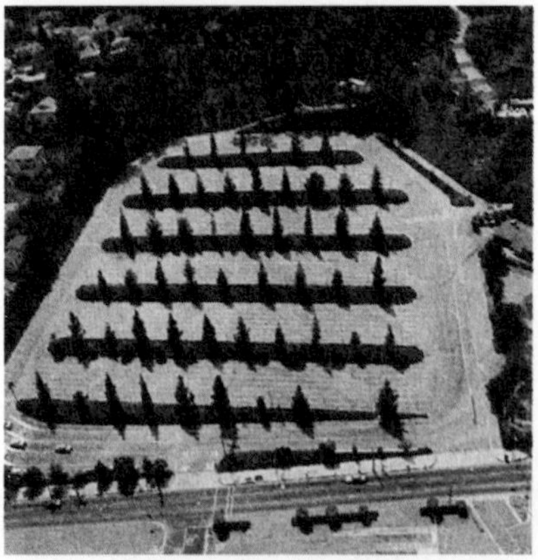
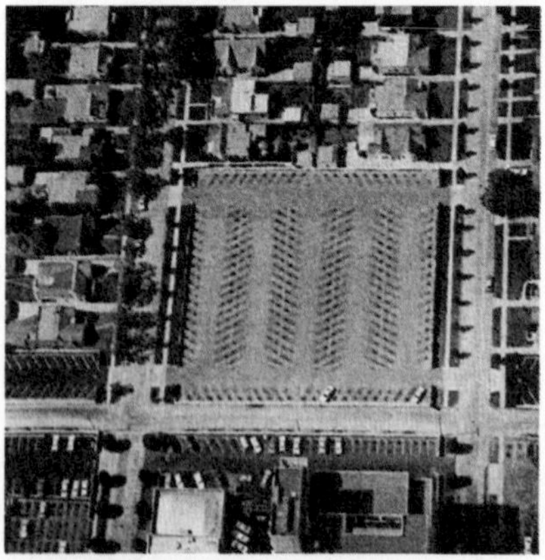
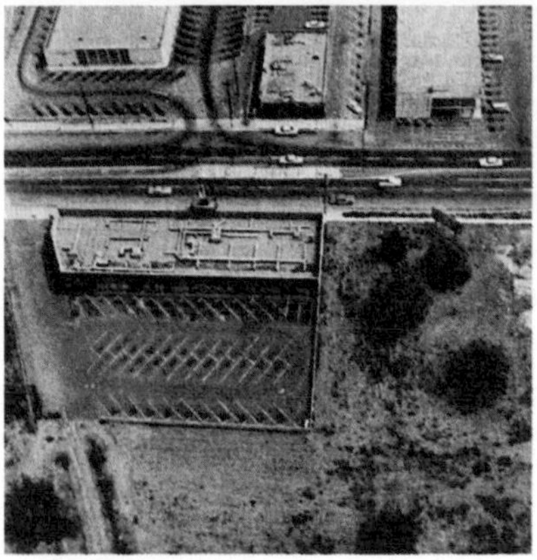
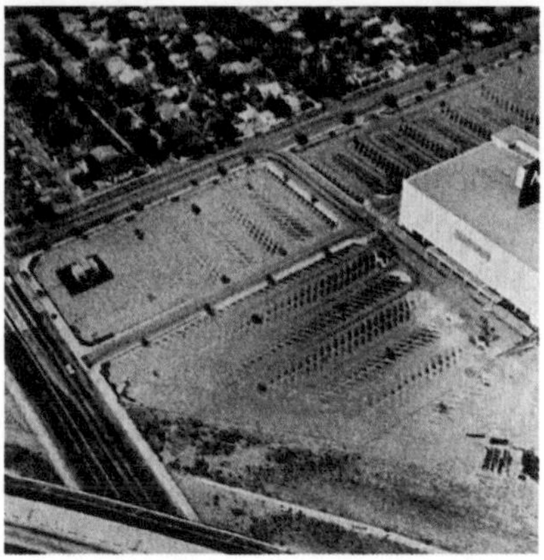

pessoas no saguão de um prédio residencial. Encontro meu vizinho abrindo a caixa de correio. Eu nunca o tinha visto antes. Olhamos um para o outro rapidamente, ele dá as costas enquanto sofre para puxar do nicho as revistas maiores, imprensadas ali dentro. Um instante como esse expressa em sua qualidade fragmentária uma verdade profunda sobre a vida americana, em sua percepção de tapetes manchados, caixas de areia que servem como escarradeiras, portas de vidro que mal fecham, tudo testemunhando o anonimato medíocre de um ponto de encontro entre as luxuosas vidas privadas que ficam lado a lado, como mônadas fechadas atrás das portas dos apartamentos: uma tristeza de salas de espera e estações de ônibus, de lugares abandonados da vida coletiva que preenchem os interstícios entre os compartimentos privilegiados da vida de classe média. Essa percepção, parece-me, é em sua própria estrutura dependente do acaso e do anonimato, do olhar vago de passagem, como da janela de um ônibus, quando a mente está voltada para alguma preocupação mais imediata: sua própria essência é não ser essencial. Por esse motivo, ela escapa aos parâmetros de registro da grande literatura. Faça dela uma epifania joyceana, e o leitor será obrigado a levar esse momento para o centro de seu mundo, como alguma coisa diretamente dotada de significado simbólico. Ao mesmo tempo, a mais frágil e preciosa qualidade da percepção ficará irrevogavelmente prejudicada, sua leveza se perderá, e ela já não poderá ser meio olhada, meio ignorada – o insignificante ganhou um significado arbitrário.

Ponha no entanto uma experiência dessas no contexto da literatura policial e tudo muda. Fico sabendo que o homem que vi nem sequer mora no meu prédio, na verdade ele estava ali abrindo a caixa de correio da mulher assassinada, e não a sua; e de repente minha atenção se volta para a percepção negligenciada e a vê de uma forma renovada, intensificada, sem danificar sua estrutura. De fato, é como se houvesse certos momentos na vida que só são acessíveis ao custo de certa falta de foco intelectual: como objetos que estão no limite de meu campo de visão e desaparecem quando me viro para olhá-los diretamente. Proust sentiu isso inequivocamente, pois todo o seu universo estético pressupõe em alguma medida um antagonismo absoluto entre espontaneidade e autoconsciência. Para ele, só podemos ter certeza do que vivemos, do que percebemos, depois de termos vivenciado a experiência em si; para ele o projeto deliberado de estar cara a cara com a experiência, no presente, é sempre fadado ao fracasso. Guardadas as devidas proporções, a peculiar estrutura temporal da melhor literatura policial é também um pretexto, um contexto mais organizado, para essa percepção isolada.

É sob essa luz que a conhecida distinção entre a atmosfera da literatura policial inglesa e a da americana deve ser entendida. Em suas *Lectures in America*, Gertrude Stein vê como traço essencial da literatura inglesa a incansável descrição da "vida cotidiana", da rotina vivida e da continuidade, nas quais os bens são diariamente recontados e avaliados, em que a estrutura básica é de ciclo e repetição. A vida americana, o conteúdo americano, por outro lado, não tem forma, está sempre a ser reinventada, uma imensidão não mapeada em que a própria noção de experiência é permanentemente questionada e revista, em que o tempo é uma sucessão indeterminada da qual se destacam uns poucos instantes decisivos, explosivos, irrevogáveis. É assim que o assassinato na plácida cidadezinha inglesa ou no enfumaçado clube de Londres é lido como sinal da escandalosa interrupção de uma continuidade pacífica, enquanto a violência subterrânea da grande cidade americana é sentida como um destino secreto, uma espécie de nêmesis espreitando sob a superfície de fortunas feitas da noite para o dia, do crescimento anárquico da cidade e de vidas privadas instáveis. Em ambas, porém, o momento da violência, aparentemente central, não passa de um desvio: a função real do assassinato na cidadezinha pacífica é fazer com que a ordem seja sentida com mais força, enquanto o principal efeito da violência na literatura policial americana é permitir que ela seja experimentada retrospectivamente, em pensamento puro, sem riscos, como um espetáculo contemplativo, que cria não tanto a ilusão de vida mas a ilusão de que a vida já foi vivida, que já tivemos contato com as fontes arcaicas daquela Experiência que para os americanos é um eterno fetiche.

II

Olhamos um para o outro com os olhos claramente inocentes de uma dupla de vendedores de carros usados. (JPM)[3]

A literatura europeia é metafísica ou formalista porque dá por resolvida a natureza da sociedade, da nação, e se desenvolve além dela. A literatura americana nunca parece ir além da definição de seu ponto de partida: qualquer retrato está necessariamente envolvido numa pergunta e numa pressuposição sobre a natureza da realidade americana. A literatura europeia pode escolher seu tema e a profundidade de suas lentes; a literatura americana se sente obrigada a abarcar tudo, sabendo que a exclusão é também parte do processo de definição e que pode ser chamada a responder tanto pelo que não diz quanto pelo que diz.

---

3. Nas referências ao longo do texto, os quatro primeiros romances de Chandler estão abreviados da seguinte forma: SE – *O sono eterno* (1939); AMQ – *Adeus, minha querida* (1940); JPM – *Janela para a morte* (1942); DL – *A dama do lago* (1943). [N. do E.]

O último grande período da literatura americana, que vai mais ou menos da Primeira à Segunda Guerra Mundial, explorou e definiu os Estados Unidos de um modo geográfico, como uma soma de localismos separados, como uma unidade por adição, uma soma ideal em seu limite externo. Desde a Segunda Guerra Mundial, porém, as diferenças orgânicas de região para região vêm sendo cada vez mais obliteradas pela padronização, e a unidade social orgânica de cada região vem sendo cada vez mais fragmentada e abstraída pela nova vida fechada de unidades familiares individuais, pelo colapso das cidades e pela desumanização dos transportes e dos meios de comunicação que levam de uma mônada a outra. Nessa nova sociedade, a comunicação, através de uma conexão abstrata, parece estar em alta – mas logo recua. As unidades isoladas estão todas assombradas pela sensação de que o centro das coisas, da vida e do controle está em outra parte, para além de sua experiência vivida imediata. As imagens principais de inter-relacionamentos nessa nova sociedade são justaposições mecânicas: casas pré-fabricadas idênticas do condomínio, espalhando-se pelas colinas; autoestradas de quatro pistas cheias de carros engarrafados, vistos de cima, abstratamente, pelo helicóptero que monitora o trânsito. Se existe uma crise na literatura americana atual, ela deve ser compreendida no contexto desse ingrato material social, em que só uma jogada de mestre pode produzir a ilusão de vida.

Chandler está em algum ponto entre essas duas situações literárias. Toda a sua formação, seu modo de pensar e de ver as coisas, deriva do período do entreguerras. Mas, pelo mero acaso de viver em Los Angeles, o conteúdo social de sua obra antecipa a realidade dos anos 1950 e 1960. Porque Los Angeles já é uma espécie de microcosmo e uma previsão do país como um todo: uma cidade nova, sem centro, na qual as diversas classes perderam contato umas com as outras porque cada uma delas está isolada em seu próprio compartimento geográfico. Se o símbolo da coerência e da abrangência da sociedade foi proporcionado pelo edifício parisiense do século 19 (dramatizado no *Pot-Bouille* de Zola), com sua loja no térreo, moradores ricos no segundo e terceiro andares, os pequeno-burgueses mais acima e os quartos de empregados, para criadas e serviçais, no topo, Los Angeles é o oposto, estendida horizontalmente, uma dispersão dos elementos da estrutura social.

Já que não existe uma experiência privilegiada em que o todo da estrutura social possa ser captado, deve-se inventar uma figura que se sobreponha à sociedade como um todo, cuja rotina e modo de vida sirvam de alguma forma para amarrar suas partes separadas e isoladas. O equivalente seria o romance picaresco, em que um único personagem salta de uma situação a outra, ligando episódios "pitorescos" mas não intrinsecamente relacionados. Agindo assim, o detetive volta de alguma forma a satisfazer as exigências de uma função de conhecimento e não de uma experiência vivida. Por meio dele podemos ver e conhecer a sociedade como um todo, mas ele não passa de fato por uma experiência social genuína. É claro que a origem da literatura policial se encontra na criação da polícia profissional, cuja organização pode ser atribuída menos ao desejo de prevenir o crime em geral do que à determinação dos governos modernos de conhecer e, desse modo, controlar os diversos elementos de suas áreas administrativas. Os grandes detetives da Europa continental (Lecoq, Maigret) são geralmente policiais, mas nos países anglo-saxões, em que o controle do governo sobre os cidadãos se exerce de modo mais sutil, o detetive particular, de Holmes ao Philip Marlowe de Chandler, assume o lugar do funcionário público até o retorno do procedimento policial no pós-guerra.

Como explorador involuntário da sociedade, Marlowe visita cada um desses lugares para os quais você não olha, ou aqueles para os quais não pode olhar: os anônimos ou os poderosos e secretos. Ambos têm algo da estranheza com que Chandler caracteriza a delegacia de polícia: "Um repórter de polícia de Nova York escreveu uma vez que, quando você passa pela luz verde à entrada de uma delegacia, você está passando claramente deste mundo para um lugar fora do alcance da lei" (DL). De seu ponto de vista, ele capta essas partes da cena americana que são tão impessoais e despojadas quanto salas de espera: prédios de escritórios deteriorados, o elevador com a escarradeira e o ascensorista sentado num banco ao lado dela; interiores de escritórios encardidos, o do próprio Marlowe em particular, visto a todas as horas do relógio, naqueles momentos em que esquecemos que os escritórios existem – tarde da noite, quando os demais escritórios estão às escuras, de manhã cedo, antes que o trânsito comece –; delegacias de polícia; quartos e saguões de hotel, com os então característicos vasos de palmeiras e poltronas exageradamente fofas; pensões com zeladores que fazem negócios ilegais às escondidas. Todos esses lugares se caracterizam por pertencerem à massa, ao lado coletivo de nossa sociedade: lugares ocupados por pessoas sem rosto, que não deixam rastros de sua personalidade; em resumo, a dimensão do intercambiável, do inautêntico.

> Do edifício saíam mulheres que deviam ser jovens, mas tinham o rosto como cerveja choca; homens com chapéus bem enfiados na cabeça, e olhos ligeiros que veem a rua por cima da mão em concha que protege a chama do fósforo; intelectuais cansados com tosse de fumante e sem dinheiro no banco; policiais com cara de granito e olhos fixos; cheiradores e traficantes; gente que não tem nada de particular em sua aparência e sabe disso, e de vez em quando até homens que vão mesmo para o trabalho. Mas estes saem cedo, quando as calçadas esburacadas estão vazias e ainda têm gotas de orvalho. (JPM)

A apresentação desse tipo de material social é muito mais frequente na arte europeia do que na americana: como se de certa forma nós quiséssemos saber alguma coisa sobre nós mesmos, algum segredo da pior espécie, desde que não fosse esse anonimato sem nome e sem rosto. Mas basta comparar o

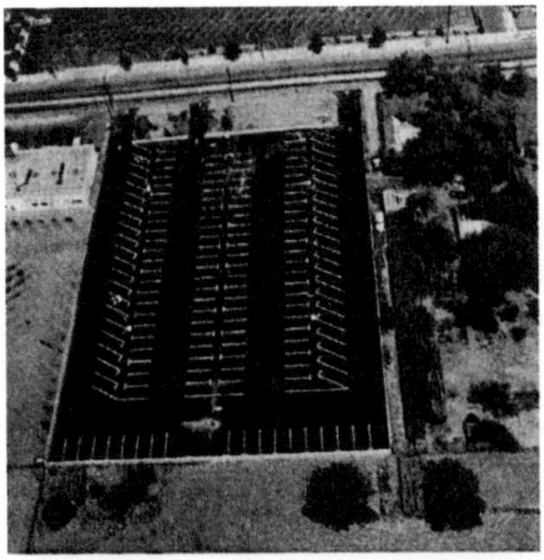

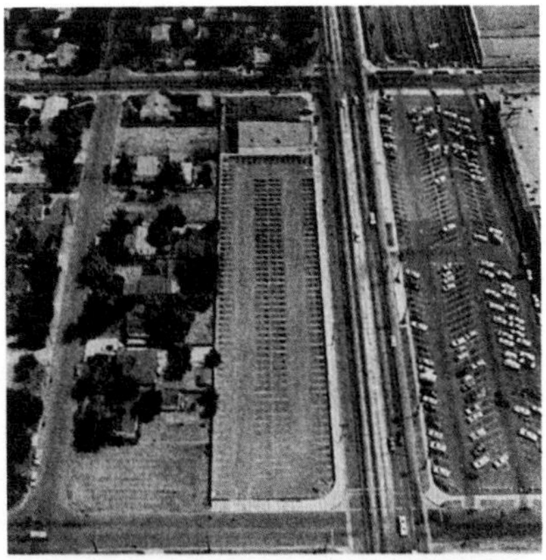

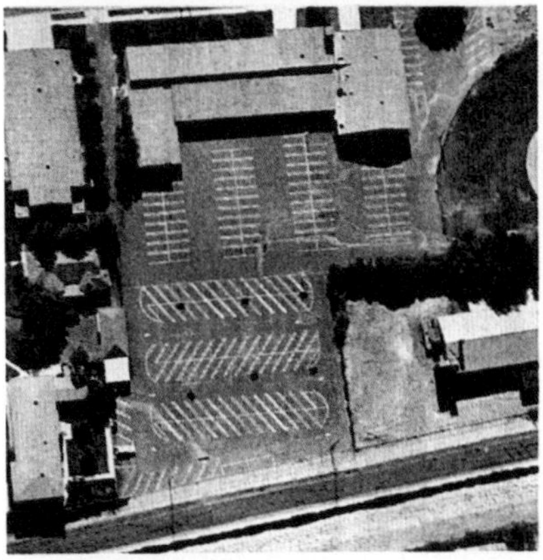

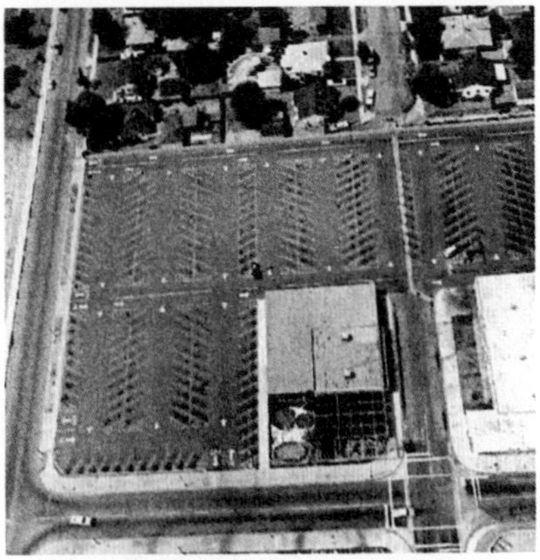

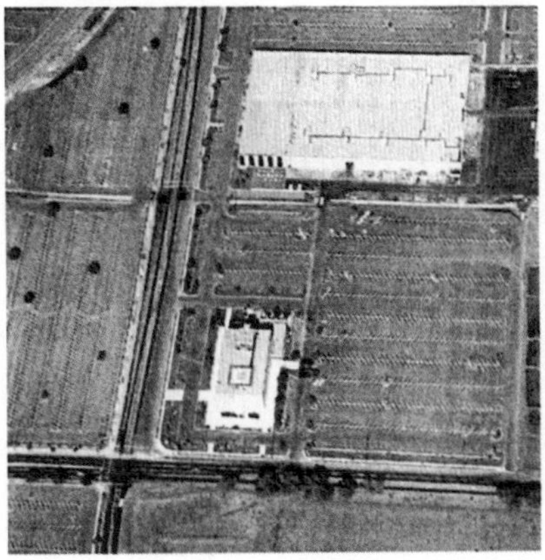

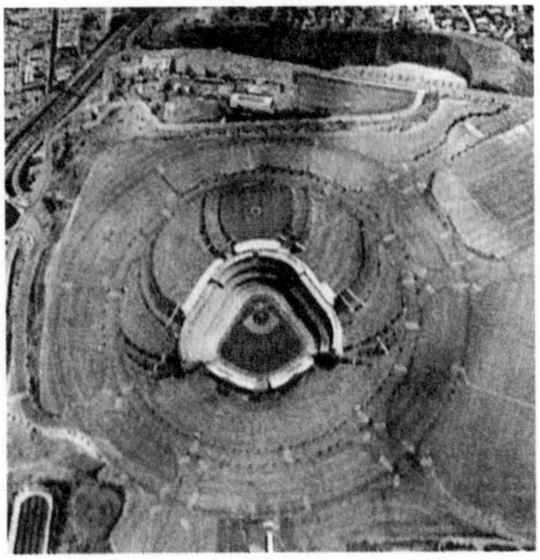

rosto dos atores e figurantes de quase todo filme europeu ao dos americanos para notar a ausência, nos nossos, das lentes mais cruas e a dessemelhança entre a representação visual e os traços das pessoas que estão na rua à nossa volta. O que torna isso um pouco mais difícil de observar é que, claro está, nossa visão da vida é condicionada pela arte que conhecemos, que nos treinou não para ver a textura do rosto das pessoas comuns, mas para investi-lo de glamour fotográfico.

O outro lado da vida americana com que Marlowe toma contato é o inverso do que dissemos anteriormente: a grande propriedade, com seu séquito de empregados, motoristas e secretárias; e em torno disso as várias instituições que cuidam da riqueza e preservam seu sigilo: os clubes particulares, isolados em estradas particulares nas montanhas, patrulhados por seguranças particulares que só permitem a entrada de sócios; clínicas onde se pode conseguir drogas; cultos religiosos particulares; hotéis de luxo com equipes de vigilância; navios-cassinos particulares, ancorados fora do limite das três milhas; e, um pouco além, a polícia local corrupta que governa uma municipalidade em nome de um único homem, ou de uma família, e protege os vários tipos de atividade ilegal que brotam para satisfazer o dinheiro e suas vontades.

O retrato dos Estados Unidos pintado por Chandler, no entanto, tem também um conteúdo intelectual: é o avesso, a realidade concreta mais obscura, de uma ilusão intelectual abstrata sobre o país. O sistema federativo e a arcaica Constituição federal criaram nos americanos uma imagem dupla da realidade política de seu país, um sistema binário de pensamentos políticos que nunca se cruzam. De um lado, uma glamorosa política nacional, em que lideranças distantes investem-se de carisma, atributo irreal e notável que adere à sua atuação na política externa, com seus programas econômicos com aparência consistente segundo a conveniência de ideologias ligadas ao liberalismo ou ao conservadorismo. Do outro lado, a política municipal, com seu ódio, sua corrupção sempre presente, seus acordos e sua perpétua preocupação com problemas materialistas e nada dramáticos como o descarte de esgoto, regras de zoneamento, impostos sobre a propriedade e assim por diante. Os governadores estão a meio caminho entre os dois mundos, mas para que um prefeito se torne senador, por exemplo, é preciso uma metamorfose geral, a transformação de uma espécie em outra. De fato, as qualidades percebidas no macrocosmo político são apenas ilusórias, a projeção do oposto dialético das qualidades reais do microcosmo: todos estão convencidos da sujeira da política e dos políticos no âmbito municipal, e quando se vê tudo em termos de interesse, a ausência de ganância torna-se a característica que deslumbra. Como o pai cujos defeitos são invisíveis aos próprios filhos, os políticos nacionais (com exceções ocasionais surpreendentes) parecem estar além do interesse pessoal, e isso confere um prestígio automático a seus negócios profissionais, eleva-os a um patamar retórico inteiramente diferente.

No âmbito do pensamento abstrato, a estabilidade predeterminada da Constituição tem como principal efeito dificultar o desenvolvimento de uma teorização política especulativa e substituí-la por um pragmatismo integrado ao sistema, o cálculo de contrainfluências e possibilidades de concessão. O pensamento abstrato envolve uma espécie de reverência, e o concreto, um cinismo descarado. Como em certos tipos de obsessão e dissociação mental, os americanos são capazes de perceber a injustiça, o racismo, a corrupção, a incompetência educacional no âmbito local, enquanto continuam a alimentar um otimismo sem limites quanto à grandeza do país como um todo.

Nos livros de Chandler, a ação transcorre no microcosmo, na obscuridade de um mundo local sem o benefício da Constituição federal, num mundo sem Deus. O choque literário depende do hábito desse duplo modelo político na cabeça do leitor: é só porque estamos acostumados a pensar na nação como um todo, em termos de justiça, que ficamos chocados com as imagens de pessoas exercendo o poder num condado de modo tão absoluto como se estivessem num país estrangeiro. Nesse outro lado do federalismo, o aparato de poder local está além de qualquer recurso; o governo da força bruta e do dinheiro é completo e não se distingue por nenhum ornamento teórico. Numa estranha ilusão de óptica, a selva reaparece nos subúrbios.

Nesse sentido, a honestidade do detetive pode ser entendida como um órgão perceptivo, uma membrana que, irritada, serve para indicar, com sua sensibilidade, a natureza do mundo que a cerca. Pois se o detetive for desonesto, sua tarefa se resume à questão técnica de como cumprir uma determinada missão remunerada. Se for honesto, será capaz de sentir a resistência das coisas, de permitir uma visão intelectual do que está se passando no âmbito da ação. E o sentimentalismo de Chandler, que adere aos eventuais personagens honestos dos primeiros livros e que talvez seja mais forte em *O longo adeus*, é o contrário e o complemento dessa visão, um alívio temporário dela, uma compensação por seu irremediável desconsolo.

O percurso do detetive é episódico por causa da natureza atomizada, fragmentária da sociedade na qual ele transita. Nos países europeus, por mais solitárias que sejam as pessoas, elas ainda assim estão de alguma forma inseridas na substância social; a própria solidão é social; sua identidade está indissoluvelmente enredada à de todos os demais por um sistema claro de classes, de língua nacional, naquilo que Heidegger chama de *Mitsein*, o ser-com-os-outros.

A forma dos livros de Chandler reflete, no entanto, a separação entre as pessoas, primordial nos Estados Unidos, e sua necessidade de serem ligadas por alguma força externa (o detetive) caso devam se encaixar como partes do mesmo quebra-cabeça. E essa separação se projeta sobre o próprio espaço: não importa que a rua em questão esteja cheia, os diversos tipo de solidão nunca convergem realmente numa experiência coletiva, há entre elas sempre uma distância. Cada escritório encardido está separado do outro; cada quarto da pensão, do quarto ao lado; cada moradia, da calçada diante dela. É por isso que o principal *leitmotiv* dos livros de Chandler é a pessoa de pé, olhando para fora do próprio mundo, perscrutando vaga ou atentamente o interior de outro mundo:

> Do outro lado da rua havia uma funerária italiana, limpa, silenciosa, reticente, de tijolo pintado de branco, no nível da calçada. Capelas Funerárias Pietro Palermo. O fino letreiro verde de neon repousava sobre a fachada, com ar pudico. Um homem alto, vestido de preto, saiu pela porta da frente e se encostou na parede branca. Era muito bonito. Era moreno e tinha e uma bela cabeleira grisalha penteada para trás. Sacou o que àquela distância parecia ser uma cigarreira de prata ou platina e esmalte preto, abriu-a languidamente com dois longos dedos marrons e escolheu um cigarro de filtro dourado. Deixou de lado a cigarreira e acendeu o cigarro com um isqueiro que parecia fazer par com ela. Deixou-a de lado, cruzou os braços e ficou olhando para o nada com os olhos semicerrados. Da ponta de seu cigarro imóvel saía uma fina coluna de fumaça que passava reta diante de seu rosto, fina e reta como a fumaça de uma fogueira apagando-se ao amanhecer. (JPM)

Em termos alegóricos ou psicológicos, essa figura na soleira da porta representa a Suspeita, e a suspeita está em toda parte nesse mundo, espreitando por trás de uma cortina, barrando a entrada, negando-se a responder, protegendo a privacidade da mônada contra bisbilhoteiros e invasores. Suas manifestações características são o serviçal que volta para o corredor, o homem no estacionamento ouvindo um barulho, o vigia de uma fazenda deserta olhando pela janela, o zelador da pensão dando uma outra olhada no andar de cima, o segurança aparecendo na entrada.

Daí que o principal contato do detetive com as pessoas é mais externo; ele tem encontros breves com elas, na entrada de suas casas, com um objetivo específico, e suas personalidades emergem contra a corrente, hesitantes, hostis, estupefatas, à medida que reagem às várias perguntas e dão respostas arrastadas. Mas, vista de outro modo, a própria superficialidade desses encontros com os personagens tem motivações artísticas, porque os personagens são, em si, pretextos para suas falas, e a natureza do que falam é de certa forma externa, indicativa de tipos, fórmulas, frases banais trocadas com estranhos:

> Os olhos dela recuaram e o queixo os seguiu. Ela fungou com força. "Você andou bebendo", disse ela friamente.
> "Extraí um dente. O dentista me deu."
> "Eu não gosto disso."
> "É muito ruim, só serve como remédio, eu disse."
> "Não gosto nem como remédio."
> "Acho que você tem razão", eu disse. "Ele deixou algum dinheiro para ela? O marido?"

"Não sei." Sua boca estava do tamanho de uma ameixa e tão macia quanto. Eu tinha perdido. (JPM)

Esse tipo de diálogo é característico também do jovem Faulkner; é muito diferente do diálogo de Hemingway, muito mais pessoal e fluente, criado a partir de dentro, de alguma forma restabelecido e reexperimentado pelo autor. Clichês e falas estereotipadas ganham vida porque, por trás delas, há certa forma de emoção protetora que se pode sentir no trato com desconhecidos: uma espécie de beligerância ou hostilidade extrovertida, ou o divertimento do nativo, ou uma conveniente indiferença provocante – uma capacidade de comunicação sempre matizada ou colorida por uma atitude. E toda vez que o diálogo de Chandler, que nos primeiros livros é muito bom, resvala desse nível particular para alguma coisa mais íntima e mais expressiva, ele começa a titubear. Isso porque seu forte é o discurso padrão de inautenticidade, de externalidade, e deriva diretamente da profunda lógica orgânica de seu material.

Na arte dos anos 1920 e 1930, no entanto, esse diálogo tinha o valor de um esquematismo social. Um conjunto de tipos sociais e categorias jaziam sob ele, e o diálogo era em si mesmo uma maneira de demonstrar a coerência e a peculiar organização da sociedade, de apreendê-la em miniatura. Qualquer pessoa que tenha visto filmes da Nova York dos anos 1930 sabe que a caracterização linguística influencia a imagem da cidade como um todo: os diversos tipos étnicos e profissionais, o taxista, o repórter, o policial, o playboy da alta sociedade, a moça rebelde, e assim por diante. Desnecessário dizer que a decadência desse tipo de filme é consequência da desintegração dessa imagem da cidade, dessa organização da realidade. Já a Los Angeles de Chandler era uma cidade desestruturada, e os tipos sociais aqui não são nem de longe tão característicos. Por um acidente histórico, Chandler pôde tirar proveito da sobrevivência de um modo puramente linguístico e tipológico de criar seus personagens, depois que o sistema de tipos que o sustentava já estava desaparecendo. Um último suspiro, antes que os contornos em dissolução da sociedade fizessem esses marcadores linguísticos desaparecerem também, deixando o romancista diante do problema da ausência de um modelo por meio do qual o diálogo pudesse ser julgado realista.

Em Chandler, a apresentação da realidade social é, portanto, imediata e diretamente problematizada pela própria linguagem. Não restam dúvidas de que ele inventou um estilo diferente, com seu humor e imaginário próprios, seu movimento especial próprio. Mas o traço mais impressionante dessa linguagem é o uso da gíria, e nisso as observações de Chandler são instrutivas:

> Tive de aprender o inglês americano como uma língua estrangeira. Para usá-lo, tive de estudá-lo e analisá-lo. Por isso, quando uso gíria, coloquialismos, calão ou qualquer tipo de fala não convencional, faço isso deliberadamente. O uso literário da

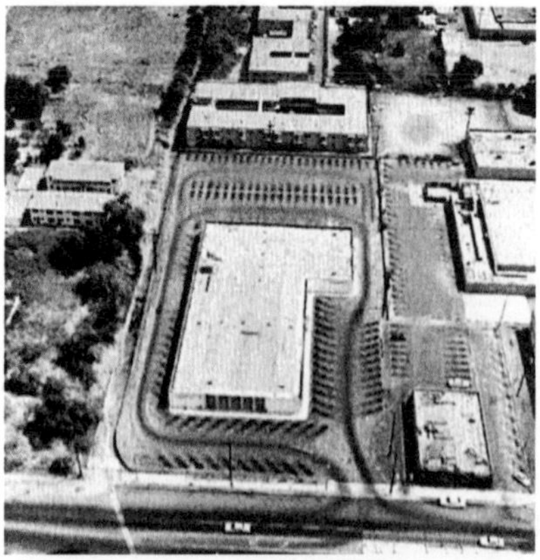
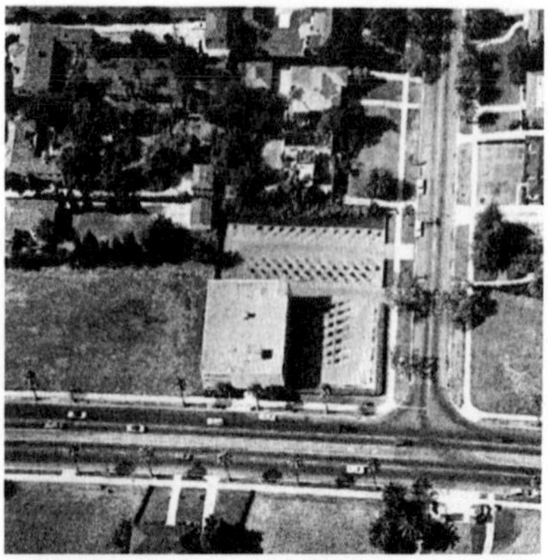
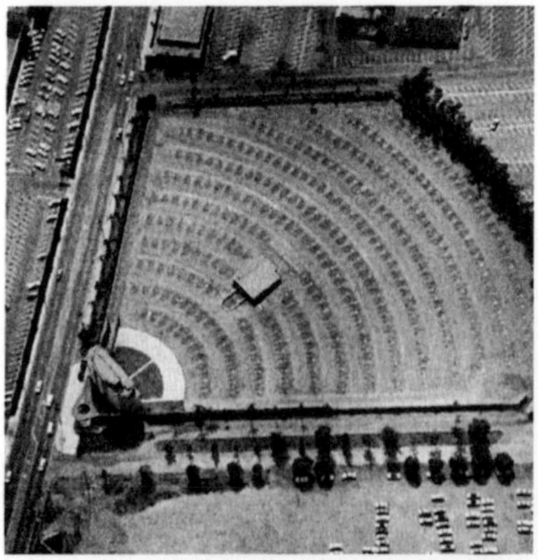
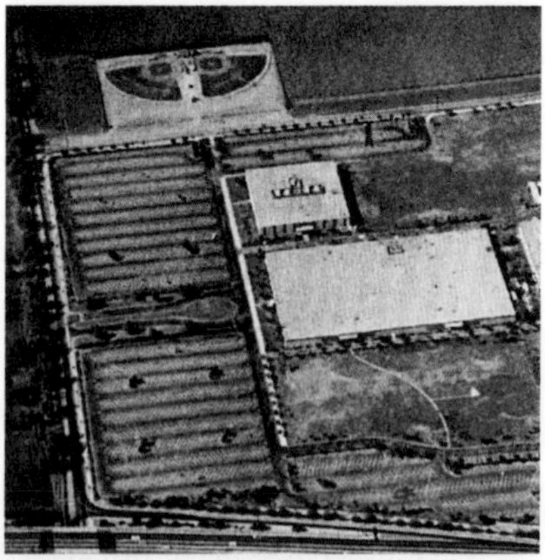
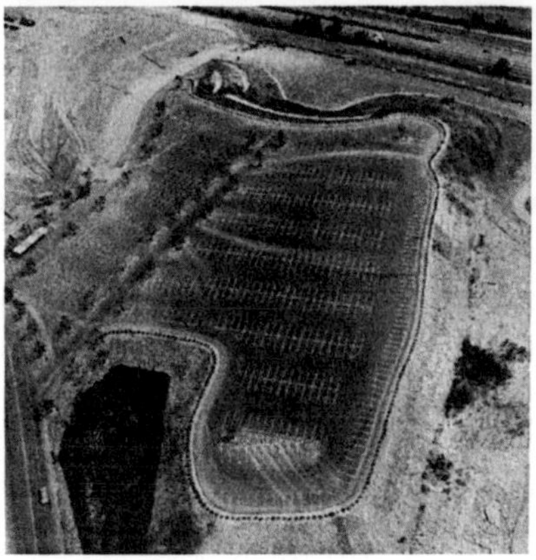
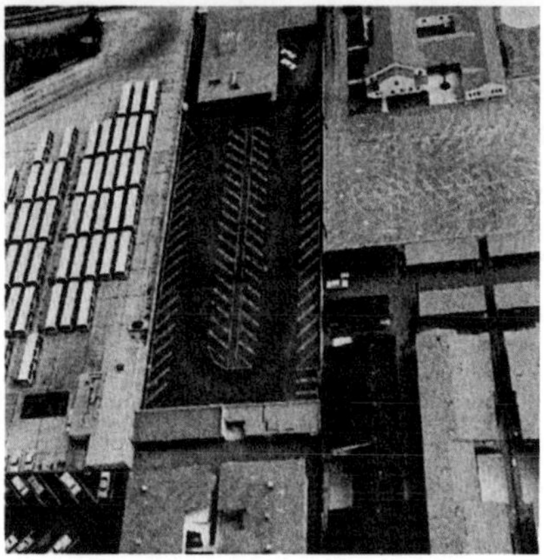

gíria é essencialmente um experimento. Descobri que só existem dois tipos de gíria que podem servir: a que se estabeleceu na fala e a que você mesmo constrói. Tudo o mais corre o risco de ficar ultrapassado antes de ser impresso...[4]

Chandler comenta o uso que O'Neill fez da expressão "the big sleep"[5] em *The Iceman Cometh*: "[Ele] acreditou que era uma expressão aceita no submundo. Se foi assim, eu gostaria de saber de onde ele tirou isso, já que fui eu que inventei a expressão."

A gíria, porém, é altamente reproduzível e impessoal por natureza: existe tão objetivamente quanto uma piada, passada de mão em mão, sempre em algum lugar, nunca sendo propriedade plena de seu usuário. Nisso, o problema literário da gíria forma um paralelo, no microcosmo do estilo, com o problema da apresentação da própria sociedade reproduzível nunca plenamente presente em qualquer de suas manifestações, sem um centro privilegiado, oferecendo a alternativa impossível entre um conhecimento lexical objetivo e abstrato dela como um todo e uma experiência concreta vivida de seus componentes sem valor.

III

Parte da atração que os livros de Chandler exercem sobre nós é nostálgica. Eles são um tipo de objeto que chamávamos *camp* como, dentre outras coisas, filmes de Humphrey Bogart, algumas revistas em quadrinhos, histórias de detetive, filmes de monstros. A arte pop é a principal manifestação contemporânea desse interesse nostálgico. Não é diferente da arte sobre outra arte, já que apesar de sua simplicidade ela tem em si dois níveis: uma expressão externa simplificada e uma atmosfera interna de época, que é seu objeto, evocada por balões, pela retícula da impressão dos jornais, pelo rosto emaciado de celebridades e personagens imaginários bem conhecidos. Mais do que arte sobre a arte, seria mais exato dizer que é arte cujo conteúdo não é a experiência direta, mas artefatos culturais e ideológicos já formados.

Ainda resta explicar a experiência da nostalgia. Não é uma constante de todas as épocas e, no entanto, quando aparece, geralmente se caracteriza por uma ligação com um momento

[4]. Carta a Alex Barris, 18.03.1949, publicada em: *Raymond Chandler Speaking*, p. 80.

[5]. *The big sleep* é o título original do romance de Chandler publicado no Brasil como *O sono eterno*. A expressão, que mais tarde entrou em uso corrente, aparece no livro como um eufemismo para a morte, na cena em que se diz que um personagem "está dormindo o sono eterno". O filme baseado no romance, estrelado por Humphrey Bogart e Lauren Bacall, foi lançado aqui com o título *À beira do abismo*.

do passado completamente diferente do nosso, que proporciona uma espécie de alívio mais completo do presente. Os românticos, por exemplo, reagiram ao surgimento da sociedade industrial retomando, da história ou de viagens, exemplos de sociedades campestres, hierarquicamente organizadas. Setores limitados de nossa sociedade continuam sentindo essa espécie de nostalgia, da América jeffersoniana, por exemplo, ou das condições do Velho Oeste. Ou satisfazem sua nostalgia de modo concreto, pelo turismo em países cuja vida e costumes são equivalentes a alguma etapa pré-capitalista do desenvolvimento histórico.

A nostalgia que dá origem à arte pop toma seu objeto do período imediatamente anterior ao nosso, aparentemente de uma perspectiva histórica mais ampla não muito diferente: todos os seus objetos vêm de um período muito frequentemente evocado apenas como "os anos 1930", que na verdade vai do New Deal ao começo da Guerra Fria, com um hiato durante a Segunda Guerra Mundial. Esse período é marcado por movimentos políticos e ideológicos fortes que, com a revitalização da vida política nos anos 1960, passaram também a ser objeto de admiração e nostalgia. Mas eles foram resultados, não causas, e estão longe de serem seus traços mais significativos.

A atmosfera de certo período se cristaliza antes de mais nada em seus objetos: os ternos jaquetão, os vestidos longos da moda, os cabelos armados, os modelos dos carros. Mas nossa nostalgia desse tempo em especial é diferente da evocação de objetos do passado, como peças de museu, porque se dirige não tanto ao estilo de vida que está por trás deles, mas aos próprios objetos. Ela visa a um mundo como o nosso em suas condições gerais – industrialismo, capitalismo de mercado, produção em massa – e diferente dele apenas por ser um tanto mais simples. É em parte um fascínio pela datação, pelo envelhecimento, pela passagem do tempo em si: é como ver fotos de si mesmo em roupas fora de moda para ter uma intuição direta da mudança, da historicidade. (E, sem dúvida, a existência do cinema como forma responde muito pela intensidade peculiar dessa nostalgia: podemos não apenas ver o passado vivo diante de nós, tangivelmente, sem ter de confiar em nossa própria imaginação, como, mais do que isso, sentir pessoalmente esse passado vendo o envelhecimento de jovens atores que se tornaram familiares a nós, ou vendo filmes de nosso próprio passado de que mal nos lembramos.) Mas essa historicidade é, em si, um objeto histórico. Está tão longe do ciclo ritualístico das estações do ano quanto a rotatividade da moda. É uma mudança rápida, intimamente ligada à produção e à comercialização de objetos para a venda.

Isso porque o começo da Guerra Fria marcou também o começo do grande *boom* do pós-guerra, e com ele veio a prodigiosa expansão da publicidade, o uso da televisão como meio mais vívido e sugestivo de vender produtos similares que competem entre si – um meio que mistura esses produtos à nossa vida mais do que o jornal ou o rádio.

Os produtos mais antigos tinham certa estabilidade, certa permanência de identidade que ainda pode ser captada aqui e ali em áreas rurais, onde sinais esparsos apontam para o vínculo com uns poucos objetos indispensáveis. No campo, a marca ainda é sinônimo do próprio objeto: um carro é um Ford, um isqueiro é um Ronson, um chapéu é um Stetson. Nessa primeira etapa de marketing de produtos industriais, a marca exige uma identidade estável, relativamente imutável, para que seja identificada e adotada pelo público, e a publicidade um tanto primária e simplificada é um mero modo de recordar alguma coisa já familiar na cabeça do público. Na verdade, os anúncios tendem a se fundir com a imagem da própria marca, mas, precisamente por esse motivo, nesse período os anúncios mudam muito pouco e têm também uma espécie de estabilidade própria. Assim, os tipos antigos de produtos permanecem relativamente integrados à paisagem dos objetos naturais; ainda satisfazem necessidades facilmente identificáveis, desejos que continuam a ser percebidos como "naturais". Permanecendo a meio caminho entre a natureza (terra, clima, alimento) e a realidade humana, eles correspondem a um mundo em que a atividade principal é superar a resistência da natureza e das coisas, e no qual a necessidade e o desejo se erguem como função dessa luta.

Com o *boom* do pós-guerra, porém, o lucro passou a situar-se na rápida mudança e na evolução dos produtos, não mais em sua estabilidade e identidade. Essa proliferação e transformação selvagem de objetos comercializáveis podem ser observadas em automóveis, cigarros, sabonetes e muitas outras coisas. Não se pode sequer atribuir a responsabilidade disso ao progresso científico ou tecnológico (a invenção dos cigarros com filtro, a transmissão automática ou o *long-play*). Pelo contrário, a maior parte das inovações técnicas já era possível antes; elas só são chamadas à cena quando as mudanças frequentes de estilo se tornam desejáveis. A causa dessa alteração integral em nosso ambiente de compras mostrará ter dois lados: em primeiro lugar, a riqueza e a diversificação cada vez maiores das várias empresas fabricantes, que já não precisam depender de uma única marca e podem agora inventar e suprimir marcas a seu bel-prazer; em segundo, a autonomia cada vez maior da publicidade, capaz de destacar rapidamente qualquer número de novos objetos desconhecidos – numa espécie de tempo de exposição em que a familiaridade mais velha e mais vagarosa é reproduzida artificialmente por estímulos incessantes.

O que está sendo criado nessa exposição à publicidade não é bem um objeto, um novo tipo de coisa física, mas uma necessidade ou desejo artificial, uma espécie de símbolo mental ou ideológico pelo qual a ânsia de comprar se associa a um tipo especial de embalagem e rótulo. Evidentemente, numa situação em que a maior parte das necessidades básicas já está satisfeita, é preciso criar outras mais novas e mais especializadas para continuar vendendo produtos. Mas a mudança tem também sua dimensão psicológica e corresponde à transição de uma economia de produção para uma economia de prestação de serviços.

Um número cada vez menor de pessoas trabalha com objetos como ferramentas, ou com objetos naturais, como matérias-primas; e um número cada vez maior de pessoas trabalha com coisas que são semi-ideias, marketing e objetos de consumo que nunca se deixam apreender como materialidade pura, como produto do trabalho exercido sobre coisas resistentes. Nesse mundo, as necessidades são sublimadas em satisfações mais simbólicas; o desejo inicial não é a solução de um problema material, mas o estilo e as conotações simbólicas do produto a ser adquirido.

Os problemas da vida num mundo assim são radicalmente diversos daqueles do mundo mais ou menos simples de necessidades e resistência física que o precedeu. Eles supõem uma luta não contra coisas e sistemas de poder relativamente sólidos, mas contra fantasmas ideológicos, porções de matéria espiritualizada, solicitações de diversas miragens e desejos oníricos, uma vida elevada ao quadrado, não fortalecida e intensificada, mas apenas refinada e confusa, incapaz de se firmar na realidade das coisas.

Um mundo como esse apresenta, sem dúvida, problemas difíceis para o artista que tenta registrá-lo. Está cheio de problemas meramente espiritualizados ou, em nossa terminologia, meramente "psicológicos", que não parecem manter uma relação direta, observável, com as realidades objetivas da sociedade. Em seu limite superior, apresentados por si só, esses problemas se perdem em sutilezas e em introspecção desinteressante, embora a apresentação das próprias realidades objetivas choque o leitor por ser antiquada e sem nenhuma relevância para sua experiência vivida.

As consequências mais imediatas e visíveis dessa situação são, porém, estilísticas. Na época de Balzac, objetos manufaturados, produtos, tinham um interesse intrínseco para o romance, e não apenas por moldarem o gosto e a personalidade de seus donos. Nesse primeiro período do capitalismo industrial, eles estavam em processo de serem inventados e comercializados por contemporâneos, e enquanto alguns livros contam a história de sua evolução e exploração, outros permitem que os produtos fiquem silenciosos ao redor ou atrás dos personagens, como testemunhas da natureza do mundo que está sendo criado naquele momento e do estágio que as energias humanas foram capazes de alcançar. Na era dos produtos estáveis, no entanto, à qual pertencem os livros de Chandler, já não existe percepção nenhuma da energia criativa personificada num produto: eles simplesmente estão ali, em um pano de fundo industrial permanente, que chegou a se parecer ao da própria natureza. Agora a missão do autor é fazer o inventário desses objetos para demonstrar, pela completude de seu catálogo, como ele sabe se orientar no mundo das máquinas e produtos de máquinas, e é nesse sentido que as descrições de mobília e do estilo das roupas femininas funcionarão: como denominação, sinal de conhecimento e domínio. E nos limites desse tipo de linguagem, as próprias marcas: "Entrei, passando por ele, em uma agradável sala imersa em penumbra, com um tapete chinês adamascado que parecia muito caro, poltronas, diversos abajures de cúpulas brancas, um grande Capehart num canto" (DL); "Tirei uma garrafa de Old Taylor pela metade do gavetão da escrivaninha" (JPM); "O cheiro adocicado de seu Fatima envenenava o ar para mim" (JPM). (Hemingway é com certeza o campeão no uso desse estilo pontuado de marcas, que, no entanto, permeou toda a literatura dos anos 1930.)

Ao chegarmos a *Lolita*, de Nabokov, aquele inventário de objetos tipicamente americanos de todos os cantos do país, a atitude em relação a eles tinha mudado de modo sensível. Exatamente para que suas descrições fossem representativas, Nabokov hesita em usar os nomes comerciais dos produtos: a razão estética – de que essa linguagem é geralmente de natureza diversa da linguagem da narrativa e não pode ser introduzida abruptamente nela – é parte de uma compreensão mais geral de que o produto físico em si já foi dissolvido há muito tempo como permanência. Como as "substâncias" da filosofia, da matemática, das ciências naturais, ele perdeu há muito tempo sua essência e tornou-se o lócus de um processo, um ponto de encontro de manipulação social e de matéria-prima humana. Quando ocasionalmente usa marcas, Nabokov escolhe nomes comerciais inventados imitando os reais e, dessa forma, o uso que faz deles é um modo de interpretar não o produto, mas o processo de denominação. Em geral, porém, ele menciona a balbúrdia de produtos comerciais no cenário americano visto de fora como pura aparência, sem nenhuma referência à funcionalidade, pois, na nova cultura americana dos anos 1950, a funcionalidade, qualquer uso prático para satisfação de necessidade ou desejo, já não tem grande importância ou interesse.

A famosa caixa de sabão em pó Brillo da arte pop representa uma atitude diferente em relação aos objetos: a tentativa de capturá-los não em sua realidade material, mas em sua realidade histórica e datada, como em determinados momento e estilo do passado. É um fetiche que representa o desejo de voltar a um período em que havia ainda certa distância entre os objetos, quando a paisagem manufaturada ainda tinha certa solidez. A caixa de Brillo é um modo de nos fazer olhar para um simples produto comercial na esperança de que nossa visão de tudo o que está a nossa volta seja transformada, que nosso novo olhar dará às coisas profundidade e solidez, o significado de objetos e produtos relembrados, o fundamento e as dimensões físicas do mundo mais antigo da necessidade.

O desenho das histórias em quadrinhos faz mais ou menos a mesma coisa pelo mundo da cultura, tão congestionado quanto as ondas do rádio com fragmentos de histórias, personagens imaginários, todo tipo de fantasias manufaturadas baratas, mesmo quando o jornal e a verdade histórica tiverem sido assimilados aos produtos da indústria do entretenimento. Agora, de repente, todas as figuras e formas flutuantes são simplificadas, estampadas com exagero, infladas e reduzidas ao tamanho dos devaneios infantis. A transferência para o

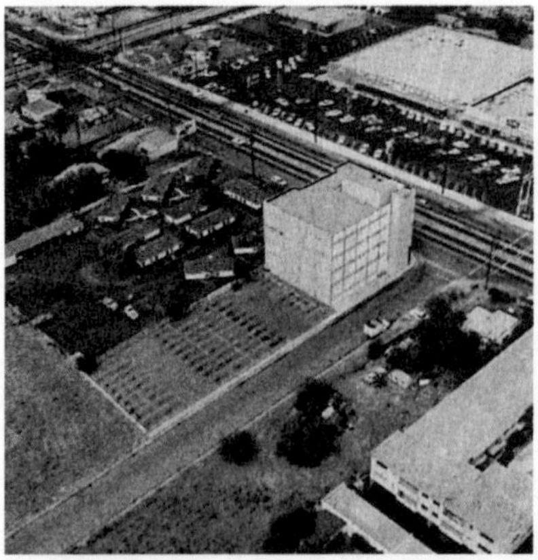
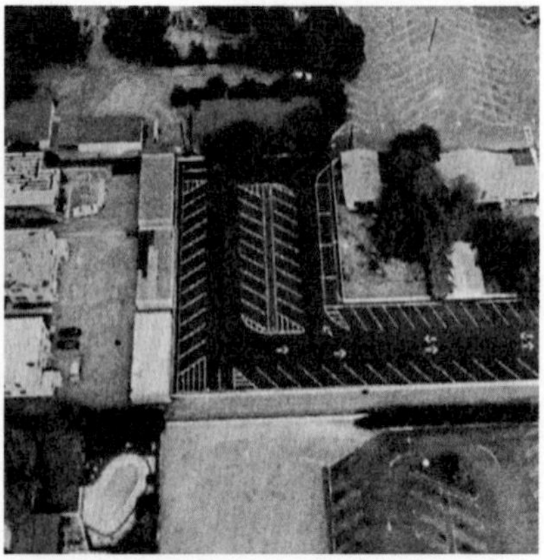
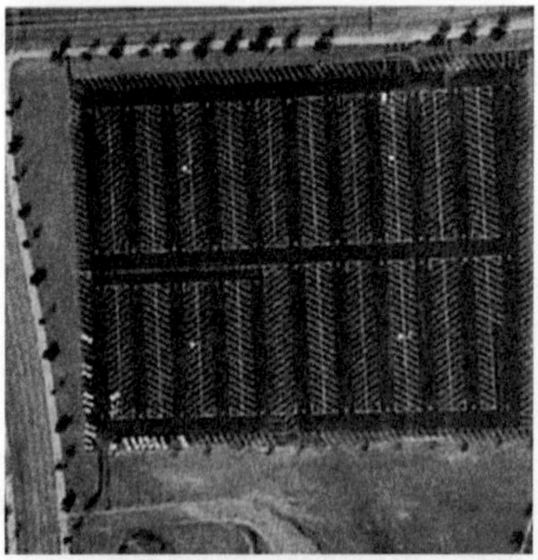
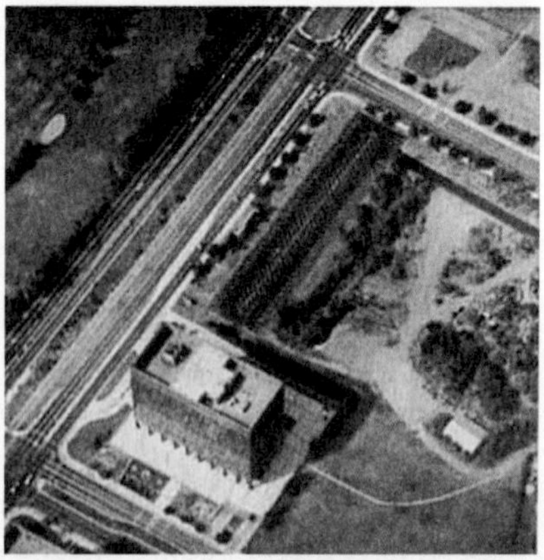
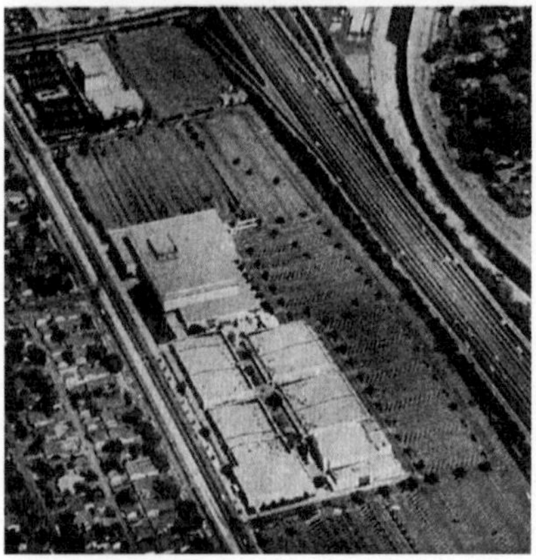
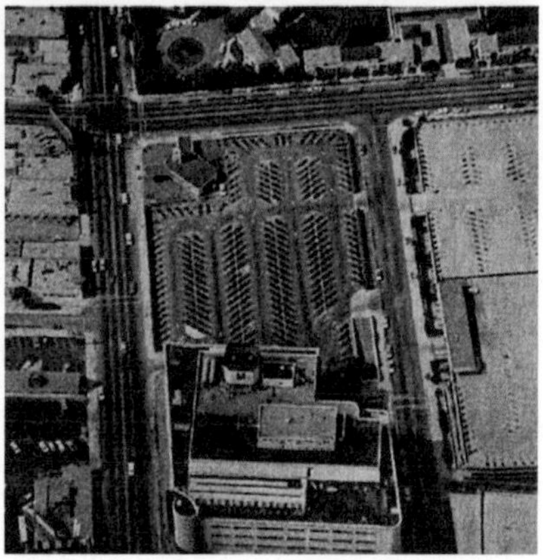

objeto fixo que é a pintura acontece como imitação do que a criança consume materialmente dos próprios quadrinhos, que ela manipula e usa como objetos. Porque a nostalgia desse mundo antigo opera tão fortemente sobre as formas quanto sobre o conteúdo de seus materiais. Humphrey Bogart, por exemplo, obviamente representa o herói que sabe se orientar em meio à perigosa anarquia do mundo dos anos 1930 e 1940. Ele se destaca de outros astros de sua época por ser capaz de mostrar medo, e seu medo é o órgão de percepção e exploração do mundo obscuro que jaz ao redor dele. Como imagem, ele se relaciona a Marlowe (de fato, coincide mais ou menos com ele na versão cinematográfica de *O sono eterno*) e a um descendente de um herói de Hemingway da primeira parte do mesmo período, em que os traços do *know-how* puramente técnico eram ainda mais pronunciados.

Por outro lado, o resgate de sua figura tem também uma dimensão formal, estejamos ou não conscientes dela. Porque em nosso reconhecimento de Humphrey Bogart como herói da cultura inclui-se a nostalgia pelo filme mais curto, de 90 minutos, em preto e branco, em que ele tradicionalmente aparece, e, além disso, pelo período da história desse veículo quando a obra se fazia de uma forma reduzida e fixa, numa série de obras pequenas em vez de produções isoladas, enormes, caríssimas. (Essa evolução na indústria do cinema é paralela ao movimento da literatura séria, que se distancia das formas fixas do século 19 e se encaminha para as formas inventadas por cada um, conscientemente estilísticas e individuais, do século 20.)

Assim, a percepção dos produtos com que o mundo ao nosso redor é guarnecido precede nossa percepção das coisas em si e das formas que há nele. Primeiro usamos os objetos; só depois, gradualmente, aprendemos a ficar longe deles e a contemplá-los desinteressadamente, e é dessa maneira que a natureza comercial daquilo que nos circunda influencia e molda a produção de nossas imagens literárias, marcando-as com o caráter de certo período. No estilo de Chandler, o período se identifica em seu traço mais característico, a comparação exagerada, cuja função é ao mesmo tempo isolar o objeto em questão e indicar seu valor: "Ela usava um pijama branco-ostra debruado de pele, de corte tão frouxo quanto o mar de verão espumando na praia de alguma ilha pequena e exclusiva" (SE); "mesmo na Central Avenue, que não é a rua mais convencional do mundo em matéria de vestimenta, ele chamava atenção da mesma forma que uma tarântula sobre uma fatia de manjar branco" (AMQ); "havia uma mesa e um escrevente noturno com um desses bigodes que ficam presos debaixo da unha" (DL); "esse é o extremo final do cinturão de *fog* e o começo daquela região semidesértica em que o sol é tão luminoso e seco quanto uma velha cereja de manhã, quente como uma fornalha ao meio-dia, e cai como um tijolo zangado no crepúsculo" (DL).

Como nos filmes de detetive, a voz do narrador funciona em contraponto às coisas vistas, elevando-as subjetivamente por meio de suas próprias reações a elas, por meio da poesia que suas comparações lhe emprestam, deixando-as cair novamente na realidade sórdida e medíocre através do humor inexpressivo que desautoriza o que ele acaba de sustentar. Porém, enquanto os filmes já apresentam uma estrutura dividida de imagem e som, prontas para se contrapor uma a outra, a obra literária deve investir em alguma divisão mais profunda de seu próprio material. Esse tom só é possível contra o pano de fundo de uma certa uniformidade reconhecível nos objetos, entre os quais a comparação bizarra serve como pausa, traçando um círculo momentâneo em torno de um deles, fazendo-o destacar-se como característico de uma das duas zonas do conteúdo do romance, seja muito cara, ou muito ordinária. Evita o prosaico banal e naturalista por um lado, e o poético e irreal por outro, numa delicada concessão dada pelo tom da narrativa. E como em sua essência é um relato falado, ela se torna um testemunho, assim como as gravações de velhas canções ou velhos comediantes, do que era a vida cotidiana num mundo similar o bastante ao nosso para parecer longínquo.

IV

Na minha teoria, os leitores *pensavam* que só se importavam com a ação; na verdade, embora eles não soubessem, aquilo com que se importavam, e com que eu me importava, era a criação de emoção por meio do diálogo e da descrição. As coisas de que eles se lembravam, as que os impressionavam, não eram, por exemplo, que um homem fosse morto, mas que no momento de sua morte ele estivesse tentando pegar um clipe da superfície lustrosa de uma mesa e que este lhe escapasse, de modo que em seu rosto houvesse uma expressão de tensão, que sua boca estivesse meio aberta numa espécie de ricto atormentado e que a última coisa no mundo em que ele estivesse pensando fosse a morte. Ele nem sequer ouviu a morte bater à porta. O danado do clipe continuou escapando de seus dedos.[6]

6. Carta a Frederick Lewis Allen, 07.05.1948, publicada em: *Raymond Chandler Speaking*, p. 219.

Os romances de Raymond Chandler não têm uma forma única, mas duas: uma forma objetiva e uma subjetiva, a estrutura externa rígida do romance policial, de um lado, e um ritmo mais caracteristicamente pessoal de acontecimentos, do outro. Elas são combinadas, como na obra de qualquer romancista original, de acordo com alguma cadeia molecular ideal nas células do cérebro, tão pessoais em seu arranjo encefalográfico quanto uma impressão digital, habitada por fantasmas recorrentes, personagens obsessivos, atores de algum drama psicológico esquecido em que o mundo social continua a ser interpretado. No entanto, as duas formas não entram em conflito; pelo contrário, a segunda parece ter sido gerada a partir da primeira justamente pelas contradições internas daquela. Com efeito, ela decorre de uma espécie de fórmula usada por Chandler:

> Parece com frequência a este escritor em particular que a única forma razoavelmente honesta e eficaz que resta para mobilizar o leitor é fazê-lo exercitar sua mente no problema errado, fazê-lo, como se diria, solucionar um mistério (já que é quase certo que ele solucionará alguma coisa) que vai levá-lo a um desvio, porque é apenas tangencial ao problema principal.[7]

7. "Casual Notes on the Mystery Novel" (1949), in *Raymond Chandler Speaking*, p. 69.

O romance policial não é apenas um modo intelectual de conhecer fatos, é também um quebra-cabeça em que as faculdades de análise e raciocínio devem ser exercitadas, e Chandler aqui simplesmente generaliza uma técnica de engambelar o leitor. Em vez da inovação que só funcionaria uma vez (a mais famosa das quais é, sem dúvida, a de Agatha Christie em *O assassinato de Roger Ackroyd*, em que o assassino acaba sendo o próprio narrador), ele inventa um princípio para a construção do enredo como tal.

Claro que é a presença desse tipo de construção do enredo em todos os seus livros, a persistência desse objetivo intelectual fixo, que os deixa tão parecidos no que diz respeito à forma. Ainda assim, os dois aspectos das obras parecem dificilmente comparáveis, parecem envolver diferentes dimensões que se desencontram: o propósito intelectual é puramente temporário, ele se anula quando tem sucesso, quando o leitor percebe que foi enganado e que a solução real deve ser encontrada em outro lugar. A forma é, por outro lado, mais de caráter espacial: mesmo depois que a leitura temporal do livro acaba, temos um sentimento de que ela continua a se desdobrar diante de nós em um padrão, e os primeiros e equivocados volteios do enredo (que o raciocínio puro rejeita como um preenchimento ilusório assim que vislumbra o segredo do quebra-cabeça) permanecem para a imaginação da forma como parte integral da estrada percorrida, da experiência vivida. Nos livros de Chandler, portanto, somos confrontados com o paradoxo de algo de pouca densidade e ressonância na origem de um sólido incomparavelmente maior, uma espécie de nada criando o ser, de uma sombra projetando tridimensionalidade de si mesma. É como se um objeto projetado para um fim puramente prático, uma espécie de máquina, de repente começasse a ser interessante num nível diferente de percepção – no nível estético, por exemplo – porque os instrumentos técnicos mais negativos de Chandler, a fórmula quantitativa para o puro engodo intelectual dada anteriormente pelo próprio Chandler, são responsáveis, numa espécie de acidente dialético, pela natureza qualitativa positiva de suas formas, seus movimentos episódicos e desequilibrados, as emoções e os efeitos característicos referentes a elas.

O engodo inicial ocorre no livro como um todo, na medida em que ele se faz passar pela investigação de um assassinato. As histórias de Chandler, na verdade, são antes de mais nada descrições de buscas, em que há um assassinato envolvido, e que às vezes terminam com o assassinato da pessoa procurada. O resultado imediato dessa mudança formal é que o detetive já não habita a atmosfera do pensamento puro, da solução do quebra-cabeça e da resolução de um conjunto de elementos dados. Pelo contrário, ele é projetado de seu mundo para o espaço e obrigado a ir de um tipo de realidade social a outro, incessantemente, tentando encontrar pistas do paradeiro de seus clientes.

Uma vez em movimento, a busca tem resultados inesperadamente violentos. É como se o mundo do começo do livro, o imaginário sul da Califórnia de Chandler, permanecesse numa espécie de equilíbrio precário, um equilíbrio de grandes e pequenos sistemas de corrupção, num silêncio tenso como se as pessoas se esforçassem para ouvir. O surgimento do detetive rompe o equilíbrio, instaura os diversos mecanismos de suspeita, à medida que ele cruza os limites, bisbilhotando e prenunciando problemas de um modo que ainda não está claro. O resultado é uma série de assassinatos e espancamentos: é como se eles já existissem, em estado latente, como se os atos que os desencadearam já tivessem sido cometidos, como substâncias químicas justapostas, esperando o acréscimo ou a subtração de um único elemento para completar a reação que nada poderá deter. O surgimento do detetive é esse elemento que permite que as causas determinantes sigam de repente seu curso, para explodir em chamas ao ar livre.

Como já ficou claro na descrição que o próprio Chandler faz de sua construção do enredo, porém, essa trilha do banho de sangue é uma pista falsa plantada para induzir o leitor a enxergar a culpa no lugar errado. O desvio não é desonesto, na medida em que a culpa revelada no percurso é também bastante real, mas simplesmente não é aquela de que se ocupa diretamente o livro. Daí a natureza episódica do enredo que opera por desvios: os personagens são traçados de uma maneira reforçada e nítida porque nunca voltaremos a vê-los. Toda a sua essência precisa ser revelada num único e breve encontro. Ainda assim, esses

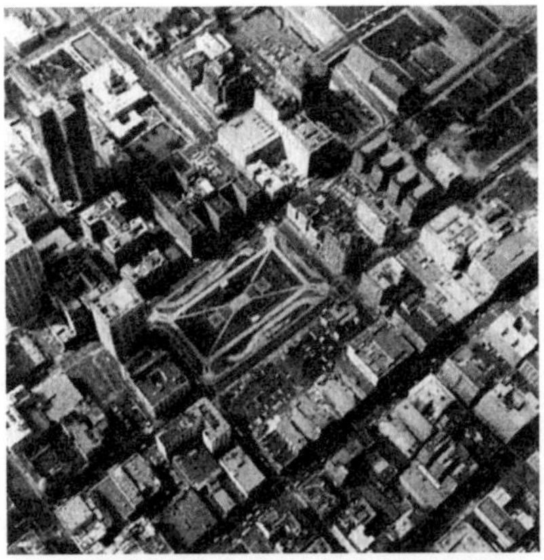
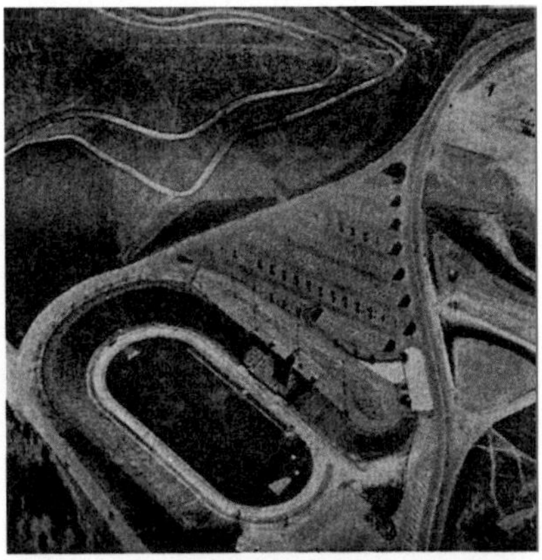
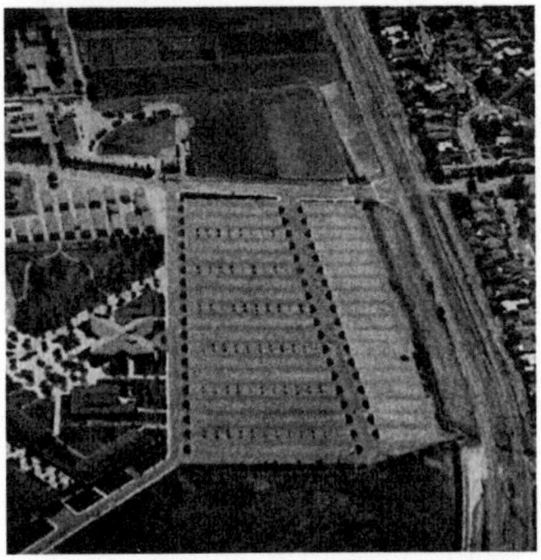
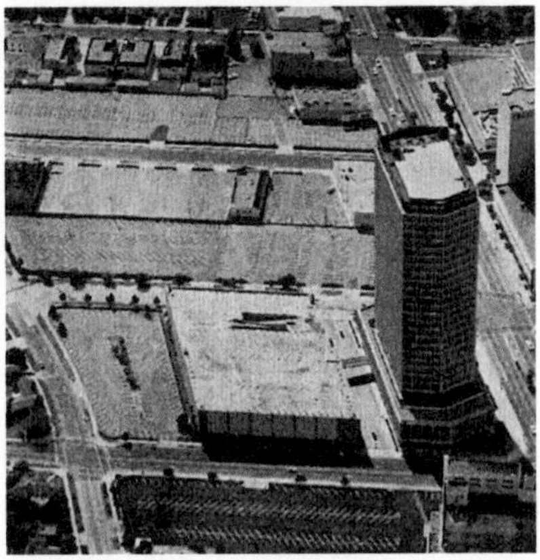
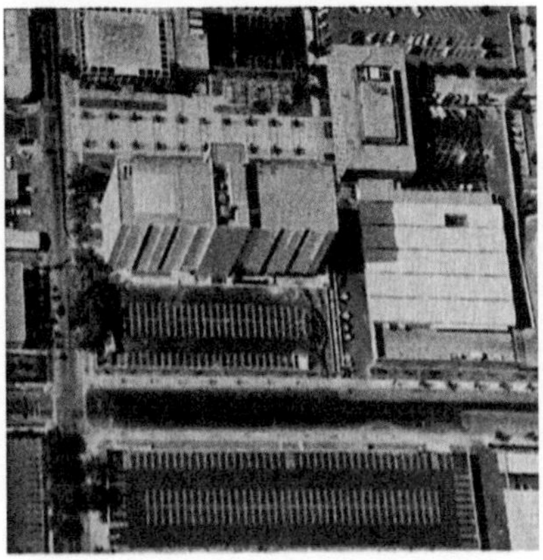
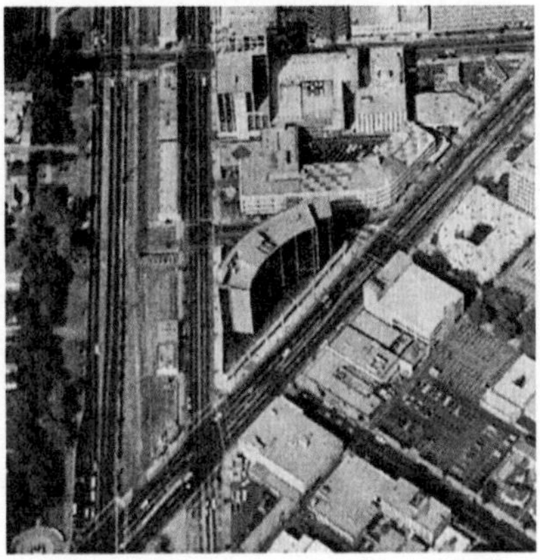

encontros acontecem num plano da realidade diferente daquele em que se desenrola o tema central. E não é só porque a função intelectual de nossa mente esteja ocupada avaliando-os e escolhendo-os (eles estarão ou não relacionados de alguma forma à busca?) num conjunto de operações que ela não tem de executar sobre os materiais do enredo principal (o cliente e sua casa, a pessoa buscada e suas conexões). A própria violência e os próprios crimes aqui são apreendidos de um modo diferente: como são tangenciais e secundários para nós, ficamos sabendo deles de um modo não muito realista (romanesco) mas lendário, como se tivéssemos ouvido falar de violência ocasional pelos jornais ou pelo rádio. Nosso interesse por eles é puramente anedótico, o que já constitui em si uma espécie de distanciamento deles. Daí em diante, saibamos disso ou não, esses personagens do enredo secundário existem para nós numa dimensão diferente, como se vistos através de uma janela, como barulhos vindos dos fundos de uma loja, histórias incompletas, atividades não relacionadas acontecendo na sociedade que nos cerca ao mesmo tempo que ocorrem as nossas atividades.

O clímax do livro deve, portanto, envolver uma volta ao começo, ao enredo e aos personagens iniciais. Obviamente, a pessoa mais procurada deve ser encontrada. Mas, de modo talvez menos óbvio, o culpado (já que de alguma maneira um assassinato, um crime, está sempre envolvido na busca) deve ser, de uma forma ou de outra, um membro da família, um cliente ou membro de seu *entourage*. Os romances de Chandler são todos variações desse esquema, combinações e permutações quase matematicamente previsíveis dessas possibilidades básicas: a pessoa desaparecida está morta, e o cliente matou-a, ou o desaparecido é culpado, e o corpo encontrado é de alguma outra pessoa, ou tanto o cliente quanto um membro de seu *entourage* são culpados, e quem desapareceu na verdade não está realmente desaparecido, e assim por diante.

Em certo sentido, esse modelo é em si mesmo pouco mais do que uma variação da lei do culpado menos provável, já que não faria sentido que um criminoso procurasse um detetive e lhe pedisse para solucionar um crime que ele mesmo cometeu. E aqui há um choque sociológico secundário: a comparação entre todos os assassinatos secundários relativamente institucionalizados (crime organizado, violência policial) e o crime doméstico, privado, que é o acontecimento central do livro e que, a sua própria maneira, acaba sendo tão sórdido e violento.

A principal explicação para esse modelo de retorno ao começo, no entanto, pode ser encontrada na revelação ritual do assassino. Uma espécie de satisfação intelectual deve ser derivada da demonstração de que tal ou qual personagem menor, encontrado brevemente como que de passagem, tem que ser o assassino, mas já vimos que o resultado emocional da revelação do assassino depende de certa familiaridade com sua máscara de inocência; e em Chandler os únicos personagens com quem ficamos tempo bastante para desenvolver essa familiaridade, que chegamos a conhecer com alguma profundidade, são os da abertura, daquilo que chamamos enredo principal.

(Em romances policiais engenhosos e metafísicos como *Les gommes*, de Robbe-Grillet, e *Ein Mord den jeder begeth*, de Doderer, a lógica inerente a essa situação é levada a uma conclusão, e o assassino acaba sendo o próprio detetive, naquela equação abstrata de Eu = Eu, que Hegel viu como fonte de toda identidade consciente. De modo mais freudiano, imitadores de Chandler como Ross Macdonald fizeram experiências com situações nas quais, depois de uma busca pelo tempo e pelo espaço, o criminoso e a vítima, ou o cliente e o criminoso, acabam se relacionando, numa variação edipiana da relação entre gerações. No entanto, em tudo isso, o romance policial simplesmente segue a tendência básica de todos os enredos literários ou tramas em geral, marcados pela solução da multiplicidade na volta a alguma unidade primeva, pelo retorno a um ponto de partida primevo, com o casamento do herói com a heroína e a recriação da célula familiar unitária original, ou a revelação das origens misteriosas do herói, e assim por diante.)

Por outro lado, seria um equívoco identificar as histórias de Chandler com aquelas que, em seu efeito final, se ajustam à descrição que fizemos da revelação do assassino no romance policial clássico. Porque aqui a descoberta do assassino é apenas a metade de uma revelação mais complicada, e ocorre não apenas como clímax de um mistério sobre o assassinato, mas também o de uma busca. A busca e o crime servem como centro alternativo para nossa atenção, numa espécie de intrincado padrão gestáltico; cada qual serve para mascarar os aspectos mais fracos e menos convincentes do outro, cada qual serve para capturar a visão borrada do mágico e do simbólico do outro para reorientá-la numa clareza crua e sórdida. Quando nossa mente segue o motivo do crime, a busca deixa de ser mera técnica literária, pretexto no qual encaixar uma série de episódios, e se investe de uma espécie de fatalidade deprimente, como um movimento circular que vai se estreitando. Quando, pelo contrário, pensamos na busca como centro organizador dos eventos expostos, o crime se torna um acidente sem objetivo, o sem sentido emergindo de uma trama, de uma trilha.

Com efeito, não seria exagero dizer que em Chandler ocorre uma desmistificação da morte violenta. A busca tende a capturar a transformação envolvida na revelação do assassino. Por trás da revelação já não há aquela infinidade de possibilidades do mal, aquela ausência de forma por trás de certa máscara. Um personagem foi simplesmente transformado em outro; um nome, um rótulo, oscilou até se fixar em outra pessoa. Porque o atributo de ser um assassino já não pode funcionar como símbolo do puro mal quando o próprio crime perdeu suas qualidades simbólicas.

A desmistificação de Chandler suprime o propósito do acontecimento-crime, ao contrário do romance policial clássico, que sempre investe o assassinato de um propósito por sua própria perspectiva formal. O crime ali é, como vimos, uma espécie de ponto abstrato feito para carregar significado pela convergência de todas as linhas para ele. No mundo do romance policial clássico, nada acontece que não seja relacionado ao crime central: portanto, ele tem um propósito de pelo menos organizar toda a matéria-prima em torno de si. (O propósito real, motivo e causa, é criado pelo autor depois do fato, e nunca tem muita importância.)

Em Chandler, porém, a outra violência aleatória da trama secundária interveio para contaminar o crime central. E quando chegamos a sua explicação, sentimos toda a violência sob a mesma luz, e isso nos parece tão mesquinho e ordinário quanto fisicamente abrupto e moralmente insignificante.

O assassinato chega a parecer, em sua essência, acidental e sem significado. Era a óptica do romance policial clássico, a distorção de sua perspectiva formal, que fazia o assassinato tomar a aparência de necessidade e parecer o mais desmaterializado resultado de um processo de planejamento e premeditação, como lançar no papel os resultados de operações matemáticas já executadas na cabeça. Agora, no entanto, a distância entre intenção e execução é claramente evidente; não importa qual planejamento esteja envolvido, o salto para a ação física, a execução do crime em si, é sempre abrupto e sem justificativa prévia no mundo da realidade. Assim, a mente do leitor foi usada como elemento de um complicado engodo estético: ele foi levado a esperar a solução de um quebra-cabeça intelectual, suas funções puramente intelectuais estão operando no vazio, numa antecipação do acontecimento, e, de repente, em vez disso, dão-lhe uma evocação da morte em toda a sua fisicalidade, quando já não há tempo para um preparo adequado, quando ele é obrigado a aceitar a forte sensação nos seus próprios termos. Então, será que foi simplesmente, como o próprio Chandler sugere em nossa epígrafe, para substituir uma experiência de espaço pela de temporalidade na solução de um problema que esses jogos enganosos foram construídos?

Fredric Jameson (1934) é um dos mais importantes críticos da cultura contemporânea. No cruzamento de teoria literária com análise marxista, produziu alguns dos mais influentes ensaios sobre as relações entre capitalismo e vida intelectual, entre eles *Pós-modernismo: a lógica cultural do capitalismo tardio* (1991) e *Brecht e a questão do método* (2011). Este ensaio é o primeiro dos três que compõem *Raymond Chandler: The Detections of Totality* (2016). De Jameson, a **serrote** publicou, em seu número 13, "O segredinho inconfessável da América".
Tradução de **Donaldson M. Garschagen**

Um dos principais nomes da pop art, o americano **Ed Ruscha** (1937) fez dos cenários de Los Angeles, onde vive desde os anos 1950, uma referência central para sua obra, que transita entre fotografia, pintura e desenho. A série *Parking Lots*, desenvolvida a partir de 1967, reúne imagens aéreas de estacionamentos vazios em estádios, casas de show, shopping centers e outros pontos da cidade.

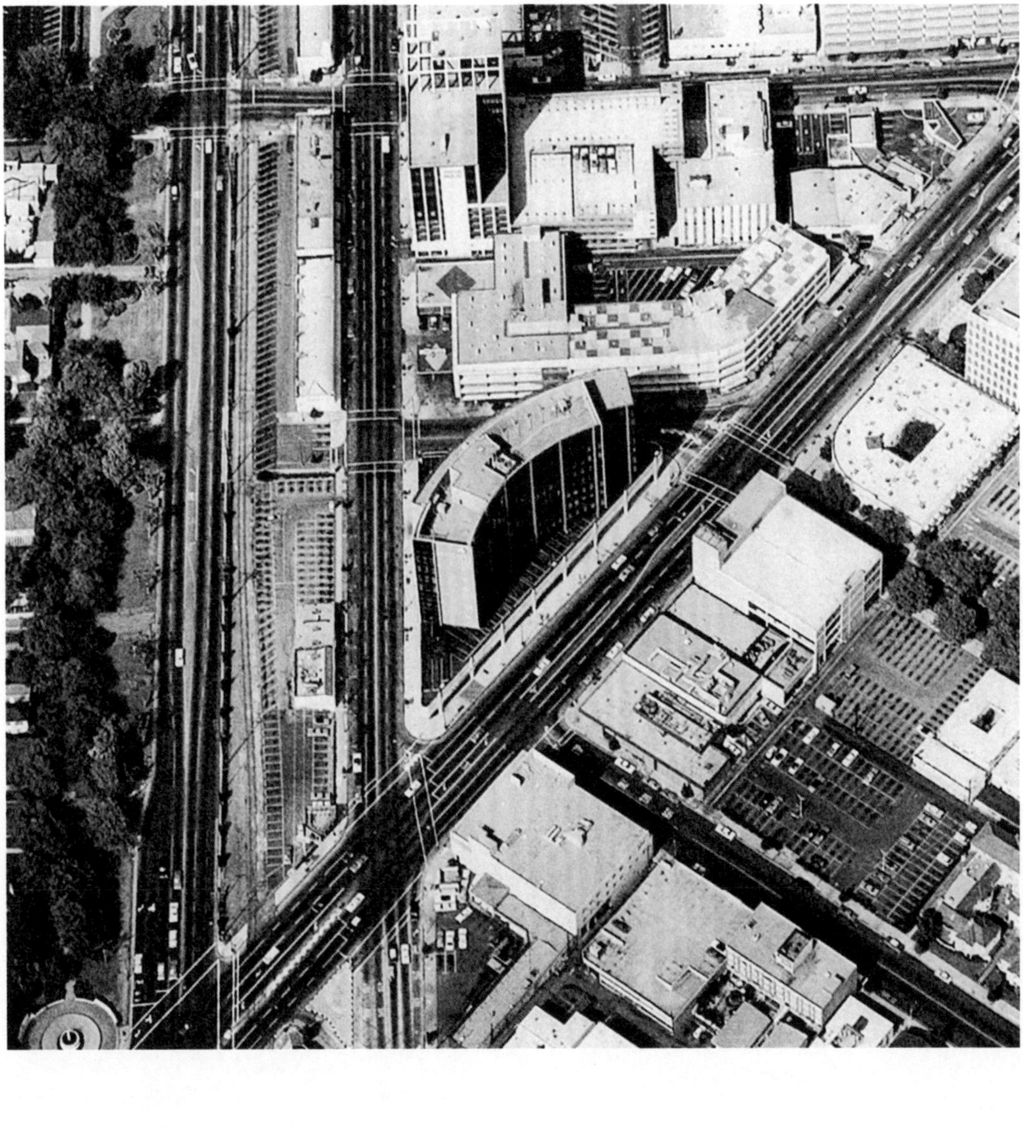

#26
julho 2017

IMS InstitutoMoreiraSalles

Walther Moreira Salles (1912-2001)
FUNDADOR

DIRETORIA EXECUTIVA
João Moreira Salles
PRESIDENTE
Gabriel Jorge Ferreira
VICE-PRESIDENTE
Mauro Agonilha
Raul Manuel Alves
DIRETORES EXECUTIVOS

serrote é uma publicação do Instituto Moreira Salles que sai três vezes por ano: março, julho e novembro.

COMISSÃO EDITORIAL **Daniel Trench, Eucanaã Ferraz, Flávio Pinheiro, Guilherme Freitas, Gustavo Marchetti, Heloisa Espada, Paulo Roberto Pires e Samuel Titan Jr.**

EDITOR **Paulo Roberto Pires**
DIRETOR DE ARTE **Daniel Trench**
EDITOR-ASSISTENTE **Guilherme Freitas**
COORDENAÇÃO EDITORIAL **Flávio Cintra do Amaral**
ASSISTENTE DE ARTE **Gustavo Marchetti**
PRODUÇÃO GRÁFICA **Acássia Correia**
PREPARAÇÃO E REVISÃO DE TEXTOS **Flávio Cintra do Amaral, Juliana Miasso, Livia Deorsola, Rafaela Biff Cera, Rita Palmeira, Sandra Brazil e Vanessa Rodrigues**
CHECAGEM **José Genulino Moura Ribeiro**
IMPRESSÃO E TRATAMENTO DE IMAGENS **Ipsis**

Capa e contracapa: Nigel Peake, desenhos do livro *In the Wilds*. **Folha de rosto:** Alfredo Zalce, *Lumber Workers*, 1946.

Nigel Peake © 2011 Princeton Architectural Press, publicado com permissão da editora; © Zalce, Alfredo/ARS, NY/Autvis, Brasil, 2017; © Valeria Luiselli, 2017; Jean-François Bert © 2015, Paris, Éditions EHESS; fotos de Jacqueline Verdeaux © Éditions EHESS; Patrick Deville © Éditions du Seuil, 2006; © Kabakov, Ilya/Autvis, Brasil, 2017; © Alejandro Magallanes; James Baldwin © 1955, renovado em 1983 por James Baldwin, publicado com permissão da Beacon Press; Teju Cole/*The New Yorker* © Condé Nast; © Bearden, Romare/VAGA, NY/Autvis, Brasil, 2017; Mary Beard © 2014, Regents of the University of California, publicado pela University of California Press; © Leonardo Fróes; © Fredric Jameson; © Ed Ruscha/Coleção Fundación Helga de Alvear, Cáceres, Espanha.

Agradecimentos: Barbara Wagner Mastrobuono; Ed Ruscha Studio; Éditions EHESS; Fine Art Biblio; Galeria Helga de Alvear; Gonzalo Palacios; Ilya e Emilia Kabakov; Nigel Peake; Princeton Architectural Press; Sergey Klisunov; University of California Press.

© Instituto Moreira Salles
Av. Paulista, 2439/6º andar
São Paulo SP Brasil 01311-936
tel. 11.3371.4455 fax 11.3371.4497
www.ims.com.br

As opiniões expressas nos artigos desta revista são de responsabilidade exclusiva dos autores. Os originais enviados sem solicitação da *serrote* não serão devolvidos.

ASSINATURAS 11.3971.4372 ou serrote@ims.com.br
www.revistaserrote.com.br